KB113761

D·I·O
디오

박건 게임 판타지 소설
GAME FANTASY STORY

D.I.O 2

박건 게임 판타지 소설

초판 1쇄 찍은 날 § 2010년 3월 5일
초판 1쇄 펴낸 날 § 2010년 3월 13일

지은이 § 박건
펴낸이 § 서경석

편집장 § 문혜영
편집책임 § 주소영

펴낸곳 § 도서출판 청어람
등록번호 § 제1081-1-89호
등록일자 § 1999. 5. 31
어람번호 § 제1-1125호

주소 § 경기도 부천시 원미구 심곡2동 163-2 서경B/D 3F (우) 420-822
전화 § 032-656-4452 팩스 § 032-656-4453
http://www.chungeoram.com
E-mail § chungeoram@chungeoram.com

ISBN 978-89-251-2110-9 04810
ISBN 978-89-251-2108-6 (세트)

Dynamic island on-line

D.I.O

디오

박건 게임 판타지 소설

GAME FANTASY STORY

스타팅(Starting) ②

Contents

Chapter 09

끝. 시작

심해옥에 담겨 있는 내공은 원래 60포인트, 즉 30년 내공이고 거기에 용노가 주입한 30포인트의 영력, 즉 15년 내공이 더해져 총 45년의 내공이 담긴 상태다.

　물론 그걸 그대로 사용할 수는 없다. 심해옥에 담겨 있는 내공은 본디 용노의 것이 아니기 때문에 금단선공의 내공과 융합되지 않아 심해옥 안의 내공을 정제하는 과정을 거쳐야 하는 것이다. 물론 내공을 정제하는 것도 자신의 몸 안에 들어온 힘에나 가능한 것이지 이렇게 외부에 존재하는 타인의 진기에 할 일이 아니지만, 그에게는 그게 가능한 기공술이 있었다.

　기천(氣天).

　아직 완전히 사용할 수 있는 게 아님에도 그 효용은 꽤 쓸 만하다.

"좋아, 완료."

용노는 이제 완연한 금색으로 빛나는 심해옥을 들고 만족스러워했다. 그건 일종의 내공 탱크나 마찬가지다. 심해옥에 담긴 것은 그의 15년 내공을 가볍게 뛰어넘는 45년의 내공. 물론 그 안에 있는 내공은 자체적인 회복을 할 수 없지만 용노는 내공의 총량보다 회복력이 월등히 높기 때문에 이런 식의 마나 탱크는 유사시에 매우 큰 도움이 되리라. 이제 심해옥의 내공은 금단선공의 것이기에 수성의 증폭도 이용할 수 있다.

"하지만 애매하네. 이걸 들고 다니면 움직임에 방해가 될 텐… 아!"

고민하던 용노는 왼손을 들어 올렸다. 왼손 중지에 끼고 있는 것은 유니크 아이템 위칼레인의 반지. 용노는 거기에 소량의 내공을 주입했다.

퐁.

반지에서 주먹만 한 빛 덩어리가 떠오른다. 그것은 용노의 눈에만 보이는 염체로, 강아지 정도의 지능을 가진 인조 영혼. 용노는 심해옥, 아니, 이제는 금옥(金玉)이 되어버린 내공 탱크를 허공에 던졌다. 그리고 그걸 붙잡아 주변에 띄우는 이미지를 그렸다.

휘익.

염체는 재빠르게 날아가 금옥을 낚아채더니 그대로 용노의 주위를 빙글빙글 돌기 시작했다. 보통 사람이 본다면 금옥이 혼자서 날아다니는 것처럼 보이리라.

탁.

그리로 손을 내밀자 정확히 날아와 잡힌다. 원래 위칼레인의 반지에 깃든 염체를 이렇게까지 자유자재로 다루는 건 어려운 일이지만, 용노의 완벽한 이미지 메이킹 능력은 염체의 움직임을 확실하게 제어하고 있었다.

"내력을 주입시켜 주면 좋아요. 위칼레인의 반지에 깃든 염체는 성장형이니 계속해서 영력을 주입시키면 할 수 있는 일이 점점 많아지죠."

"아, 마리. 온 거야?"

용노는 몸을 일으켰다. 기척조차 없이 그의 옆에 서 있는 것은 늘씬한 몸에 백발을 트윈 테일로 묶어 늘어뜨린 10대 후반의 소녀. 그냥 한 번 환히 웃기만 하는 것만으로 수천만 명의 마음을 빼앗아 버릴 것 같은 절세의 미소녀는 어쩐 일인지 밝지 않은 표정이다.

"회복은 다 되셨어요?"

"응. 그런데 이번 퀘스트 완료하려면 어떻게 하지? 다시 상류까지 올라가야 하나?"

"그럴 필요까지는 없어요. 그냥 제가 공간이동 시켜 드리면 되니까."

"그런 식으로 도와줘도 괜찮아?"

"뭘 이제 와서 새삼스럽게."

그렇게 말하고 그의 손을 잡자 삽시간에 배경이 변한다. 그곳은 용노가 운송 퀘스트에 들어와 처음 접했던 강이었다. 용노는 예전에 내팽개쳤던 돈 주머니를 챙겼다.

그리고 천천히 물 위를 걸어 강을 건넌다.

　　정해진 장소에 도착해 운송 퀘스트를 완료한다. 그리고 다시 시험의 방으로 돌아오는 마리와 용노. 참으로 오랜만에 느껴지는 단단한 땅의 감촉에 용노는 잠시 감상적인 기분에 빠졌다.

　　"한 달 하고도 보름 만인가? 진짜 멀리 돌아왔네."

　　빠르면 30분 만에 끝내고 떠나는 세계라는 걸 감안하면 그가 거기에서 보낸 시간은 실로 파격적이다. 그야말로 최장 시간이라 할 만하다.

　　"마지막 남은 시험은 [전투]네. 어려워?"

　　"난이도는 다른 임무들하고 비슷하니 걱정할 필요 없어요. 기본 미션은 탈락자가 없게 하자는 모토로 만들어졌으니까."

　　"그럼 적은 병아리?"

　　"그 정도까지는 아니고 그냥 적당하죠."

　　그렇게 말하며 [1:1 전투] 문을 열어주는 마리를 따라 그 안으로 들어선다.

　　"병원이네. 그리고 적은……."

　　크르르…….

　　"어?"

　　거의 송아지만 한 덩치의 늑대를 보며 황당해한다. 날카로운 이빨과 발톱, 그리고 무엇보다 전신으로 느껴는 그 흉포함. 농담으로라도 초보에게 어울리는 몬스터는 아니었다.

　　"확실히, 확실히… 병아리는 아니군."

"2레벨 다이어 울프(Dire Wolf)예요. 초보 존 근처에서 많이 서식하는 몬스터로 초보들의 도시 스타팅(Starting)에서 가장 인기 있는 사냥감이죠."

"초, 초보들한테 인기있는 사냥감이라고? 이 녀석이? 게다가 2레벨?"

황당해한다. 왜냐하면 그의 앞에 있는 늑대는 어지간한 성인 남성도 뼈째로 씹어 먹을 것 같은 기세를 풍기고 있었기 때문이다. '혹시 보기에만 강해 보일 뿐 약한 거 아냐?' 라는 생각이 들었지만 그의 눈은 정확하다. 그 늑대는 결코 약하지 않다. 어지간히 훈련받은 투견보다 강하리라.

"어머, 이상한 말을 하시네요. 이건 2레벨 시험이에요. 2레벨에 도전하기 위한 시험이기 때문에 2레벨 몬스터가 나오는 거죠."

"하, 하지만 이런 적이 나오는데 노인이고 어린애고 탈락자가 없다고?"

"물론 그냥 싸우게 하지는 않아요. 이 전투는 말하자면 전투에 대한 생동감을 느끼게 하기 위한 거라 이런 녀석을 고른 거죠. 이래 보여도 다이어 울프는 2레벨 몬스터 중에서는 제법 상위에 속하거든요. 물론 그래 봐야 저 레벨이지만."

"헐."

"크르르르르······."

다이어 울프는 덤비지 않는다. 그 모습에 용노는 다이어 울프에 뭔가 초보자를 배려한 프로그램이 깔려 있다고 생각했지만 이내 다이어 울프의 눈이 그가 아닌 마리에게 고정되어 있다는 것을 깨닫는다.

"이 녀석… 설마 네가 무서워서 못 덤비는 거야?"

"뭐, 그렇죠. 짐승 녀석들이 본능에는 더 충실하니까. 덧붙여 말하자면 겁에 질려서 도망도 못 가고 있는 거예요."

"헤에, 알고는 있었지만 너, 세구나."

"훗. 한 백만 년쯤 연마하고 오시면 제 한 팔 정도는 감당할 수 있을지도 모르죠."

"까불긴."

"헤헷."

콩 하고 살짝 꿀밤을 때리는 용노와 수줍게 웃는 마리. 하지만 용노는 모른다. 마리가 전투 상태, 그러니까 크림슨 모드(Crimson Mode)였다면 지금 그 행위에 대한 반탄력만으로 오른팔이 부러질 수도 있다는 것을 말이다.

"어쨌든 싸우세요. 그러라고 있는 싸움이니까."

"엑! 진짜? 그냥?"

"물론 다른 유저들은 아니죠. 원래 여기서는 제가 근력 강화, 생명력 강화, 순발력 강화에 용맹의 찬가까지 불러 드리지만 오빠의 경우는 필요없어서 그냥 하는 기예요."

"아, 그런 방식이구만."

이제야 깨달은 용노는 고개를 끄덕였다. 온갖 버프로 전투력을 증폭시킨 뒤 압도적인 힘으로 이겨 버려 난폭한 적에 대해 자신감을 갖게 만든다는 말이다. 물론 그렇게 이겨봤자 나중에 만나면 결국 지지 않는가 하는 의견을 낼 수도 있겠지만 모든 유저는 1레벨 시험을 마치면 20포인트의 영력을 획득하기 때문에 전투력이 획기적으로 증가한다.

20포인트라면 10년의 내공. 물론 10년의 내공이라고 하면 그다지 많지 않은 것처럼 느껴질지도 모르나 그것만 능숙하게 다루어도 열 살짜리 꼬마가 손가락으로 화강암을 뚫어버리는 게 가능하다. 단지 10년의 내공이 생기는 것만으로 노약자가 단번에 성인 격투가라도 결코 무시할 수 없는 존재가 되어버리는 것이다.

"버프는 필요없죠?"

"아, 뭐, 상관없긴 하지만."

크앙!

그 말과 동시에 마치 기다렸다는 듯 다이어 울프가 덤벼든다. 돌아보니 마리의 모습은 이미 없다. 텔레포트를 한 것인지 은신을 한 것인지는 모르지만 하여튼 없어졌다.

퍽.

그리고 당연하지만 다이어 울프는 용노의 상대가 될 수 없다. 내공도 필요없다. 그냥 주먹을 휘두르는 것만으로 다이어 울프는 머리뼈가 부서져 검은색의 연기로 흩어졌다. 보상은 늑대 가죽이었다.

클리어!

다시 시험의 방으로 나온다. 이어서 들어간 곳은 [호위전투]였다.

"캬앙!"

이번에도 으르렁거리는 짐승이 있다. 하지만 그것은 조금 전처럼 거대한 늑대가 아닌 어지간한 개 정도 크기의 붉은 여우다.

  "1레벨 몬스터 여우예요."

  "몬스터라기보단 그냥 동물 같다. 약해 보이는데?"

  "호위 시험이 원래 그렇죠. 자기랑 동 레벨의 적이 나오거든요. 누군가를 지킨다는 건 꽤 큰 페널티니까."

  용노는 자신의 뒤를 돌아보았다. 웬 닭 한 마리와 병아리 세 마리가 보였다.

  "크룽!"

  그때 붉은 여우가 움직인다. 용노와는 싸울 생각이 없는 듯 잽싸게 움직여 닭을 노리는 붉은 여우. 그러나 화살처럼 날아드는 블레이드 피쉬도 피하던 용노가 그 정도 움직임을 놓친다는 건 있을 수 없는 일이다. 이번 역시 수공을 쓸 것도 없이 붉은 여우가 다리 옆을 스쳐 지나가는 순간 걷어찼다. 흔히 말하는 사커 킥(Soccer Kick)이다.

  "캥!"

  외마디 비명과 함께 쓰러지는 붉은 여우의 모습이 이내 검은 연기로 사라진다. 항상 드랍 템이 떨어지는 건 아니기 때문에 시체만 사라지고 끝난다.

  클리어!

  다시 시험의 방으로 돌아온다.

"과연 삽질을 하지 않으니 순식간이군."

"보통 30분이면 다 끝낼 수 있으니까요. 오빠가 특이한 경우죠."

남은 방은 이제 세 개였다. [구출], [암살], [단체전]. 용노는 내력 상태를 살폈다. 컨디션은 최상이다. 게다가 그의 왼쪽 어깨 위에 있는 금옥에는 45년의 내공이 축적되어 있다. 하루에 걸쳐 그 안에 있는 내공 전부를 정제하는 데 성공했기에 이제 아무 문제 없이 사용할 수 있다.

웅.

마침 생각난 김에 용노는 금옥을 잡아 내력을 주입했다. 물론 금옥 자체는 내력이 가득 차 있는 만큼 금옥이 아닌 그것을 붙잡고 있는 염체에 내력을 주입시켜 준 것이다.

"응? 왜 시험 중에 해요?"

"꽉 찬 상태에서는 상황 유지밖에 안 되니 아까워서. 마침 시험도 쉬우니 미리미리 써놔야지."

금단선공의 화후는 무려 7성. 그것은 분당 8년의 내공이 회복되는 수준으로, 내공이 바닥에 가깝게 소모되어도 1~2분이면 완전히 회복된다.

"좋아, 들어가자."

"흐음. 내공을 절반이나 퍼붓다니."

"1분이면 회복되는데, 뭐."

그렇게 말하며 [구출] 시험에 들어간다. 도착한 곳은 숲 속에 있는 통나무집이다.

"…웃?"

순간 주위에서 수십의 인기척을 느끼고 몸을 낮춘다. 다행히 그가 도착한 곳은 담 안쪽이기에 들키지는 않았다.

"오크 부락이에요. 전사 클래스는 하나도 없는 곳이지만 숫자는 100마리쯤 되니 무시할 수 없죠."

"오호, 오크가 있는 거야?"

말로만 듣던 몬스터의 이름에 몸을 일으키려 했지만 마리는 그런 그의 어깨를 눌렀다. 그와 함께 '은신 스킬을 획득하셨습니다!'라는 텍스트가 떠올랐지만 의식하지 못했다.

"몰래 가세요, 몰래. 오크는 건장한 성인 남성보다 2~3배 이상 강한 근력을 가진 몬스터라고요. 여기 있는 100마리 중 99마리가 3레벨, 한 마리는 4레벨이죠. 싸우라고 있는 시험이 아니에요."

"그럼?"

"이 시험은 [구출]이에요. 이 통나무집 안에 있는 사람을 구출해서 마을 밖으로 나가게 하면 합격."

그녀의 말에 용노는 황당한 표정을 지었다.

"아니, 구하는 거야 이미 집 안에 있으니 상관없지만 탈출을 어떻게 시키라는 거야? 오크가 100마리나 있다면서?"

그의 무공은 단기 결전, 즉 한순간 높은 출력을 내는 특성이므로 장시간, 혹은 다수의 적과 싸우는 데에는 맞지 않다. 한 20명 정도 순식간에 쓰러뜨리고 집단 공격 받게 되는 건 바라는 바가 아니다.

"걱정할 거 없어요. 풀어주기만 하면 모든 게 해결되니까."

"……?"

이해할 수 없는 말에 용노는 의아한 표정을 지었지만 이내 '수가 있겠지, 뭐' 하는 마음으로 통나무집 안에 들어섰다. 퀘스트의 시작 지점부터가 담 안쪽이었고 경계병도 모두 밖에 배치되어 있었기에 별 어려움은 없었다.

"너는……."

"안녕하세요?"

"…이해할 수 없군. 보아하니 별로 강해 보이지도 않고 잡힌 것 같지도 않은데 여긴 어떻게 들어온 거지?"

건물 안에는 30대 중반 정도 되어 보이는 사내가 쇠사슬에 감긴 채 앉아 있었다. 심한 폭행을 당한 듯 팅팅 부어 있는 얼굴과 꺾여 있는 팔. 잡혀 있는 사람이 강해서 풀어주면 모든 게 해결되는 걸 거라 생각했던 용노는 황당해서 마리를 바라보았다.

"아니, 잠깐만. 구해줘도 별 전력이 될 것 같지는 않은데?"

"누구랑 이야기하나?"

이해가지 않는다는 듯 부어 있는 눈살을 찡그리는 사내. 그리고 그 모습에 마리는 어깨를 으쓱였다.

"저라면 잠시 존재감을 지웠어요. 오빠는 예외로 했지만 저 녀석은 저를 인식하지 못할 거예요. 아, 그리고……."

마리는 품속에서 열쇠 하나와 작은 약병을 꺼냈다.

"자물쇠를 열고 약을 먹이세요."

"그러지, 뭐."

"뭘 혼자 중얼거리는 거냐?"

투덜거리는 소리가 들렸지만 신경 쓰지 않고 열쇠와 약병을 받아 사내의 몸에 감겨 있던 사슬을 풀고 약을 먹였다. 사내는 거의 움직일 수 없을 정도의 중태였기에 어려움은 없었다.

"이 퀘스트, 길어질 것 같네."

"아뇨, 이제 끝이에요."

"아니, 그러니까 저 아저씨, 풀려나도 탈출하는 건……."

고오오…….

"응?"

순간 흘러넘치는 기운에 놀라 고개를 돌린다. 거기에는 거대한 영력에 휩싸인 채 떠오르고 있는 사내의 모습이 보였다.

"마력이… 돌아왔다."

나지막한 목소리지만 거기에 들어찬 것은 희열이다. 여전히 엉망인 몸이지만 그에게서 느껴지는 기세는 조금 전과 확연히 다르다.

"이반 제스터. 마탑에 소속되어 있는 아크 메이지(Ark Mage) 예요. 위칼레인 학과에 천선(天仙) 계열의 주술도 두루 익힌 11레벨의 고위마법사죠. 당연한 말이지만 기본 미션 끝나고 나가서 아는 척하셔도 못 알아볼 거예요. 여기가 본 서버랑 전혀 상관없는 공간이라는 거 아시죠?"

꽝!

그렇게 말하는 순간 통나무집이 통째로 날아간다. 강렬하지만 사내와 용노에게는 톱밥 하나 튀지 않을 정도로 제어된 폭발이었다.

"저기… 괜찮아요?"

"물론."

이반은 무심하게 답하며 왼손을 들어 올렸다. 거기에는 은은

한 백색의 빛이 자리 잡고 있었는데, 그 손을 얼굴로 들어 올리자 빛이 전신을 감싸더니 부상이 회복된다. 놀랄 만한 속도였다.

"제길! 탈출했어! 대체 어떻게 빠져나간 거지?"

"죽여! 주문을 외우지 못하게 해라!"

먼지 속에서 모습을 드러낸 이반의 모습에 2미터에 가까운 덩치의 괴물이 창을 들어 올리며 수리쳤다. 엄청난 바력이다. 그가 평소 생각했던 저 레벨 몬스터의 느낌이 아니다.

"크아아!!"

"죽여!"

주위에 있던 모든 오크들이 괴성을 지르며 이반을 향해 덤벼들었다. 실로 사나운 기세였지만 이반은 아무렇지도 않은 얼굴로 오른팔을 들어 올렸다.

퍼버벙!!

"우, 우와!"

수십의 빛줄기가 이리저리 휘며 오크들의 몸을 꿰뚫는 것을 보며 용노는 탄성을 내질렀다. 압도적인 화력에 오크들은 이반이 근처에도 다가서지 못한다. 간혹 화살을 날리거나 칭을 던지는 등 원거리 공격을 시도하는 이들도 있었지만 이반의 주위에 펼쳐진 방어 주문에 막혀 무산된다.

> 클리어!

용노는 구출의 방을 나와 살짝 아쉬워했다.

"아, 구하지 말고 한번 싸워볼걸."

"그러다 죽어요. 물론 완전히 무리~ 라고까진 안 하겠지만 다구리에 장사가 없는 법이거든요. 게다가 어쨌든 녀석들은 한 마리 한 마리가 오빠보다 고 레벨이고."

그렇게 말하며 [암살] 시험에 들어간다. 그곳은 구출 시험과 마찬가지로 숲 속이었고, 한밤중이라 칠흑같이 어두웠다. 물론 야명안을 사용하는 용노에게는 상관없는 일이다.

"조심해요."

"왜?"

"오빠는 금단선공을 익혔기 때문에 시력을 강화하면 눈에서 금빛이 나거든요. 밝은 때는 상관없지만 어두울 때는 눈에 확 띄죠."

그녀의 말에 용노는 고개를 끄덕였다. 일리있는 말이다. 암살 시험이라면 몰래 숨어들어 가야 한다는 말인데 어둠 속에서 눈이 빛난다는 건 웃기는 일이겠지.

"좋아, 그럼 눈을 감지."

"그러니까 기맥을 몇 개 막기만 하면… 네?"

기혈을 제한해 눈에서 나오는 금광을 세어하는 법을 가르쳐 주려던 마리는, 그대로 눈을 감고 투시안과 야명안을 함께 사용해 시야를 밝히는 용노를 보고 할 말을 잃었다.

"가자, 마리."

"……"

"마리?"

"아… 네."

살금살금 걷기 시작하는 용노와 그런 그의 뒤를 따르는 마리.
언뜻 똑같아 보이는 움직임이지만 용노가 움직일 때마다 작게
라도 발걸음 소리가 들리는 데 비해 마리의 움직임에서는 옷깃
이 풀에 스치는 소리조차 없다.

시력 강화 스킬이 2랭크로 상승하셨습니다!

"엉? 이건 또 왜 오르고 난리야?"
투덜거리면서도 계속 움직이는 용노와 그런 그를 조용한 눈
으로 바라보는 마리. 하지만 이내 마리는 한숨을 쉬어버렸다.
'괴물이네, 괴물. 더 놀랄 것도 없다고 생각했는데.'

클리어!

그러다가 시험의 방으로 돌아온다. 마리가 잠깐 다른 생각을
하는 사이 용노는 나무에 기대어 잠자고 있던 오크 한 마리를
해치웠다. 원래대로라면 마리가 무기에 보조 주문을 걸어 빌려
주고 화면에 끼어온 알림로 살인에 대한 지침을 떨쳐 낸 다음
이루어져 할 일이지만 용노는 절정에 이른 수공으로 알아서 잘
처리한 것이다.
"오케이! 이제 라스트, [단체전]만 남았군."
"……."
"또 왜 그래?"
"아뇨, 시작하죠."

그렇게 말하고 마지막 시험 단체전에 들어선다.

땡! 땡! 땡! 땡!

"비상! 비상! 녀석들이 또 쳐들어왔다! 모두 서둘러!"

"어느 쪽이야?"

"남문으로 가!"

시끄럽게 울리는 종소리와 급하게 뛰어가는 사내들 속에서 용노는 어깨를 으쓱였다.

"시작부터 꽤나 소란스러운 시험이네."

"단체전은 다수의 아군 NPC와 몬스터, 혹은 적군 NPC들과의 전투에 참가하는 방식이에요. 보통은 힐러라든지 버프(Buff. 게임에서 캐릭터의 능력치를 향상시켜 주는 마법류를 통칭하는 말. 사전적 의미는 열광자, 팬이며 마법으로 열광자나 팬처럼 캐릭터를 지지해 준다는 의미로 사용한다) 계열 주문을 주로 익힌 유저들이 보는 시험이지만 자체적인 전투력으로 전세를 뒤바꿔도 상관은 없죠."

그녀의 설명을 들으며 천천히 걷는다. 전투가 벌어지는 곳을 찾기란 어렵지 않다. 그는 원격안과 영명안을 동시에 사용하는 게 가능한 사나. 영명안은 생기(生氣)나 체온(體溫)을 감지해 보는 것이 가능하고, 원격안은 그 시야를 넓혀주기 때문에 그냥 전개한 상태에서 한 바퀴 돌기만 하면 무슨 레이더처럼 주변 상황 파악이 가능한 것이다.

"크르륵!"

"죽어!"

마을 밖에서는 치열한 전투가 벌어지고 있었다. 덤벼드는 것은 50마리 정도 되는 놀(개과의 직립보행 몬스터)떼. 그리고 그런 놀들에 맞서 100명 정도의 사내들이 나무 방책을 성벽 삼아 농성전을 벌이고 있다.

"크악!"

쿵!

"어머나!"

용노는 자신의 위로 덩치 큰 사내 한 명이 떨어지자 긴장감이 없는 신음 소리와 함께 피했다. 떨어진 것은 자경단원으로 보이는 사내다.

"음, 이런 걸 보면 또 묘하게 현실감이 없어."

그는 잠시 사내의 모습을 들여다보았다. 목에 화살을 맞아 이미 죽은 상태. 목에서는 쉴 새 없이 금빛 가루가 흘러나오고 있다.

"하지만 아무리 그래도 그렇지, 사람 시체를 봤는데 별다른 정신적 충격이 없는 게 정상인가? TV나 게임에서 많이 보던 장면이라 그런 걸 수도 있지만 그래도 좀 그렇군."

'어쩌면 여기가 게임이라는 자각 때문에 괜찮은 걸지도' 하고 중얼거리며 고민히는 용노. 그리고 그런 그를 보며 자경대장으로 보이는 사내가 소리쳤다.

"어이, 너! 복장이 그게 뭐야! 게다가 무기도 없이!"

"에? 저요?"

용노의 복장이라면 당연히 초보자용 바지에 상의 탈의 상태다. 해변이 아닌 마을 안에서라면 상당히 창피한 모습. 한 달 넘게 그 복장으로 지냈던 용노는 이제야 사실을 깨닫고 뜨악한 표정을 지었다.

"아, 옷 구해야 되는데 깜빡했다."

"참 빨리도 깨달으시네요."

빈정거리는 마리를 무시하며 바닥에 쓰러진 시체의 상의를 벗긴다. 어차피 죽은 몸이니 옷은 필요없지 않느냐는 참으로 신경 굵은 생각에서 나온 행동이었는데, 그 순간 그의 눈앞으로 텍스트가 떠오른다.

경고! '타인'의 물품을 허가없이 손에 넣으셨습니다! '선행' 점수가 3점 감소됩니다!

경고! 위에서 경고한 내용을 1분 내에 취소하지 않으면 선행 —3점이 그대로 굳어버립니다!

"뭐, 뭐야?"

전혀 예상 밖의 상황에 깜짝 놀라 옷을 시체 위로 내던지는 용노. 그리고 다음 텍스트가 떠오른다.

잘하셨습니다.

"……."

어이가 없어 아무런 말도 못하는 용노에게 마리가 설명했다.

"유저들에게는 '선행'이라는 수치가 있어요. 이건 일종의 포인트라서 높으면 높을수록 이런저런 서비스나 혜택이 생기고 깎이면 페널티가 붙죠."

"그렇다는 건 무고한 NPC를 죽이거나 하는 것도?"

"네, 당연히 깎이죠. 정당방위라면 또 모르겠지만."

"거 별게 다 있군. 그럼 어떻게 해야 하는데?"

"허락을 받아야죠. 아, 물론 이 경우 협박 때문에 나온 허락은 소용없습니다."

그녀의 말에 용노는 고개를 절레절레 흔들었다. 그러다 문득 고개를 들어 올린다.

"저기 아저씨! 저 이 옷 좀 입어도 돼요?"

"아, 뭐야, 바쁜데? 게다가 이미 벗겨놓고! 입든지 말든지 마음대로 해!"

"감사합니다."

고개를 꾸벅 숙이고 던졌던 옷을 다시 챙긴다. 이번에는 아무 경고 메시지도 뜨지 않는다.

"옳지, 이런 식이로군."

"응용력이 상당하시네요."

처음에 당황한 것치고는 빠른 적응에 마리는 휘파람을 불었다. 용노는 사내가 떨어뜨린 롱소드와 레더아머(질긴 가죽을 무두질해 만든 갑옷)를 들어 올렸다. 단번에 경고 메시지가 떠올랐지만 신경 쓰지 않고 묻는다. 어차피 1분 내에 내려놓기만 하면 된다.

"이것도 챙겨도 돼요?"

"왼쪽이 뚫리지 않게 막…… 아, 너, 뭐야! 그건 보급품이니까 건드리지 마!"

"쳇. 그리 만만하진 않군."

마리는 투덜거리며 장비를 내려놓는 용노에게 말했다.

"뭐, 다른 퀘스트도 그렇지만 이것도 기초 테스트인만큼 그리 어렵지는 않아요. 기본적으로 방해만 안 하면 아군이 이기게 되어 있죠. 뭐, 레벨이 올라간다면야 막 100명 대 300명, 1,000명 대 2,000명, 1만 명 대 10만 명 같은 전투에 던져 넣어버리지만 아직 초보니까요."

'참고로 투입되는 건 언제나 불리한 편이랍니다'라는 마리의 설명을 들으며 목책 위로 올라섰다.

"크릉!"

"죽여!"

상황은 치열했다. 100명 정도의 자경대원들이 그 절반 정도 되는 숫자의 놀들과 맞서고 있는 상황. 인간보다 훨씬 날카로운 감각과 높은 근력, 그리고 튼튼한 가죽을 가진 놀 쪽이 개별 전투력은 더 높았지만, 자경대원들은 단단한 목책을 성벽 삼고 있는데다 각자의 역할 분담을 확실히 하며 조직적으로 저항했기에 전투는 팽팽하다.

"클리어 조선은 뭐야?"

"전투를 승리로 이끌면 되죠. 오래는 안 걸려요. 한 5분 걸리려나?"

"그러면 딱히 나설 필요까지는 없겠네. 그냥 상황이 꼬여서 질 것 같을 때만 도와주면 되겠……."

빠악!

"캐액?!"

머리에 강한 타격을 받고 휘청거린다. 그야말로 기습적인 타격에 고통스러워하는 용노. 그리 큰 고통이 아니어서 그런지 고통 제어 시스템도 별 반응을 하지 않아 마치 딱밤을 맞은 기분이다.

"뭐, 뭐야?"

"화살이요."

"저 녀석들, 화살도 쏴?"

목책 뒤에 숨어 바닥에 떨어진 화살을 본다. 정면으로 맞아서 견뎠—다기보다 그냥 넋 놓고 있다 맞은 거지만—기 때문인지 화살촉도 약간 찌그러지고 대도 부러졌다. 하지만 단 한 번 충돌했다고 이 지경인 걸 보면 아무래도 그리 좋은 화살은 아닌 모양이다.

"아까 그 아저씨도 화살 맞아서 죽었잖아요."

"아, 그랬지. 하지만 대단하네. 화살을 맞았는데 혹 나는 정도가 다르니."

내력을 돌려 강화하지도 않았다는 걸 생각해 보면 대단한 일이다. 순전히 그의 두개골의 강도와 피부의 질김으로 견뎠다는 말이니까

"아, 이런 것도 되려나?"

어차피 내력은 충분했기에 용노는 금옥을 인벤토리에 집어넣고 염체를 얼굴 앞쪽에 방패처럼 띄운 후 다시 몸을 일으켰다. 그가 당당히 몸을 세우자 다시 화살이 그를 향해 날아든다.

킹! 탁!

"이런, 못 버티네."

염체의 방패를 부수고 들어온 화살을 잡아낸다. 블레이드 피쉬들과의 전투를 견뎌내고 금단선공의 화후가 7성을 넘어선 이후 반사신경과 동체시력이 놀랄 정도로 좋아져서 별로 어렵지 않은 묘기였지만 그의 옆에 있던 자경단원은 기겁한다.

"화, 화살을 손으로 잡아?"

"아니, 별로 대단한 일은 아닌데요."

어깨를 으쓱인다. 사실 날아드는 화살을 잡을 수 있는 건 적이 화살을 겨누는 장면을 봐서 '아, 지금 날아오는구나' 하는 인식이 선 상태에서만 가능하니까. 화살을 대충 볼 수 있는 거지 날아오는 과정이 다 보이는 건 아니다.

캉!

그러다 문득 사내의 앞으로 날아들던 화살을 쳐낸다. 머리에 화살을 맞았을 때는 멍이 들었지만 손으로 쳐내니 별다른 타격이 없다. 이미 그의 수공은 절정의 경지에 올라 내력을 넣어 강화하지 않아도 어지간한 강철보다 단단하다.

> **선행 점수가 2포인트 상승하셨습니다!**

"응? 선행?"

"그 아저씨의 목숨을 구해서 주어진 포인트예요. 당연하지만 선행을 베풀수록 쌓이죠."

"하지만 아까 갇혀 있던 아저씨를 구해줬을 때는 선행 포인트가 안 쌓였는데?"

이해가 안 간다는 용노의 반응에 마리는 코웃음을 쳤다.

"헹. 그게 무슨 선행인가요, 퀘스트라 구했을 뿐이지."

"그걸 또 왜 구분하고 그러냐, 치사하게."

캉!

선행 점수가 2포인트 상승하셨습니다!

다시 화살을 쳐내자 떠오르는 텍스트에 용노는 휘파람을 불었다.

"오오, 중복도 되는 거야?"

"임의로 위험하지도 않을 사람을 위험하게 하거나 단번에 구할 수 있는데 계속 위험으로 몰아가는 게 아니라면 중복도 돼요. 어쨌든 선행은 선행이니까."

"이거 본격적으로 선행 노가다 하는 놈도 생기겠네그려."

그렇게 말하며 전황을 살핀다. 상황은 절정으로 치닫고 있다. 50마리의 놀 중 절반가량은 이미 부상을 당했거나 시체가 되어 있고 나머지 놀들도 꽤 지쳐 보인다. 자경대원들도 많은 사상자를 낸 상태지만 그 숫자는 열 명도 안 되는 수준이다.

"저기, 아저씨."

"어, 아, 아! 고, 고맙구나! 덕분에 살았……."

"됐고요. 활하고 화살 좀 저 가져도 돼요? 싸우는 거 도와드릴게요."

"그럼 고맙지. 부끄럽지만 지금 다리에 힘이 풀려서."

정신없이 고개를 끄덕이는 사내의 활통을 받아 등에 메고 활을 든다. 손으로 만든, 그러나 수공예품이라는 이름을 붙이기에는 너무나 대충 만들어진 목궁이다.

"궁술이라……."

손에 잡힌 활의 감촉에 뭐라 표현할 수 없는 감회가 든다. 활을 버린 지 어느새 5년째다. 다시는 잡지 않겠다고 생각했는데 게임에 접속해 들게 된 것이다.

"양궁, 다시 해볼 생각 없나 물어보러 왔어."

생각은 있었다. 사실은 너무나 바라는 일이었다. 하지만 그럴 수 없다. 그는 양궁을 안 하는 게 아니라 못하는 것이었으니까. 욕조에 담긴 물에 몸을 담그는 것만으로 기절하는 것처럼 그는 활을 보는 것만으로 괴로웠다. 방송으로 볼 때조차 울렁거림을 느낄 정도인데 실제로 쏘는 게 가능할 리 없지 않은가?

하지만,

'여기는 현실이 아냐.'

그렇다. 현실이 아니다. 그가 있는 장소는 게임(Game), 즉 놀기 위한 공간이다. 실제로 욕조에 담긴 물에도 못 들어가던 그는 1,000미터 심해로까지 잠수했었다.

끼이익.

시위를 당기자 목재로 만들어진 싸구려 활이 삐걱거린다. 예전이었다면 거들떠보지도 않았을 물건.

"목궁은 쓸 만한 활이 아닌데. 정말 제대로 만들어진 물건이라면 또 모르겠지만……."

하지만 당장 가진 활이 이것뿐이니 별수없다.

핑!

"캥!"

막 목책 위로 올라서 자경단원을 물려고 하던 놀의 입안으로 화살이 빨려들어 간다. 그 결과는 말할 것도 없이 즉사

궁술 스킬이 B랭크로 상승하셨습니다!

놀 슬레이어 타이틀을 획득하셨습니다!

핑!

"컹!"

또 한 발의 화살이 하늘을 날아가 성벽을 향해 달려오고 있던 놀의 눈에 박힌다. 놀의 눈이 그리 큰 것도 아니고, 심지어 빠르게 움직이고 있었다는 걸 생각하면 놀라운 일이다.

궁술 스킬이 가랭크로 상승하셨습니다!

궁술 초급자 타이틀을 획득하셨습니다!

특수 능력 주입 유지를 획득하셨습니다!

내공을 다루는 자들이 활을 쏘게 되면 일반적인 무기를 다루는 자들과 약간 다른 방식으로 내공을 주입해야 한다. 검이나 창 등의 근접 무기는 내공을 지속적으로 주입시켜 위력을 증폭시킬 수 있지만 궁술의 경우 화살을 발사하는 순간 몸에서 떨어지기 때문에 기본적인 내공 주입은 효과가 없는 것이다.

때문에 궁수들은 화살 안에 내공을 담아 지속적으로 유지시키는 기술을 사용한다. 물론 그 시간은 길어야 5초 내외지만 그 정도면 충분하기 때문에 문제없다. 그것이 바로 궁술 7랭크 특수 능력, 주입 유지다.

텅!

사다리를 타고 목책에 올라서던 놀이 화살에 맞아 하늘을 날아간다. 아무리 인간보다 작다 해도 그 몸무게가 50킬로그램은 충분히 되는 놀이 화살 하나에 맞아 5미터나 날아가는 건 물리학적으로 말이 안 되는 일이지만 방출된 내기에 무게를 더하는 건 무학의 기초 중 하나다.

"하지만 효율이 안 좋네. 5년 내공을 증폭시켜 10년 내력으로 만들었는데도 겨우 이거라니……."

5년이면 그의 15년 내공 중 3분의 1에 달하는 침이다. 수공을 사용한다면 최고 열 번 가까이 비슷한 위력을 낼 수 있다는 걸 생각하면 정말 안 좋은 효율이긴 하다.

펑!

"컹!"

궁술 스킬이 6랭크로 상승하셨습니다!

핑!

"케엥!"

궁술 스킬이 5랭크로 상승하셨습니다!

궁술 숙련자 타이틀을 획득하셨습니다!

특수 능력 '폭살시'를 획득하셨습니다!

핑!

쾅!

오발(誤發)이란 없다. 또한 특수 능력을 획득하는 순간 그 즉시 적응해 사용한다. 어느새 그는 주변의 모든 전투를 장악하고 있었다.

핑!

커헝! 컹!

궁술 스킬이 4랭크로 상승하셨습니다!

핑! 쾅!

궁술 스킬이 3랭크로 상승하셨습니다!

푹.

"캐액."

어깨에 화살이 박혔지만 놈은 그대로 피를 토하더니 쓰러졌다. 그것이 특수 능력 격살시(擊殺矢). 화살에 담긴 내력을 터뜨려 물리적인 폭발을 일으키는 폭살시와 달리 격살시는 화살에 담긴 내력을 적의 체내에 침투시켜 인위적인 주화입마를 일으킨다. 지금 같은 경우 별 내력조차 없는 놈이었기에 내상이나 좀 입고 쓰러진 정도지만 가진 내공이나 마력이 많은 자에게 있어, 더불어 가진 영력은 많은데 제어력은 상대적으로 떨어지는 이들에게 있어 격살시는 그 어떤 맹독보다 치명적인 공격이다.

푹!

어느새 그의 손에 죽어나간 놈의 숫자는 15마리에 이른다. 남아 있던 놈이 25마리였다는 걸 생각하면 절반이 넘는 숫자. 게다가 놈이 15마리나 죽은 건 용노가 한 대의 화살로 한 마리 이상의 적을 해치웠기 때문이지, 지금까지 그가 사용한 화살은 겨우 일곱 대에 불과하다는 걸 감안할 때 화살을 한 발 쏠 때마다 궁술 랭크를 한 단계씩 상승시키고 있다는 말이다.

핑!

"컹!"

그리고 드디어 랭크 업이 멈춘다. 분명히 화살이 명중했음에
도 오르지 않는 랭크. 그리고 그 모습에 마리는 깨닫는다.

'2랭크에서 멈췄다는 건 활을 처음 잡은 주제에 1랭크의 실
력까지 단번에 터득했다는 거군. 정말이지… 정말이지… 터무
니없는 녀석이야. 설사 원래 활쏘기에 능했다고 해도 여기서의
궁술은 내공을 사용하니 환경이 전혀 다를 텐데.'

하지만 그러다가 용노의 얼굴에 미소가 떠올라 있다는 것을
깨닫고 멈칫한다. 잠시 생각에 빠지는 마리. 하지만 그녀는 이
내 생각을 멈추고 오른손을 들어 용노를 겨냥했다.

"원래대로라면 '허가' 되지 않은 일이지만……."

마리는 마력을 움직였다. 그것은 일종의 독심술. 그녀는 그가
눈치채지 못하도록 용노의 표면 의식을 읽었다.

킹!

"…음!"

한순간 휘몰아친다고 해도 될 정도로 몰아치는 정보에 신음
하다. 큰 데이터를 처리할 수 있는 슈퍼 컴퓨터라면 또 모르겠
지만 이건 보통의 인간이 떠올릴 만한 정보량이 아니다. 주변
환경들이 제시하는 조건[Condition], 가진 힘[Power], 화살이 날아
가는데 영향을 줄 수 있는 변수[Variable], 그리고 그 모든 것이
더해지는 결과[Result]가 수많은 궤적으로 그의 머릿속에서 그려
지고 있다.

하지만 그 막대한 정보를 처리하고 수행하는 그의 정신 전반

을 뒤덮고 있는 건 얼음처럼 차고 단단한 이성도, 고행으로 단련된 깨달음도 아닌 단지 기꺼워 행하는 즐거움[樂]이었다.

'즐기는 천재……'

천재는 노력하는 자를 이기지 못하고 노력하는 자는 즐기는 자를 이기지 못한다고 한다.

하지만 사실 이건 틀린 말이다. 천재라는 것은 선천의 재능이고 노력과 즐김이라는 건 후천의 태도이기 때문이다.

'노력하는 천재는 무섭지. 그리고 즐기는 천재는……'

지금 그 답이 그녀의 눈앞에 있었다.

핑!

"컹!"

궁술 스킬이 1랭크로 상승하셨습니다!

궁귀 타이틀을 획득하셨습니다!

특수 능력 '궤도 변경'을 획득하셨습니다!

남은 열 마리의 놀을 쓰러뜨리자 궁술 스킬이 1랭크에 이른다. 스킬 수련치 책정상 현 스킬보다 두 단계 이상 높은 실력을 가지고 있으면 무조건 100%의 수련치가 주어지고, 1랭크 이상 높은 실력을 가지면 마찬가지로 10%의 수련치가 고정되기에 가능한 스킬 업 속도였다.

"자, 자네, 대체……"

자경대장이 두려운 눈으로 용노를 보고 있다. 용노는 순간 '도와줬는데 표정이 왜 이래?'라고 생각했지만 미처 물어보기도 전에 자경대장이 말한다.

"우, 웃으면서 놀떼를 학살하다니……."

"……."

대답할 말을 찾지 못한다. 물론 그는 놀떼를 학살하는 데 즐거움을 느끼 게 아니지만, 아무래도 타인이 보기엔 그렇게 느껴질 것이다.

> **클리어!**

"앗! 찝찝한 타이밍에 끊겼다."

"어차피 임시적인 세계예요. 오해를 풀어봤자 의미없죠. 뭐, 어쨌든……."

우웅―!

순간 약간의 울림과 두 줄기의 빛이 떠올라 용노의 몸 주위를 빙글빙글 돈다. 그리고 떠오르는 텍스트.

> **레벨이 2로 상승하셨습니다!**

> **아이템 사용 권한이 한 단계 상승합니다!**

> **능력치 제한이 100포인트까지 상승합니다!**

"오오, 2레벨이다. 오오!"

"쯧. 뭔 2레벨 찍는데 이렇게 오래 걸리나요."

마리가 혀를 차거나 말거나 용노는 감격에 젖어 있다. 무엇보다 능력치 제한이 해제된 건 그에게 감동적이기까지 한 일이다. 이제 제한이 100포인트이니 한동안은 거기에 걸릴까 스트레스를 받지 않아도 되리라.

우우……

그리고 그 순간 열려져 있던 스무 개의 문이 빛으로 변해 사라진다. 거기에서 다시 생겨나는 두 개의 문. 용노는 거기에 쓰여 있는 글을 보았다. 거기에는 각각 [합동전투], [시작의 방]이라고 쓰여 있었다.

"아직도 남았어?"

"합동전투는 원래 20개의 시험과 같이 나오지만 기본 퀘스트에서는 예외적으로 마지막에 들어가요. 그리고 합동전투를 마치면 기본 퀘스트가 종료되죠."

"시작의 방은?"

"기본 퀘스트를 마치기 전, 그러니까 디오를 플레이하기 전에 준비를 갖춰주는 곳이에요."

기본 영력의 선택, 기초 장비 획득 등이 이루어지는 공간이다. 유저가 유저로서 디오의 세계에 쉽게 적응할 수 있도록 돕는 공간. 마리는 말했다.

"오빠의 경우에는 다른 유저랑 여러 가지로 다른 점이 많으니 카알님이 고민 좀 하겠지만, 뭐, 문제는 없을 거예요."

"카알님?"

"저랑 비슷한 역할이지만 권한은 더 높아요. 참고로 전 거기까지 못 따라가니까 혼자 가시고요."

"어? 못 따라와?"

"슬슬 마지막이니까요."

나직한 목소리로 중얼거리는 마리. 그 말은 묘한 여운을 담고 있었지만 용노는 눈치채지 못했다. 그렇게 문이 열리고 용노는 시작의 방으로 들어섰다.

"여긴……"

작은 방이다. 평수로 치면 6평쯤 될까? 벽에는 온갖 무기, 그러니까 온갖 도검류는 물론 활과 활통, 가죽 갑옷, 지팡이, 정체를 알 수 없는 책도 있다. 분명 그는 2레벨의 초보임에도 거기에 있는 장비들은 하나같이 고급품이었다.

"손님이군."

카운터에서 졸고 있던 사내가 눈을 떴다.

"아, 저기……"

"기본 영력을 이미 획득했군. 딱히 마리가 도와줘서가 아니라 스스로 흡수했어."

"네?"

"대력금강수가 8성에 금단선공이 7성이라……. 심법을 5성 넘게 익힌 녀석 자체가 아직 없는 걸 감안하면 이건 이미 초보자가 가질 스펙이 아니군. 물론 플레이 타임은 충분히 길었으니 무조건 이상하다곤 할 수 없지만 과연 가이드 NPC에게 이 정도까지의 월권이 용서되느냐는 문제가 있는데……."

카알은 잠시 눈을 감고 생각에 빠졌지만 이내 고개를 흔들었다.

"상관없겠지. 회사의 기본 방침에 어긋나는 일은 아니니."

디오의 기본 방침은 유저들의 강화. 물론 형평성을 위해 일방적 강화는 안 되지만 이 정도야 문제없을 거라는 게 그의 판단이었다. 물론 그도 대력금강수가 단순한 지식의 전달이 아닌 지식 '주입'의 결과라는 것을 안다면, 그리고 그 행위에 기천이라는 정보까지 더해져 있다는 걸 안다면 생각을 조금 달리 했을 테지만 카알은 거기에서 생각을 멈췄다. 그의 역할은 게임 안의 문제점을 찾아내는 게 아니기 때문이다.

"그럼 선택해라."

"뭘요?"

"기본 영력. 내공을 다시 선택해서 한 계열로 특화시키는 방법도 있고 마력, 차크라, 생체력, 신성력, 오오라 중 하나를 선택해 추가적인 채널(Channel)을 여는 것도 가능하다."

용노로서는 생각지도 못했던 말이다. 왜냐하면 그는 이미 기본 영력을 끄집어내 자신의 내공으로 전환시켜 놓은 상태였으니까.

"저 이미 썼는데 선택해도 돼요?"

"그거야 네 재수껏 얻은 것이니 치시 않는다. 어차피 영력 타입은 여기서 완전히 결정되는 게 아니라서 나가서 추가적으로 획득하거나 제거하는 게 가능하거든. 지금 넌 좀 빨랐지만 같은 수순이라고 판단한다."

그리고 이어 그는 영력의 타입에 대해 설명했다.

"디오에는 여섯 개의 영력 타입이 존재한다. 물론 엄밀히 말하면 일곱 개라고 할 수 있지만 말이야."

"왜죠?"

"선택할 수 있는 타입의 영력은 여섯 개지만 거기서 그 어떤 영력도 선택하지 않으면 0번 타입, 순영력(順靈力)을 사용하게 되기 때문이지. 흔히 소환사나 정령사가 사용하는 힘이다. 어떤 형태로도 가공하지 않은 힘은 이계의 존재들과의 거래 재료로 사용하기 좋거든."

영력은 그 타입에 따라 가진 효과나 성질이 완전히 다르다. 그 어떤 이능도 없이 생물학적으로 육체를 강화시키는 생체력(生體力)이나 어떠한 '요소'를 깊게 '이해' 함으로써 힘을 발휘하는 차크라(Chakra), 외차원의 힘을 '비추어' 온갖 기적을 행사하는 신성력(神聖力), 정신이 가진 내면의 힘을 끌어올려 속성을 부여하거나 특정 형태로 구현(具現)시키는 오오라(Aura), 그리고 가장 유명한 내공(內功)과 마력(魔力)까지.

그 모든 힘은 각각 일장일단을 가지고 있어 딱히 어느 쪽이 우위에 있다고 말하기 어렵다.

"가장 인기있는 타입은 뭐죠?"

"자신의 영력을 전체적인 인기 따위에 휩쓸려 결정하는 건 멍청한 짓이지."

"쳇, 무안 주기는. 어차피 결정하고 있었다고요."

"뭐지?"

"마력이요. 마법을 써보고 싶어요."

구출 시험에서 이반 제스터의 힘을 보고 생각했던 일이다. 그 압도적인 화력과 화려한 임펙트. 그것은 무공을 익혀 비교적 소소한(?) 위력의 기술을 사용해 오던 용노에게 상당히 매혹적인 힘이다.

"좋아, 이로써 네 타입은 내공과 마력이다. 이는 후에 추가적인 퀘스트를 통해 수정이 가능하며, 당연하지만 여러 개의 타입을 선택할수록 성장 속도가 느려진다. 그리고 그 정도는 경지가 높아질수록 심해지고."

"예."

고개를 끄덕이는 용노의 모습에 카알이 말했다.

"좋아, 그럼 학파를 선택해라."

"학파?"

의아해하는 그에게 카알은 작은 책자를 내밀었다.

"같은 내공을 사용해도 문파나 심법에 따라 그 방식이 전혀 다른 것처럼 마력 역시 학파에 따라 운용 방식도, 저장 위치도 전혀 달라. 그걸 지금 결정하는 거지."

용노는 카알이 내민 책자를 받아 살폈다. 100여 개의 학파가 각각 한 페이지씩 자리를 차지하고 있다.

"밀레토스 학파, 위칼레인 학파… 까지는 좋은데 붉은 매 학파? 천무선법(天無仙法)에 역천팔법(逆天八法)? 일관성은 별로 없군."

"그래도 하나같이 뛰어나서 더 좋고 나쁨은 없다. 선택은 마음대로지."

"흠."

용노는 잠시 고민했다. 학파는 무려 100개. 마리의 가르침을 따라 자연스레 금단선공을 선택했던 용노에게는 어려운 문제다.

"고민할 필요없다. 말했다시피 성향이 다를 뿐 모두 동등한 힘을 가진데다 정 잘못 골랐다 싶으면 능력치를 초기화시키면 되니까."

"초기화도 돼요?"

"안 될 것도 없지. 골드하고 경험치가 좀 소모되기는 하지만 엄청난 부담도 아니고."

그의 말에 용노는 고개를 끄덕였다. 확실히 초기화까지 자유롭다면 크게 고민할 필요없다, 하물며 꽝이 있는 선택도 아니라니 뭘 골라도 키우기 나름이리라.

"좋아, 그럼 행운의 77번 학파로 해야지."

그렇게 중얼거리며 책장을 넘기다가 문득 생각을 바꾼다.

"아냐. 그것보다 그냥 눈 감고 아무 장이나 찍어서 하는 게 낫겠다."

그렇게 중얼거리며 눈을 감고 책장을 파라락 소리 나게 펼쳐 아무 장이나 찍은 뒤 눈을 뜬다.

"넘버 77번 세븐 쥬얼(Seven Jewel) 학파."

흥얼거리며 걸린 학파를 선택하려던 그는 문득 자신이 찍은 학파가 방금 전 별생각없이 떠올렸던 번호라는 걸 깨닫는다.

"…우연?"

'으음' 하고 잠시 고민에 빠지는 용노. 그는 책자를 다시 덮은 후 다시 아무 장이나 펼쳤다.

물론 장난은 아니다. 그는 언제나 진지하다. 좀 전에도 그랬지만 지금도 펼쳐지는 바로 그 학파를 선택할 생각이다.

"넘버 77번 세븐 쥬얼(Seven Jewel)."

방금과 같은 번호다.

"…우연이 아니군."

"이봐, 너."

용노의 얼굴이 굳어지자 카알이 입을 연다. 뭔가 말을 하기 위해서였는데, 그보다는 용노의 말이 빨랐다.

"운명이로구나! 운명의 학파!!"

"……."

"좋았어. 이걸로 할게요. 세븐 쥬얼!"

"…뭐, 알았네."

웅.

카알의 대답과 동시에 오른쪽 손등이 따끔거리는가 싶더니 육각형의 마법진이 그려진다. 거기에 담긴 것은 소량의 마력. 허공에 텍스트가 떠오른다.

영력(Type 마력)이 2마포인트 증가하셨습니다!

학파(學派), '세븐 쥬얼(Seven Jewel)'을 획득하셨습니다!

"흠, 이건 손등에 새겨진 마법진에 마력이 담기는 방식이군."

채널이 열리고 새로운 감각을 접하자 신기해하는 용노. 그리고 그런 그의 앞으로 한 권의 책이 마술처럼 나타난다. 책의 제목은 [새로운 것에 대한 이해]였고, 제목 아래에 작은 글씨로 [대표적인 일성(一星)주문 25개]라고 쓰여 있다.

"입문서(入門書)다. 공짜에 기본 장비니 부담스러워할 필요는 없어. 아, 그리고……."

용노의 앞으로 커다란 챙을 가진 모자와 푸른색의 로브, 그리고 1.3미터짜리 나무 봉이 나타난다.

"그것도 기본 장비야. 걸쳐."

"에, 이렇게 막 주는 건가요? 맨손으로 시작해서 장비를 맞춰가는 시스템이 아니라?"

"그렇게 다 맨몸으로 시작하면 별다른 무기가 필요없는 생체력 유저가 너무 유리하잖아. 녀석들은 맨몸으로 바위도 부수는 반면 마법사들은 장비가 없으면 할 수 있는 게 거의 없어. 내공을 다루는 무술가들도 기본적으로 정도 이상의 무기를 가지고 있을 필요가 있고."

"그럼 이것들도?"

"그래. 그것들은 전사들을 위한 기본 장비지."

용노는 벽에 걸린 롱소드를 바라보았다. 청색 빛이 은은하게 감도는 검신. 보는 것만으로 예기가 느껴지는 칼날. 수수한 디자인이었지만 그건 흔하디흔한 양산품이 아니다. 어떻게 봐도 초보자에게 지급되는 기본 장비라고는 믿을 수 없는 품질. 용노는 자신이 받은 장비들을 감정했다.

Item

[수련 마법사의 로브]　　　　　　　　　8급　　Common

　마법사의 길을 걷는 이들에게 주어지는 로브. 매우 튼튼하게 만들어져 있으며 보온성과 방수성이 뛰어나다. 또한 미력하게나마 항마력을 지니고 있어 적대적인 이능에 노출되면 저항해 붉은 색으로 변한다.

용노는 로브의 질감을 확인하고 작게 휘파람을 불었다. 상당히 훌륭한 물건이다. 어떤 섬유로 만들었는지 칼날도 잘 박히지 않을 정도로 질긴데다 사용자의 몸에 닿는 부분은 솜옷처럼 부드럽다. 두께도 적당하고 가벼워 입고 다니기에 편한 물건. 용노는 다음으로 모자를 감정했다.

Item

[수련 마법사의 모자]   8급   Common

마법사의 길을 걷는 이들에게 주어지는 모자. 매우 튼튼하게 만들어져 있으며 보온성과 방수성이 뛰어나다. 또한 미력하게나마 항마력을 지니고 있어 적대적인 이능에 노출되면 저항해 붉은 색으로 변한다.

같은 재질로 만들어진 물건이다. 지름으로 치면 1미터쯤 되는 큼지막한 챙 때문에 비교적 커다랗지만 종이 모자를 쓴 것처럼 가벼운데다 사이즈도 꼭 맞아서 매우 편하다.

"진짜 마법사가 된 기분인데?"

용노는 거울 앞에서 몸을 이리저리 돌려가며 만족감을 표시했다. 그리고 남은 것은 무기. 용노는 1.3미터 남짓한 나무 봉을 들어 올렸다. 분명 나무로 만들어졌음에도 은은한 온기가 느껴지는 지팡이는 알아볼 수 없는 수십의 문자들이 음각되어 있다.

Item

"하나같이 너무 좋아 보이는데. 이것들, 진짜 8급이에요?"

미심쩍어하는 용노에게 카알이 고개를 끄덕인다.

"디오의 장비 등급은 철저하게 성능제다. 저 검만 해도 그렇지. 상당히 잘 만들어졌지만 그래 봐야 8급. 뛰어난 장인의 손에 만들어진 유서 깊은 명검이라고 해도 단지 날카롭고 튼튼할 뿐이라면 7급을 넘기 힘들어."

'등급=가치'가 아니기 때문이다. 즉, 명인이 만든 천만 원을 호가하는 명검이 있고 공장에서 대량 생산한 권총이 있다고 치자. 가치로 따지면 당연히 명검 쪽이 몇십 배나 높다. 명인이 만든 명검의 가치는 대량 생산된 권총에 비할 바가 아니니까. 하지만 이렇게 생각하면 어떨까? 실제로 명검을 든 사람과 권총을 든 사람이 싸운다면? 과연 몇십 배나 비싼 명검을 가진 사람이 권총을 든 사람보다 유리한가?

때문에 디오의 아이템 등급 시스템으로 치자면 명검은 7급, 권총은 6급 아이템이다. 그 가치는 상관없다. 현실적인 기능의 우위에 서 있는 권총이 더 높은 등급 판정을 받는 것이다. 물론 희귀도나 가격의 경우는 전혀 다른 문제라서 등급이 높은데도 가격이 낮은 물건이 있고, 등급이 낮은데도 초고가의 물건이 있다.

"우와! 그럼 막 1급 A급 아이템은 뭐 하는 물건이죠?"

"그만한 [기능]과 [힘]이 담겨 있는 물건이지."

그의 말에 용노는 언젠가 보았던 아름다운 검을 떠올렸다. 은빛으로 빛나던 아름다운 검신. 투명한 보석으로 치장된 손잡이 장식과 종류를 알 수 없는 푸른색 가죽으로 세련되게 만들어져 있는 손잡이.

그건 마치 전설에서나 나올 것 같은 모습이다. 그 옛날 용을 쓰러뜨린 성검의 이름을 따서 만들어졌다는 SS급 마법기 용살검(龍殺劍), 아스칼론(Ascalon).

"그럼 SS급 아이템은 어떻죠?"

"SS급이라… 너무 먼 이야기를 하는군. 뭐, SS급 아이템이라면 거의 전략 병기에 가까운 위력을 낼 수 있다. 좀 이상한 예라고 할 수 있지만 너희 세계에서 수소폭탄 같은 핵병기가 SS급 무기지."

"수소폭탄?!"

"그것도 그냥 수소폭탄 정도가 아니지. 물론 수소폭탄의 경우는 이론상 위력을 무한정 높이는 게 가능하니 최대치라고까지 말하긴 어렵겠지만, SS급 아이템에 담긴 힘을 일시에 해방할 수 있다면 50메가톤(mt) 정도의 수소폭탄 위력은 나올 거다."

"……."

잠깐 어이없는 말을 들은 것 같아 용노는 어안이 벙벙한 표정을 지었지만 카알은 뭐 어떠냐는 표정이다.

"뭐, 솔직히 SS급 무기는 가지긴커녕 볼 일도 그다지 없을 테니 신경 쓸 필요없겠지."

'위험한 물건이었구나.'

헛웃음 짓는 그였지만 그럼에도 눈에 비쳤던 아스칼론은 아름다웠을 뿐이다. 물론 모른다. 아스칼론에 눈을 빼앗겼던 건 그 안에 담기 힘 때문일지도.

"뭐, 어쨌든 이제 내가 해줄 일은 이걸로 끝이군."

"오호, 드디어 디오로 진입하는 건가요?"

카알은 좋아하고 있는 용노에게 고개를 흔들어 보였다.

"바로는 아니지. 어쨌든 너는 기본 미션의 [전투]와 [합동전투]를 마쳐야 하니까."

"하지만 저 기본 미션 다 끝냈는데."

"클리어했다고? 하지만 영력도 장비도 없이 어떻… 아, 그렇군."

카알은 용노의 능력치와 스킬 수준을 떠올렸다. 확실히 그라면 장비가 없어도 클리어하는 데 문제가 없었으리라. 심지어 수곤은 별다른 장비가 필요없는 무공이니 대력금강수를, 그것도 무려 8성의 경지까지 끌어올린 용노라면 2레벨대의 적은 상대조차 되지 않을 테니까.

"그럼 끝인가요?"

"그래. 잘 가라."

그 말과 동시에 배경이 변하고 어느새 용노는 자신이 시작의 방을 나와 마리의 앞에 서 있다는 것을 깨달았다.

"우와, 냉정한 인간. 인사할 틈도 안 주네."

"원래 그 아저씨 성격이 좀 무뚝뚝하거든요.

그렇게 말하면서도 그녀의 눈은 서늘하게 빛난다. 용노가 몸에 걸친 건 마법사용 모자와 로브, 그리고 오른손에 든 것은 쿼터스태프. 그건 누가 봐도 견습마법사의 장비다. 아닌 게 아니라, 겉모습만이라면 용노는 이미 훌륭한 마법사.

하지만 마리가 예상한 장비는 그쪽이 아니었다. 장갑, 혹은 활, 최대한 양보해도 검 같은 무예 쪽 장비가 걸릴 거라고 생각했던 것이다. 하지만 추가된 영력은 마력, 장비는 마법사.

"저기, 마리야? 피부가 따끔따끔해."

"아, 미안해요."

"됐어. 하지만 기세, 정말 장난 아니다. 일부러 뿜어내는 것도 아닌 것 같은데 오싹오싹해."

하지만 그렇게 말하면서도 안색 하나 변하지 않는 것은 그가 질기디질긴 신경의 소유자라는 증거. 뭐, 사실은 해룡(海龍) 지그문트(Zygmunt)의 압도적인 살기와 압력을 경험한 이후라서 비교적 자유로운 것이지만 그래도 그가 무예 필요한 모든 조건을 갖춘 인간이라는 건 변하지 않는다. 하지만 그럼에도 그가 선택한 것은 마법사로서의 길.

"쳇."

그녀는 알고 있다. 디오의 영력 타입과 학파, 심법 등의 능력 계통, 요소, 종파 등의 선택은 절대 우연이나 그때그때의 기분에 따라 이루어지는 게 아니라는 것을.

그가 마력을, 그리고 그에 걸맞은 학파를 선택했다면 그건 그의 재능이 틀림없이 마법 쪽을 향하고 있다는 말이다.

'하지만 그래도 나는……'

"저기 마리, 이제 끝난 거지?"

"…그러네요. 이제 합동전투를 마치면 디오의 세계를 본격적으로 여행하시게 돼요."

나직한 목소리. 그리고 그 말과 함께 텍스트가 떠오른다.

> 기본 미션을 클리어하셨습니다!

> 진입자 타이틀을 획득하셨습니다!

"진입자?"

용노는 난데없이 생겨난 타이틀에 의아해하며 타이틀 설명을 열었다.

Title

[진입자]

모든 스텟 +10

허접, 이라는 말을 부드럽게 돌려 표현한 타이틀. 하지만 상당히 좋아서 안 달 수 없을걸?

"안 달아."

그렇다. 물론 진입자 타이틀은 초보들의 입장에서 상당히 괜찮은 수준을 가지고 있지만 용노는 무려 마스터 타이틀의 소유자였다. 현재 그의 타이틀 여의수신(如意水神)은 마음먹은 대로 물을 다루는 신이라는 거창한 이름답게 그 효과가 막대하다.

체력, 근력, 생명력을 각각 150포인트나 상승시키는, 다른 유저들이 들으면 욕을 할지도 모를 만큼 어마어마한 효과를 가지고 있는 여의수신은 사실 딱 마스터 타이틀만큼의 효과를 가지고 있다.

스킬을 수련해 얻을 수 있는 최상위 타이틀이 바로 마스터 타이틀이기 때문에 거기에 더해지는 보너스는 상당하다. 물론 그 위에 있는 UT급, 흔히 그랜드 마스터 급이라고 불리는 타이틀이 존재하기는 하지만 애초부터 그 등급의 기예는 디오의 운영자들조차 '과연 따는 녀석이 있을까?' 라는 의문을 가질 정도로 높은 경지를 필요로 한다.

웅.

그런데 문득 마리의 몸이 떠오르는가 싶더니 은은한 빛을 흩뿌리기 시작한다. 난데없는 상황에 눈을 동그랗게 뜨는 용노. 그리고 그런 그를 보며 마리는 한숨 쉬었다.

"시간이네요."

"시간?"

용노가 되물었지만 마리는 대답하지 않았다. 대신 그녀의 주변을 휘돌던 빛 덩어리들이 그녀의 오른손으로 몰려든다.

웅— 웅— 우웅—!

느껴지는 것은 실로 무지막지한 힘이었지만 용노는 긴장하지 않았다. 왜냐하면 거기에 살의가 담겨 있지 않았기 때문이다.

마리는 말했다.

"아마 오빠라면 언젠가 기천의 의미를 깨닫는 날이 올 거예요."

"기천의 의미?"

의아해하는 용노의 모습을 아무 말 없이 바라보는 마리의 손에서 반투명한 백색의 빛이 피어난다. 그것은 한계까지 압축되고 압축된 내공의 정수(精髓). 용노는 느꼈다. 당장 이해하지는 못했지만 그럼에도 분명 느꼈다. 자신의 눈앞에 있는 것이 어느 한 계통의 정점(頂點)에 도달해야만 얻을 수 있는 지고의 것이라는 것을 말이다.

"뭐, 그래도 금방 이 경지에 오르지는 못하겠죠."

"저기 마리야? 말하는 중에 미안한데, 지금 네 몸이 흐려지고 있……."

"들어."

단호한 목소리에 찔끔 놀라 입을 다무는 용노. 그렇게 그의 입을 막은 마리가 말을 이었다.

"아무쪼록 기천의 의미를 깨닫길 바라요. 그리고 그 한계를 초월하기를. 만약 그게 가능하다면 당신을 옭아맨 제약을 떨쳐 낼 수 있을 테니까."

"제약? 지금 무슨 말을……."

파직!

"큭?!"

막 뭔가 물으려다가 이마에서 느껴지는 화끈한 통증에 신음한다. 분명 디오에는 통각 제어 시스템이 있을 텐데도 분명하게 느껴지는 통증. 어느새 생겨난 이마의 상처에서는 상당량의 피가 흘러내리고 있었다.

"이게 대체 무슨……?"

"증거를 남기고 싶어요."

이미 그 모습은 흐릿하다. 점차 사라지고 있는 백발의 소녀.

한 달이 넘는 시간 동안 그녀는 원했다. 욕망(慾望)했다. 찍어 만든 수많은 마리오네트(Marionnette)가 아닌 자신이라는, 그 누구의 복사품도 아닌 바로 '나'라고 하는.

"증거를 남기고 싶어요."

"큭……?!"

화끈한 열기에 다시 신음한다. 상처는 이미 아물었다. 타이틀 효과까지 더해 그의 생명력은 200포인트로 팔이 잘려도 1분 정도 붙이고 있으면 정말 붙어버리는 육체가 되어 있기 때문이다.

"제 이름은 기천검가(氣天劍家)의 설화련(雪花蓮). 기억하세요."

이제는 완전히 흐려져 잘 보이지도 않는 모습으로 마리는 말했다.

"설화련이 여기에 있었어요."

끼이이.

합동전무의 문이 열리고 용노의 몸이 떠오른다. 용노는 깜짝 놀라 버둥거렸지만 몸을 잡아끄는 힘에 저항하지는 못했다.

"축하드려요."

그리고 멀어지는 용노의 모습을 보며 마리, 아니, 화련은 슬프게 웃었다.

"이것으로 기초 테스트는 완료되었습니다."

쾅!

거세게 닫힘과 동시에 그대로 사라져 버리는 문. 그리고 그 앞에 이제는 유령이라고 불러도 좋을 정도로 희미해진 화련이 웃었다.

"으음~ 역시 허탈하네. 그냥 여기 계속 있어달라고 징징대 볼 걸 그랬나?"

그러나 의미없는 짓이다. 긴 시간으로 인해 그녀에게 새겨져 있는 규칙과 금제가 약해지기는 했지만 유저를 '강제'하는 것은 아무래도 큰 부담이니까. 게다가 초보 존이 비교적 운영자들의 관심 분야에서 떨어진 부분이라도 계속 시간을 끌다가는 결국 눈에 띄고 말았으리라.

우우우……!

그녀가 딛고 있는 세계가 용노가 시험의 방을 빠져나가자 반으로 접히고 끝에서부터 소거되기 시작한다. 그녀의 존재는 물론 세계 전체가 삭제[Delete]되는 것이다. 물론 원래대로라면 그녀의 데이터는 회수되어 용노가 합동전투를 할 때마다 재활용되겠지만 그녀는 기천의 힘으로 영자(靈子)를 끊고 이어 자신의 모든 힘을 소진함으로써 그것을 막았다.

"쳇. 어차피 복제품이라는 기간."

쓰게 웃으며 어깨를 으쓱이는 마리. 그리고 마침내,

"안녕."

'그녀'라고 하는 존재가 세상에서 완전히 사라진다.

Chapter 10

멀린

"저기, 이봐요."

"으으……."

"여보세요?"

"음?!"

용노는 벌떡 몸을 일으켰다. 그가 자리하고 있는 곳은 어지간한 운동장을 두세 개는 붙여 만들어놓은 것 같은 거대한 강당. 그리고 거기에는 대충 봐도 100여 명은 넘어 보이는 사람들이 와자지껄 떠들며 이야기를 나누고 있었다.

"여긴……."

"합동전투의 대기실이에요. 그런데 대체 왜 그런 방식으로 '문'을 넘어온 거예요? 마리 양이 집어던지기라도 했나요?"

"에구, 대체 어떻게 넘어왔기에……."

중얼거리며 둘러본다. 주위에 있는 것은 가지각색의 복장을 갖추고 있는 수십 명의 사람들. 개중에는 용노처럼 로브를 걸치고 쿼터스태프를 든 이도 있고, 상의를 벗은 채 온몸에 문신을 그린 이도 있다. 가죽 갑옷으로 온몸을 감싼 것은 물론 방패와 검까지 든 이도 있고, 몸에 착 달라붙는 닌자복—그렇게밖에 설명할 수 없는 외형이었다—을 입고 있는 이도 있다.

펑!

그때 로브를 걸친 청년 중 하나가 중얼중얼 주문을 외우다 손을 뻗자 주먹만 한 화염의 화살이 날아가 정면에 있던 청년의 방패를 때린다. 땅을 단단히 디딘 채 버티고 있었지만 강한 충격에 한 발짝 밀려나는 전사 계통의 유저. 하지만 양쪽 모두 심각하지 않은 표정이다. 피차 살의가 담긴 공격과 방어가 아니었기 때문이다.

"오오, 이제는 맨손으로도 마법이 나간다. 오오."

"우와, 짱이다. 나 지금 내공으로 막았어. 방패에도 내공을 넣을 수가 있구나."

"나, 다시 한 번 써볼게. 이번에는 전격으로 간다."

"어? 그런데 전기면 금속 방패로 못 막지 않나?"

미심쩍어하는 전사 유저에게 마법사 유저가 말한다.

"방패에 내공을 넣어서 막아봐. 전격이 그래도 통해서 맞는지 아니면 막히는지 실험해 보자."

"오케이. 근데 너, 마법은 몇 방이나 쏠 수 있는데?"

"볼트 계열은 5테트라씩 마력이 소모되네. 나 마법사로 특화해서 총 마력이 40테트라니 이론상으로는 여덟 발까지 쓸 수 있

겠다. 하지만 마력을 완전히 소모하는 건 힘들다고 마리 양이 그랬으니 여섯 발 정도가 한계이려나?'

나름의 방식으로 처음 접하는 신비에 익숙해져 가고 있는 둘. 뿐만 아니다. 여기저기에서 2미터, 혹은 3미터씩 점프하고 있는 이들도 보이고 검으로 여기저기 세워져 있는 통나무—훈련용인 모양이었는데 파괴되어도 바로 복구되었다—를 베어버리는 이들 도 있다.

"유저……. 여기 있는 사람들 다 유저 맞죠?"

"물론이죠. 아, 방금 기본 퀘스트 깨느라 혼란스러우신 모양 인데 구별은 간단해요. 머리 위에 떠 있는 아이디가 흰색이면 유저고 노란색이면 NPC죠. 검은색은 몬스터구요. NPC 중에는 대놓고 '상점 주인'이라든지 '도우미 NPC'라든지 하는 방식인 이들도 있지만 대부분 이름이에요."

그의 말에 고개를 들어 상대방의 머리 위를 확인한다. 그의 머리 위에는 [리자드맨 슬레이어 랜슬롯]이라는 글자가 떠 있다.

"랜슬롯?"

"괜찮은 아이디죠? 아직 베타 기간이라 사람이 적어서 고를 수 있었죠."

그의 말에 용노는 자신의 머리 위를 올려다보고 잠시 생각에 빠졌다. 왜냐하면 그의 머리 위에는 아이디가 떠 있지 않았기 때문이다. 물론 그가 자신의 얼굴을 본 것은 수면이나 거울에서 뿐이지만 생각해 보면 상태 창에도 아이디는 없는 걸로 나왔었 다.

"저기, 제 머리 위에도 아이디가 떠 있나요?"

"아직 아이디를 안 정하신 모양인데 그러면 당연히 없죠. 있지도 않은 아이디가 뜰 수는 없으니까."

"그런 거군요."

"네. 하지만 아이디가 아직도 없다니 5차 테스트 유저신가 보네요."

"5차 테스트 유저?"

이해할 수 없다는 반응에 랜슬롯은 대충 설명했다.

최초의, 그러니까 1차 베타 테스트 인원은 총 500명이었다. 많다고 할 숫자는 아니지만 어차피 베타 테스트 인원은 게임마다 다르게 마련이니 적다고 하기도 애매한 규모. 하지만 바로 다음날, 그러니까 테스트 2일째에 2차 베타 테스트 인원을 추가로 500명 선발해 3일째부터 투입시켰다.

특이하게도 디오의 베타 테스트는 계속 테스터의 숫자를 늘려가기만 했다. 마치 테스터의 숫자가 많으면 많을수록 좋다는 태도. 다만 그 기준은 제법 엄격해서 아무나 들어올 수는 없었는데, 일반적으로 생각하는 게임 회사에서 제시할 만한 종류가 아니었다.

"설마 지능이라딘가 실력 같은 길로 판단할 줄은 몰랐거든요. 저 같은 경우에는 수능 점수도 제출하고 필기시험도 봤죠. 듣기로는 무슨 인간문화제 같은 사람들한테도 우선권이 있다고도 했었고, 이게 대체 뭐 하는 짓인가 하는 생각도 들었지만 그 대단하다는 게임이니 참았어요. 지금은 잘했다고 생각하긴 하지만."

결국 하루 걸러 3차, 4차 테스터를 뽑더니 9일째인 오늘 5차 테스터들도 뽑았다는 말에 용노는 이제야 주변에 사람이 많은 이유를 알 수 있었다. 만약 이들 전부가 첫날 시작했다면 2레벨 시험을 보는 여기에 사람이 있을 리 없다.

"그런데 아이디는 어떻게 만들죠?"

"알파한테 말하면 되죠."

"알파?"

이해하다 한쪽에 서서 열댓 명쯤 되는 유저들에게 둘러싸여 있는 사내를 발견한다. 동시에 여러 사람을 상대하면서도 태연한 태도. 용노는 유저들 사이로 [가이드 NPC 알파12]라는 글자를 발견했다.

"알파12라?"

"다중 NPC라는 뜻이에요. 물론 다수가 존재하는 건 마리 양도 마찬가지지만 그건 기본 퀘스트를 하기 위한 다중 공간에서의 이야기고, 여기에 있는 NPC들은 기본적으로 한 명이거든요. 하지만 다수의 유저를 상대하기 위해 행정적인 업무를 하는 NPC들은 완전히 동일한 외모에 성격을 가진 분체(分體)들이 100명씩 준비되어 있어요. 저 알파는 그런 100명 중 12번째고요."

"……."

너무나 상세한 설명에 멍한 표정을 짓는다. 시험의 방에 들어와 있다는 건 그도 용노와 마찬가지로 초보자라는 말. 하지만 그는 디오의 시스템에 대해 너무나 빠삭하다.

"하하, 전 3차 테스터랍니다. 능력치를 리셋(Reset)시키니 다시 여기서 시작하더라고요. 기본 퀘스트까지 홀랑 새로 시키지는 않지만 합동전투만큼은 해야 하니까요."

"그럼 캐릭터를 새로 키우시는 건가요?"

"그거하고는 좀 달라요. 장비나 인벤토리 안의 장비, 그리고 아이디와 경험치는 그대로거든요. 문자 그대로 능력치와 레벨만 리셋이죠."

그의 말에 용노는 처음으로 상대의 복장을 제대로 볼 수 있었다. 움직이기 편한 청색 무복에 자신의 키만큼이나 커다란 장창을 지닌 20대 초반의 사내. 용노는 영명안을 사용해 랜슬롯의 영기(靈氣)를 읽었다. 능력치를 리셋시켰기 때문인지 읽히는 힘은 크지 않지만 그 종류를 파악할 수가 없다. 단전에도 심장에도, 혹은 그 어떤 특정 위치도 아닌 전신에서 전해지는 기운. 용노는 무심코 중얼거렸다.

"오오라?"

"……."

랜슬롯은 너무 놀라서 할 말을 잃어버렸다. 사실을 말하자면 그는 디오를 시작한 지 한 달이나 지났음에도 영력을 마음에 들만큼 다루지 못하고 있었다. 리셋에 리셋을 반복하면서 내공, 마력, 차크라, 생체력, 심지어 마음에도 없던 신성력과 순영력까지 다뤄봤지만 그중 어느 것에도 적성이 맞지 않아 결국 처음 선택했던 오오라 사용자로 돌아오고 만 상태였으니까.

물론 그간의 경험이 전혀 헛된 것은 아니어서 기운을 다루는 데 능숙해져 있었다. 능력치를 리셋시켜 오오라의 총량이 적다 해도 영력을 다루는 감각이나 체술 등의 기교(技巧)까지 사라지진 않았는데 그걸 초보자가 단숨에 꿰뚫어 본 것이다.

'찍은 건가? 아니면 기초 테스트를 몇 시간 동안 해서 탐지 주문을 익혔어?'

"랜슬롯님?"

"아, 잠깐 딴생각을 했네요. 어쨌든 설명은 됐죠?"

"아… 네, 감사합니다."

"별말씀을. 그럼."

사람 좋게 웃으며 몸을 돌린다. 수많은 유저들 사이에 섞여 이내 사라져 버리는 랜슬롯. 용노는 잠시 그 모습을 지켜보다가 로브에 묻은 먼지를 털어냈다.

"그나저나 마리 이 녀석, 대체 무슨 일이지?"

마리가 손을 댔던 그의 머리에는 천(天) 자 흉터가 새겨져 있다. 혹 무슨 마법적 기운이 담겨 있지 않나 싶어 감지해 보았지만 느껴지는 것이 없다.

"뭐가 뭔지."

다시 마리를 찾아가 물어볼 수도 없는 일이기에 투덜거리며 알파라고 불렀던 NPC에게로 다가갔다. 내공이 충만히 차 있는 상태였기에 위칼레인의 반지에서 염체를 불러 5년 정도의 내공을 주입시켜 준다.

"생각해 보니 이 녀석 한 번에 얼마나 먹지?"

용노는 문득 이는 호기심에 5년 정도의 내공을 추가로 주입했다. 그러자 이번에도 냉큼 받아먹는 염체. 그리고,

우웅……!

"응?"

무색이었던 염체가 묘한 금색을 띠기 시작하는 모습에 용노

는 고개를 갸웃했다. 자세히 보면 덩치도 조금 커진 것 같다.

위칼레인의 반지 등급이 B급으로 상승하셨습니다!

"오호, 성장형이라더니 이런 식으로 강해지는 건가?"

신기해하며 추가로 내력을 주입하는 용노. 하지만 배가 불러서인지 더 이상은 받아들이지 않는다.

"좋아, 바로바로 성장하는 게 아니라 내공과 시간이 필요하다는 거군. 이제 반지에 집어넣지 말고 계속 꺼내놔야겠다."

용노는 염체를 왼쪽 어깨 위에 띄운 뒤 알파에게로 다가갔다. 알파의 앞에는 다른 유저들이 이야기를 나누고 있었다.

"나! 나, 이름 정했어, 알파!"

"뭐죠?"

"하악하악하악하악하악하악!"

"즐."

"아, 왜!"

"성의없는 아이디는 받지 않습니다."

어깨를 으쓱이며 유저를 물리치는 사내는 미남이다. 금발에 벽안, 건장하면서도 늘씬한 몸에 조각 같은 외모. 밖에서 봤다면 틀림없이 어딘가의 유명 모델이라고 생각했겠지만 여기에 있는 그는 단지 유저의 이름을 지어주는 NPC일 뿐이다.

"저기 알파님?"

"네, 반가서 반갑습니다, 윤용노님."

친근한 대답에 용노는 당황했다.

"에? 저를 아세요?"

"그냥 이름을 알 뿐입니다. 제 얼마 되지 않는 권한 중 하나죠. 아이디를 만들러 오셨군요?"

알파의 말에 용노가 고개를 끄덕이며 긍정을 표하자 그는 설명했다.

"방법은 간단합니다. 그냥 아이디를 결정한 다음 저에게 말씀해 주시면 되죠. 단, 아이디 결정은 신중하셔야 합니다. 변경이 완전히 불가능하다고까지는 안 하겠지만 매우~ 매우~ 어려운 건 틀림없으니까."

찡긋 윙크하는 그의 모습은 역시나 매력적. 연기나 노래 실력이 된다면 세계적인 스타가 되는 것도 금방일 것 같은 느낌이다. 그리고 그 모습에 용노는 디오의 NPC들이 평균적으로 매우 아름답게 만들어졌다는 것을 눈치챘다. 절세 미소녀에 가까운 마리야 말할 것도 없고 카알 역시 나이가 들었을 뿐 미중년의 모습을 하고 있었다.

"이거야 원 아이디가 아니라 얼굴을 봐도 NPC랑 유저를 구분할 수 있겠군."

"네?"

"아뇨, 아이디 정하려고요. 제 아이디는……."

용노는 생각했다. 그는 딱히 온라인에서 고정적으로 즐겨 쓰는 아이디가 없었다. 그냥 그때그때 되는대로 별 뜻 없는 낱말들을 이어 사용했으니까. 하지만 디오에 접속한 지금 제2의 이름이 될지도 모르는 아이디를 그렇게 선택할 수는 없었다.

"좋아, 그렇다면……."

그는 언젠가 책에서 읽었던 대마법사의 이름을 떠올렸다. 마침 그는 마력을 사용하게 되었고 마법사 복장을 하고 있으니 그런 이름을 사용해도 나쁘지 않을 것 같다.

"핸드레이크!"

"존재하는 아이디입니다."

0.1초의 딜레이도 없이 흘러나오는 답변에 신음한다.

"큭, 역시 있나. 그렇다면 간달프!"

"존재하는 아이디입니다."

"페르아하브!"

"존재하는 아이디입니다."

"제, 제길. 그렇다면 카서스!"

"존재하는 아이디입니다."

"아니, 이런 마이너한 것도 다 있단 말이야?"

투덜거리며 아이디로 결정할 만한 이름을 고민한다. 마법사 계열의 이름, 가능하다면 메이저한. 안 된다면 하다못해 그럴듯한 전승을 가진 이름.

그러다 문득 그는 랜슬롯의 이름을 떠올렸다. 그걸 떠올리자 자연스레 그와 연관된 마법사의 이름이 나온다.

"멀린."

"사용 가능한 아이디입니다."

"쳇, 역시 이런 이름이 남아 있을 리가 없… 뭐?"

깜짝 놀라 알파를 바라보자 그가 말한다.

"가능합니다. 아이디를 멀린으로 결정하시겠습니까?"

"아, 아니, 전혀 의외의 이름이 남아 있네. 혹시 아더는 있나요?"

"존재하는 아이디입니다."

"…거웨인은?"

"사용 가능한 아이디입니다."

"아하! 가장 유명한 둘이 먼저 빠졌구나. 하지만 유저가 계속 늘면 언젠가 원탁의 기사가 만들어질지도 모르겠는데?"

하지만 그렇다곤 해도 멀린이 비어 있는 건 상당히 놀라운 일이다. 물론 사람들이 알았다면 당연히 사용했겠지만 다들 막연히 이미 선택했겠지 하고 넘겨서 아직까지 비어 있는 모양이다. 물론 그것도 유저 수가 상대적으로 적기 때문에 가능한 것이지 어마어마하게 많아지면 그런 경우의 수도 생기지 않는다.

"결정. 멀린으로 할게요."

"좋습니다. 그렇다면 멀린님, 간단한 설정 먼저 하겠습니다. 타이틀을 공개하고 다니겠습니까?"

그의 말에 용노는 잠시 생각했다. 그는 마스터 타이틀의 소유자다. 물론 그는 마스터 타이틀이 가지는 의미를 조금도, 전혀, 눈곱만치도 모르고 있었지만 그래도 초보인 자신이 달고 다닐 만한 타이틀이 아니라는 것 정도는 자각하고 있었다. 어쨌든 한 달이 넘는 시간 동안 기본 미션을 한 것이다.

"비공개로 할게요."

"알겠습니다. 오케이, 완료되었습니다."

그의 말에 용노는 고개를 들어 자신의 위쪽에 떠 있는 아이디를 확인했다. 만약 아이디가 머리에 부착된 형식이었다면 머리를 젖히는 순간 아이디가 뒤로 빠져 볼 수 없겠지만 디오의 아익디는 유저가 물구나무를 서든 뭘를 하든 위에 떠 있기 때문에 눕거나 고개를 들면 스스로도 충분히 확인할 수 있다.

"끝. 이제 뭘 하면 되죠?"

"다른 유저 분들과 짝을 지으셔서 합동전투를 수행하시면 됩니다. 그리고 합동전투를 승리하면 신규 접속자들의 마을 스타팅(Starting)에 들어가게 되죠."

용노는, 아니, 멀린은 알파의 앞에 앉아 설명을 들었다. 합동전투는 기본적으로 2인, 4인, 8인, 16인 파티가 존재하고 각각 3레벨, 4레벨, 5레벨, 6레벨의 적이 등장한다고 한다. 즉 유저의 레벨보다 2에서 5 이상 높은 레벨의 적이 등장한다는 것이다.

"저기요. 마법사시죠?"

설명을 듣고 있던 멀린은 자신을 부르는 목소리에 뒤를 돌아보았다. 거기에는 챙이 넓은 모자에 로브를 입고 있는, 멀린과 완전히 동일한 복장의 청년이 서 있다.

"에, 저요?"

"네. 지금 합동전투를 하려는데 인원이 한 명 부족해요. 마법사이신 것 같은데 참가하시겠어요?"

멀린이 고개를 들어 청년의 머리 위를 보니 길이가 1.3미터 정도 되는 회색의 창이 마술처럼 떠 있다. 그것은 파티창(온라인 게임에서 파티를 맺기 위해 사람들에게 잘 보이게끔 떠 있는 표시)으로, 내용은 이랬다.

> 융단폭격 갑니다! 마법사 집합! 15/16

"전원 마법사?"

"마구 갈겨보려고요. 마침 한 명 모자랐는데 멀린님이 보여서요."

멀린은 여기저기 흩어져 있던 마법사들이 왁자지껄 떠드는 모습을 보며 쿼터스태프와 마법서를 꺼내 들었다. 재미있을 것 같다.

"좋아요. 가죠."

멀린이 파티장의 제의를 수락하자 띠링 하는 효과음과 함께 파티 가입이 완료된다. 그리고 그대로 알파의 앞으로 모여드는 16명의 마법사들. 멀린을 파티에 가입시켰던 파티장이 말했다.

"준비 끝났어, 알파."

"좋습니다. 다만 기억하십시오. 기본적으로 승급 시험은 유저들이 한 단계 위의 등급으로 올라갈 자격이 있는지 평가하는 것이기 때문에 어려워요. 지금 그게 쉽게 이루어지고 있는 건 여러분이 디오의 세계에 들어설 수 있게 하기 위해서이지요. 그러니 2레벨이 되고 3레벨 시험에 도전하시려면 마을 근처에 있는 3레벨 몬스터를 혼자서 잡을 수 있을 만한 실력을 키우셔야합니다. 아시겠죠?"

"네!"

"그럼 입장하겠습니다. 여러분은 전원 마법사이니 마법사용 강화 주문을 적용하겠습니다."

말이 끝나는 순간 배경이 변한다. 그곳은 지평선이 보일 정도로 드넓은 들판, 그리고 그곳에 도착하는 순간 메시지가 떠오른다.

그야말로 주르륵 걸린다고 해도 좋을 정도의 강화다.

"우와! 무슨 놈의 강화가⋯⋯."

그는 황당해했지만 다른 마법사들은 익숙한 듯 바로 주문을 외우기 시작한다. 당연한 일이다. 멀린은 강화 주문을 처음 받아보는 거지만 나머지 인원들은 [전투] 계열의 시험들에서 몇 번씩이나 강화를 경험했고 시험들도 마법으로 해결했다.

웅.

그리고 그때 그들의 눈앞으로 구형의 마법진이 떠오른다. 긴장하는 마법사들. 그러나 공격은 그보다 빨랐다.

쾨득.

맨 앞에서 주문을 외우고 있던 유저 하나가 그 거대한 발에 짓밟혀 사망한다.

"뭐?"

결론부터 말하자면 그들은 재수가 없었다. 더불어 판단도 틀렸다.

콰직!

"악!"

퍽!

"큭?!"

불과 3초도 안 되는 사이에 세 명의 사망자가 발생한다. 그
들 앞에 있는 것은 과거 백악기 후기 지구를 점령하고 있던 공
룡들 중에서도 최상위 포식자이자 최강(最强), 최흉(最凶)의 존
재.

"티, 티, 티라노사우루스(Tyrannosaurus)? 저런 것도 나와?"

'폭군 파충류의 제왕'이라는 뜻을 가진 티라노사우루스는 그
몸길이가 15미터에 달하고 몸무게만도 7톤이나 나가는 난폭한
괴물. 멀린이 비명을 지르거나 말거나 티라노사우루스는 1초의
망설임도 없이 유저들을 공격했다. 상대의 힘을 가늠한다거나
누구를 먼저 공격할지 판단하는 과정 따위는 전혀 없다. 마치
유저들에게 천추의 원한이라도 있는 것 같은 맹렬한 공격에 유
저들은 학살당한다.

펑! 펑! 콰득!

하지만 유저들의 반격이 시작된다. 섬광처럼 하늘을 날아 티
라노사우루스의 몸통을 때리는 불꽃과 뇌전. 상당히 두껍고 거
대해 창칼도 박히지 않을 정도의 피부를 가진 티리노시우루스
였지만 유저들의 마법은 틀림없이 그 육체에 타격을 입힌다.

"조심하세요! 벌써 네 명이나 죽었어요! 이런 페이스는 위
험… 악?!"

파티장이 불꽃의 화살을 발사했지만 티라노사우루스는 그걸
그대로 머리로 받아내며 돌진해 파티장의 상체를 물어뜯었다.

금빛 먼지로 흩어지는 파티장.

"우와! 뭐냐! 대체 뭐냐!"

"악!"

다시 한 번 말하지만 그들은 재수가 없었다. 더불어 판단도 틀렸다.

디오를 플레이하고 있는 유저들이 파티를 맺을 때 괜히 전사에 마법사에 신관에 궁수, 이런 식으로 하는 게 아니다. 전원 전사, 전원 마법사, 전원 신관보다 월등히 높은 전투력과 효율을 가지기에 그렇게 하는 것이란 말이다.

마법사라는 건 다른 방식으로 특화시키지 않는 이상 기본적으로 데미지 딜러라고 할 수 있는 존재다. 즉, 극도로 공격적인 형태의 포메이션을 맡고 있다는 뜻.

물론 방어 주문이라는 것도 있게 마련이지만 공격 주문과 방어 주문을 동시에 사용하기는 매우 어려운 일이고, 설사 할 수 있어도 공격에 전념하는 것에 비해 효율이 떨어지게 마련이다. 마법사라는 건 필연적으로 공격을 준비하는 동안 자신을 지켜줄 누군가가 필요한 것이다.

그런데 마법사만 16명.

그들보다 다섯 단계나 위의 적.

심지어 적은 물리력에 특화한 데다 이동 속도까지 대단히 빠른 거대 몬스터.

이건 뭐, 애초에 글러 버린 판이라 하겠다.

"얼음."

그런 상황에서 멀린은 쿼터스테프를 들었다. 그 행위에 따라 허공에 수분과 마력이 집결해 얼음의 화살이 떠오른다. 만약 다른 유저가 봤다면 비명을 지를 만한 행위다. 왜냐하면 지금 그의 행동에는 마법이라는 학문에 당연히 존재해야 하는 [영창]이리고 하는 행위가 없기 때문이다.

물론 그가 지금 사용한 것은 9급 주문으로, 마법의 경지가 오르면 얼마든지 무영창이 가능한 기초 마법이지만 그는 이제 막 마법을 처음 사용한 상태다. 신경 가속의 효과도 30초에서 1분 정도 걸리는 영창 속도를 6초에서 12초로 줄여주는 것뿐이지 이런 식으로 영창 과정을 생략해 주지는 않는다.

"우왁!"

하지만 그런 놀라운 기술을 선보인 멀린은 볼썽사나운 꼴로 엉덩방아를 찧었다. 그가 만든 얼음의 화살이 적이 아닌 그의 얼굴을 노리고 날아들었기 때문이다.

"뭐, 뭐야? 대체 왜…… 아, 후반부 계산이 틀렸나?"

마법이라고 하는 기적의 행사에는 세 가지 신걸 조진이 필요하다. 그것은 바로 정해진 술식에 따라 마력을 움직이는 마력 설계 능력. 거기에 주문의 성향과 효과를 만들어내는 이미지 메이킹. 그리고 그렇게 만들어진 마법을 정해진 위치로 이동시키거나 구심점없이도 유지될 수 있도록 하는 데 필요한 절대좌표 지정.

이 중에서 일반인이 그나마 가장 수련하기 쉬운 건 누가 뭐라고 해도 절대좌표 지정이다. 사실 절대좌표 지정은 크게 어려운 문제가 아니다.

물론 상위 클래스에 들어선다면 어지간한 수학자도 두 손 두 발 다 들 정도로 고난도의 이해와 학문을 필요로 하게 되지만 9급 주문이라면 중학생 수준의 수학 능력만 있어도 시간이 걸릴 뿐 충분히 완성해 낼 수 있다. 오히려 어려운 쪽은 마력 설계 능력과 이미지 메이킹 쪽인 것이다. 그러나……

파직!

"아, 또 틀렸어!"

고등학생이나 대학생이 반드시 중학생보다 수학을 잘하는 건 아니다.

"키에엑!!"

벌써 여섯 번의 주문 실패로 100테트라의 추가 마력 중 30을 허무하게 날린 멀린의 앞으로, 벌써 10명이 넘는 유저들을 학살한 티라노사우루스가 달려든다. 그야말로 일촉즉발의 상황! 그러나 멀린은 당황하지 않았다. 그에게는 무려 다섯 배의 신경 가속이 걸려 있는 것이다. 티라노사우루스가 빠르다고는 하나 그 속도가 5분의 1로 느껴진다면 그렇게 빠르지도 않다.

사실 지금까지 죽어나간 마법사들도 마법을 사용하려고 버벅대는 게 아니라 처음부터 피해 다니기만 했다면 아무도 안 죽었으리라. 그건 티라노사우루스가 약한 게 아니라 유저들에게 걸린 버프가 너무나 막대한 것이기 때문이다. 티라노사우루스, 혹 티라노사우루스가 아니더라도 그와 동급일 괴물들과 싸우라는 게 무리한 임무는 아니니까.

만약 16명의 유저 중 근접 계열 버프를 받은 내공이나 생체력 사용자가 단 한 명만 있었어도 그 한 명이 티라노사우루스를 잡아놓고 나머지 마법사들이 공격 주문을 사용해 전투는 벌써 끝났을 것이다. 그들이 하고 있는 이 전투는 결국 기본 퀘스트의 연장선이다. 모든 유저가 클리어할 수 있도록 만들어져 있는 것이다.

"얼음!"

다시 중얼거리자 쿼터스태프 앞으로 손바닥만 한 크기의 얼음 결정이 떠오른다. 그리고 그 상태에서 좌표 지정을 시작하는 멀린. 그러나,

파칭!

또다시 계산이 어긋나고 주문이 취소된다.

"이런 썩……."

퍽!

무시무시한 기세로 휘둘러지는 꼬리에 얻어맞아 그대로 10여 미터 가까이 날아간다. 그 한 방으로 멀린이 끝장났다고 생각한 것인지 몸을 돌려 다른 유저들을 공격하는 티라노사우루스. 그러나 10미터나 날아간 멀린은 땅에 충돌하기 직전 몸을 들어 안전하게 착지했다. 그에게 가해진 충격은 어지간한 교통사고에 맞먹는 수준이지만 양팔이 조금 지끈거릴 뿐 상처 하나 없다.

"우… 와! 너무 멀쩡한 거 아냐?"

다른 유저들을 한 방에 격살시키던 공격에 맞았음에도 문제없다는 사실에 놀라는 멀린. 하지만 그건 200대의 생명력, 근력, 체력이 가지는 사기성을 몰라서 하는 소리다.

현재 그의 근력은 딱 50포인트고 거기에 타이틀 효과가 더해져 200포인트다. 그리고 건장한 성인 남성의 근력이 30포인트.

하지만 마리가 설명한 대로 영력을 제외한 모든 스텟은 100포인트를 기점으로 곱절 효과를 가진다. 즉, 절대치로 따지면 1~100까지는 100포인트의 근력이 쌓이지만 100~200까지는 100포인트가 아닌 200포인트의 근력이 쌓인다는 말이다. 마찬가지로 200~300까지는 400포인트의 근력이 쌓인다.

절대치로 치면 멀린의 근력은 300포인트. 일반적으로 건장한 성인 남성의 근력이 30포인트이니, 성인 남성의 열 배에 가까운 근력을 발휘할 수 있다는 말이다. 그리고 이 수치는 체력과 생명력에도 마찬가지로 적용되기 때문에 그는 이미 창칼이 잘 박히지 않는 피부와 어지간한 움직임으로는 전혀 지치지 않는 체력을 가지고 있다.

"크악!"

하지만 그 순간 마지막 유저가 쓰러진다. 물론 유저들도 마냥 허무하게 당하기만 한 건 아니어서 티라노사우루스 역시 망신창이다. 몸 여기저기 그을린 자국이 가득하고 피가 흐르고 있다. 하지만 본디 상처 입은 맹수가 더 위험한 법. 그 눈은 흉포한 살기가 가득해서 결코 우습게 넘길 수 있는 수준이 아니다.

파칭!

"아, 진짜 못해먹겠네."

또다시 캔슬되는 주문에 멀린은 한숨 쉬었다. 마력 설계 능력, 이미지 메이킹은 이미 인간의 수준이라고 볼 수 없는 그지만 그놈의 절대좌표 지정이 문제다. 물론 그건 수학 공부만 열심히 한다면야 얼마든지 수준을 높일 수 있지만 예전부터 그는 좋아하는 건 상상 이상으로 잘하는 대신 싫어하는 건 완전히 꽝인 면이 있었다.

그리고 그는 수학을 싫어했다.

아주.

매우.

미칠 정도로.

"안 해."

그렇기에 간단히 포기한다. 재미를 위해, 놀기 위해 시작한 게임이다. 안 되는 일에 머리 썩여가며 고생할 이유는 어디에도 없다. 물론 그렇다고 해도,

"얼음."

그가 포기한 건 '마법'이 아니다.

단지 '수학'을 포기했을 따름이다.

"크르릉!"

묵직한 발걸음과 함께 티라노사우루스가 멀린을 향해 돌진한다. 실로 무시무시한 기세였지만 멀린은 당황하지 않고 쿼터스태프를 들어 올렸다.

우웅.

마력이 주입된다. 그리고 나무로 만들어진 쿼터스태프 안에서 서로 얽히고 얽혀 효과를 가진다. 그것이 마력 설계. 그리고,

상상한다.

그것은 차갑다. 날카롭고 단단하다. 거기에서 전해지는 서늘함은 달궈진 쇠도 얼리고 뜨겁게 온몸을 돌던 피도 단숨에 응고

시킨다.

그렇다. 마법의 종류는 무수히 많고 그중에는 절대좌표 지정
이 필요없는 마법 역시 다수 존재한다. 그중 하나가 바로 인챈
트먼트(Enchantment). 물론 인챈트라고 해서 무조건 좌표 지정
이 필요없는 건 아니지만 손에 닿는 물건에, 그러니까 제로 거
리에서 주문을 사용할 수 있다는 장점이 있다. 무공이나 오오라
를 쓰는 직접 계통 유저들이 몸 안의 내공이나 오오라를 굳이
좌표 계산 없이 움직이는 것처럼 제로 거리라면 좌표를 계산할
것도 없이 감각으로 마력을 이끌어 대상에 안착시킬 수 있다.
그렇게 일단 사물에 마력을 안착시키기만 하면,

끼이익.

그 사물을 던지거나 '화살로 쏘아내는' 등의 행위로 적에게
전달할 수 있다.

쩡!

예의 그 귀신같은 실력답게 쿼터스태프는 정확하게 디라노사
우루스의 입안으로 빨려들어 가 그대로 무지막지한 냉기를 뿜
어낸다. 그것으로 상황 종료. 티라노사우루스는 머리부터 목까
지 완전히 결빙되어 쓰러졌다.

> 티라노사우루스 슬레이어 타이틀을 획득하셨습니다!

> 걸려 있는 모든 강화가 해제됩니다!

"어이구, 간신히 이겼군."

한숨 쉬며 아이템을 살핀다. 맨 처음 보인 것은 단검만 한 크기의 이빨 두 개. 멀린은 감정을 사용했다.

Item

[티라노사우루스의 송곳니]　　　　　　7급　　Uncommon

티라노사우루스의 영혼이 깃들어 있다는 송곳니. 하급 용아병(龍牙兵)의 재료로 사용된다.

"용아병? 네크로맨서들이나 쓸 아이템인 것 같은데."

나머지 아이템들은 별 특이 사항이 없다. 스무 근은 되어 보이는 티라노사우루스의 살코기—맛이 좀 궁금하기는 했다—와 티라노사우루스의 뼈 1번부터 12번—다 모으면 언데드 티라노이 게 료가 된다고 적혀 있었다—극소량의 금화—사실은 금화라면 극소량이라고 해도 큰 가치를 가지고 있지만 그는 실감하지 못했다—정도. 그리고 마지막으로 눈에 띄는 것은 웬 5리터쯤 되는 붉은색의 액체다.

"음, 공룡이라는 게 의외로 버릴 게 없는 녀석이었구나."

'한우인가?' 하고 중얼거리는 멀린. 그리고 그때 문제가 발생

했다.

쾅!

"윽?!"

아이템 설명에 정신을 빼놓고 있다가 난데없는 기습에 당해 당혹스러워한다. 왜냐하면 그를 공격한 것이 방금 전에 그가 쓰러뜨렸던 티라노사우루스였기 때문이다.

"아, 아니, 왜? 리젠도 되는 거야, 여기?"

하지만 이유를 알아내는 것보다 당장 눈앞의 적을 처리하는 게 더 급하다. 이미 신경 가속은 풀려 있는 상태였기에 티라노사우루스의 속도는 그에게 몇 배 이상 빠르게 느껴졌다. 추가 마력도 사라지고 위력 증폭도 사라졌으니 같은 마법을 써도 큰 타격을 주지 못하리라.

"귀찮게 됐네."

하지만 멀린은 공포에 질리는 대신 짜증 섞인 한숨을 쉬었다.

"로브를 입은 이상 가급적 마법으로 상대하고 싶었는데."

사실을 말하자면,

티라노사우루스 같은 건 그의 상대가 못 된다.

웅.

금단에 담겨 있던 13년치 내공이 움직여 제1계 수성에서 증폭, 26년의 내력으로 화한다. 그것은 그가 발휘할 수 있는 전력에 가까운 내력, 그런 내력으로 자타가 인정하는 소림 최강의 수공이 그의 손에서 재현된다.

쾅!

달려들던 티라노사우루스의 몸이 단숨에 ㄱ자로 꺾이며 5미터나 떠오른다. 고작 2미터도 안 되는 인간의 손짓에 얻어맞아 몸길이만 15미터에 가까운 거대 괴물이 하늘로 떠오른 것이다.

쾅!

그리고 그대로 땅에 추락하는 티라노사우루스. 물론 결과는 즉사였다.

"지금 내 풀파워는 이 정도인가. 하지만 좀 낭비였네. 과연 보이는 대로 영적이 방어력은 전혀 없구나. 침투경을 썼으면 5년 내공으로 끝냈을 텐데."

투덜거리며 새롭게 나온 아이템들을 챙긴다. 종류는 동일하다. 그냥 같은 아이템이 두 개씩 생긴 셈이다.

"그나저나 내공이 늘었군. 능력치 제한이 풀려서 슬슬 오르는 모양이네."

어느새 6포인트가 상승해 76포인트의 영력을 가지게 되었다. 그중 20포인트는 20테트라의 마력이고 또 20포인트는 10년 내공으로 금단선공의 제1계, 수성의 역할을 하고 있으니 현실적으로 그의 소유 내공은 36포인트. 100포인트 이전의 내공은 2포인트 당 1년이니 결국 18년의 내공을 가지고 있는 셈이다.

"1갑자의 길은 멀었구먼. 언제 내공 고수가 되려… 응?"

투덜거리던 멀린은 문득 눈앞의 공간이 일렁이는 것을 발견하고 재빨리 인벤토리를 오픈, 그 안에 들어 있던 금옥을 꺼냈다. 현재 그는 내공도 마력도 바닥에 가깝게 소모했기 때문에 새로운 적이 또 등장한다면 상당한 고생을 하게 되리라.

"그러고 보니 나 완전 무방비였잖아? 금옥이라도 없었으면 큰일 날 뻔했… 아, 그러고 보니 이 염체는 어떻게 하지?"

멀린은 자신이 티라노사우루스에게 얻어맞든 말든 가만히 구경(?)만 하던 염체를 떠올리고 고민에 빠졌다. 물론 염체를 컨트롤하는 건 그에게 별 어려운 일이 아니지만 막상 전투에 들어가면 별로 큰 전력도 아닌 염체에게 생각이 미치지 않는다는 단점이 있었다. 그리고 그렇다면,

"선(先) 명령이면 되겠네. 이미지를 저장시켜 놓으면 되겠지?"

적절한 대책. 그러나 황당한 생각이다. 실제로 염체를 만들어 낸 위칼레인이 그 말을 들었으면 '야, 인마, 그게 말이 쉽지… 죽어볼래?'라고 화를 냈으리라. 왜냐하면 염체는 인공 영혼이지만 그리 높은 지성이나 지능을 가지고 있지는 않기 때문이다.

염체는, 비교하자면 차라리 무생물에 가까운 지적 능력을 가지고 있다. [가라]라고 명령하면 가고 [막아라]라고 명령하면 막지만 [근처에 누가 다가오면 주인을 깨워라]라던가, [1미터 이하 크기의 적을 공격해라] 등의 복합적인 요소가 들어 있는 명령은 절대 수행할 수 없는 것이다.

그러나 멀린은 그 법칙을 가볍게 깼다.

"화살의 속도가 대충 200~300킬로미터 정도였니? 전번에 놈이 쏜 화살이 조금 싸구려였으니 시속 200킬로미터라고 치고……. 좋아, 그 이상의 속도를 가진 공격이 날아오면 자동으로 방어하게 시켜야지."

그가 내린 명령어는 [수준 이상의 속도를 가진 공격이 다가오면 방어하라. 단, 정면으로 막는 것이 아니라 비스듬히 튕길 것]이다.

웅.

다른 마법사가 본다면 '그게 되겠냐?'라며 비웃을 만한 행위지만 그럼에도 멀린은 당연하다는 듯 저질렀다. 놀이 쏜 화살이 날아오던 속도를 [떠올리고] 명령 전체를 이미지해 [고정], 그리고 그 고정된 이미지를 위칼레인의 반지에 깃든 염체에 [안착]시킨다.

"오케이! 완성."

그러면서 일렁이는 공간에 대한 관심을 끊지는 않는다. 그가 경계를 하거나 말거나 계속 일렁이다가 마침내 물질화해 새로운 형태를 만들어내는 공간. 그것은……

"문?"

멀린은 멍한 표정으로 눈앞에 떠오른 문을 바라보았다. 문에는 이렇게 쓰여 있다.

고생하셨습니다!

왠지 유쾌해 보이는 글자를 멍한 눈으로 바라본다. 그건 누가 봐도 종료를 뜻하고 있다.

"괜찮은 건가? 찜찜한 점이 한두 가지가 아닌데?"

하지만 그가 찜찜해하거나 말거나 문은 흔들림없이 서 있다. 딱히 더 기다려도 달라질 건 없을 것 같다.

"나 참, 별수없지."

끼이익.

문을 연다. 그리고 그 안으로 들어선다.

"가자."

*　　　　*　　　　*

듣지 못한, 그러나 반드시 들어야 했던 이야기.
알지 못한, 그러나 반드시 알아야 했던 이야기.

쿵!

거대한 곰이 쓰러진다. 곰은 무려 4미터가 넘는 덩치를 가진
괴물이었지만 피해자는 없다.

"오케이. 생각보다 쉽네."

"수고했어, 타페."

"고생하셨어요!"

적을 물리친 유저들은 서로 축하하며 자신에게 떨어진 아이
템을 확인했다.

"웅담이다. 이거 돈 되나?"

"돈. 무난해서 좋네."

순영력을 선택해 소환사도시의 길을 시작한 지우는 외차원으
로의 연결을 해제해 그의 소환수 타페를 환계로 돌려보냈다. 영
력이 충분하지 않아서 소환을 장시간 유지하기는 어려웠기 때
문이다.

"…응?"

그러다 문득 지우는 주위에 있던 다른 유저들이 모두 사라졌
다는 걸 깨달았다. 문자 그대로 순간적으로 벌어진 상황에 당황

하는 지우. 그런 그의 옆으로 백발의 머리칼을 양 갈래로 땋아
내린 마리가 내려선다.

"마리 누나?"

"안녕, 지우~ 합격했네?"

"뭐, 이쯤이야."

'헤헷' 하고 웃는 지우를 향해 마리는 말했다.

"뭐, 어쨌든 이제 디오의 세계에 본격적으로 들어서게 될 거
야. 그리고 그전에 해야 할 게 하나 있지. 아니, 받아야 할 거라
고 해야 하나?"

"받아야 할 거?"

"보너스 스텟, 100포인트."

말과 동시에 새로운 창이 떠오른다.

생명력:	22	△1	항마력:	21	△1
근 력:	20	△1	정신력:	20	△1
체 력:	20	△1	영 력:	40	△1
재생력:	20	△2	집마력:	20	△2
순발력:	20	△1	행 운:	0	△5
			남은 포인트		100

"이건……."

"포인트 창이야. 상태창하고는 좀 다른 물건으로, 눈을 감은
후 왼손 엄지와 중지로 양 눈을 5초 정도 누르면 나타나지."

"뭘 위한 프로그램인데?"

이해할 수 없다는 반응에 마리는 친절히 설명했다.

"디오의 시스템상 유저의 레벨이 상승할 때마다 100포인트의 보너스 스텟을 받게 돼. 유저는 그 100포인트의 보너스 스텟을 자기가 원하는 능력치에 수련과 전혀 별개로 추가할 수 있어. 늘어나는 능력치에 대해서는 아무 부작용도 없지만 능력치가 100, 200, 300 같은 식으로 단계를 넘어설 때마다 소모되는 보너스 스텟도 1포인트씩 늘어나서 높은 수준의 능력치일수록 상승시키기가 어렵지."

"흠. 하지만 재생력이랑 집마력은 벌써 2포인트네. 게다가 행운은 5포인트씩 먹고. 심지어 지금 내 행운은 24인데 왜 여기엔 0이라고 뜨는 거야?"

지우의 물음에 마리가 답한다.

"재생력의 경우 생명력, 혹은 체력이 3포인트 오를 때마다 1포인트씩 자동으로 오르거든. 그래서 독자적으로 상승시키려고 하면 들어가는 포인트가 한 단계 높게 책정되어 있지. 집마력도 마찬가지고. 그리고 지우야, 행운은 원래 올릴 수 없는 능력치야."

"하지만 능력치에는 수치로 뜨는데?"

"그래. 하지만 그건 그때그때 달라. 어떤 날은 막 진짜 엄청 높아서 300이 넘을 때도 있고 정말 재수 없을 때는 −50 이렇게까지 떨어지는 경우도 있지. 행운 옆에 길(吉)이라든지 흉(凶)이라든지 하는 글자가 쓰여 있는 것도 그런 이유지. 생각해 보렴. 행운을 수련해서 올리는 게 가능할까?"

맞는 말이다. 아무리 게임이라지만 행운을 수련해서 올린다는 건 가당치도 않다.

"그럼 지금 여기 뜨는 건 뭐야? 0이라고 되어 있고 1포인트 올리는 데 5포인트가 들어가는 거."

"행운을 수련으로 올릴 수는 없지만 보너스 포인트로는 올릴 수 있거든. 매일매일 다른 건 어쩔 수 없지만 만약 오늘 네 행운치가 30포인트라고 했을 때 여기서 20포인트 올려놓으면 적용은 50포인트가 되지. 그날의 운세가 흉(凶)이어서 마이너스로 가도 만약 −10이라면 +20포인트 돼서 10, 즉 흉(凶)이 아닌 길(吉)이 되는 거야."

"신기한걸. 하지만 1포인트에 5포인트씩 적용돼서야 100포인트 다 들이부어도 20포인트네."

별반 오르지도 않는다는 말이다. 20포인트의 행운보다 40포인트의 행운이 두 배 더 좋냐 하면 그건 좀 애매한 문제다. 과연 두 배 더 운 좋은 게 어느 정도 좋은 것일까? 애초에 운이라는 건 절대적인 게 아니어서 운 수치가 높아도 나쁜 일은 얼마든지 일어날 수 있고 낮아도 행운이 찾아올 수 있다.

즉, 좋은 일 벌어질 확률을 30%로 하느냐, 아니면 40%로 하느냐의 문제인 것이다.

"미묘하지. 행운은 올려도 별 차이를 못 느낄 거야, 이미."

"그럼 차라리 필요한 걸 찍어야지."

지우는 영력에 40포인트를 추가했다. 그러자 과연 40포인트였던 영력이 80포인트가 되면서 단숨에 두 배가 되었다.

"우, 우와! 짱이다."

"그래서 다들 목숨 걸고 레벨 업을 하려는 거지."

그녀의 말을 들으며 지우는 보너스 스텟을 몇 개의 능력치에 고르게 분배시켰다. 물론 그렇게 함으로써 이도저도 아닌 캐릭터가 될 수도 있지만 그는 안정적인 플레이를 선호하는 편이다. 상황이 영 안 좋으면 능력치를 리셋시킬 수도 있으니 부담 가질 필요는 없다.

"굉장해. 불과 5분 전보다 몇 배는 강해진 기분이야. 하마터면 이 좋은 게 있는지도 모를 뻔했잖아?"

한층 가벼워진 몸과 증가된 영력에 휘파람을 불며 즐거워하는 지우의 모습에 마리는 웃었다.

"그렇지는 않아. 보너스 스텟 설명은 내 주요 임무 중 하나라서 반드시 설명하게 되어 있으니까. 게다가 네 말대로 보너스 스텟이 있냐 없냐는 전투력에 어마어마한 영향을 끼치기 때문에 여기서 설명 안 들어도 나가서 남들과의 능력치 차이를 경험하면 이상함을 느낄 수밖에 없지. 유저들끼리 이야기하다 보면 알 수 있기도 하고."

당연한 말이다. 거의 모든 유저들에게 틀림없이 맞아들어 가는 말. 하지만 언제나 그렇듯 세상에는 절대라는 게 없는 법이다.

밀린에게는 전용 안내자 마리가 없다. 왜냐하면 스스로 기긴 힘을 모두 소모시키고 잔류 사념을 '제거'하여 사라졌기 때문이다.

마리가 없으니 합동전투에서 그를 조율할 존재 역시 없다. 티라노사우루스가 두 번 나온 것 역시 그런 이유, 즉 디오의 시스템이 합동전투의 인원을 16명이라고 인식하지 못하고 15/16명과 1/16명이라고 따로따로 인식한 것이다.

멀린에게 보너스 스텟에 대해 설명할 존재가 없는 것도 당연한 일이다. 물론 마리가 멀린에게 악의를 가지고 한 건 아니고 단지 사고일 뿐, 그녀 역시 혼란스러운 상황이었고 자신의 설명이 없어도 그 정도는 스스로가 알아낼 수 있다고 생각한 것이다.

하지만 마리는 몰랐다. 멀린은 예로부터 게임을 하기만 하면 공략도 조언도 없이 무조건적인 솔플(Solo Play의 준말. 게임에서 다른 유저 없이 혼자서 플레이하는 것을 이른다) 스타일이라는 것을.

결과적으로 멀린은 보너스 스텟이 있다는 것도 모른다. 게다가 그 스스로의 경지와 능력치가 일반 유저의 수준을 압도적으로 뛰어넘기에 자신이 보너스 스텟을 찍지 않았다는 것도 눈치채지 못한다. 그리고 이 상황이 그의 성장에 어떤 영향을 끼칠지는.

"그럼 갈게요, 누나!"

"안녕."

오직 신만이 알 뿐이다.

Chapter 11
스타팅(Starting)

멀린이 눈을 떴을 때 주위에는 수십 명의 유저가 비슷한 모습으로 서 있었다. 하지만 멀린처럼 주위를 두리번거리는 유저는 그리 많지 않다. 클로즈베타를 시작한 지 어느덧 9일째. 디오 속 시간으로 치면 54일이 지난 상태다. 5차 테스터 유저가 있다곤 해도 중앙 광장에는 디오를 처음 시작하는 유저보단 리셋을 했거나 [마을 이동]으로 온 유저 쪽이 더 많다.

"여기가… 스타팅?"

초보들의 도시라는 설명에 작은 마을을 생각했던 멀린이었지만 뜻밖에도 그곳은 규모가 짐작이 안 갈 정도로 거대했다. 깔끔한 석재 타일이 꼼꼼하게 깔려 있고 동양풍, 서양풍, 심지어는 현대 도시 풍의 건물이 바둑판처럼 촘촘히 깔려 있다.

"하지만 신기하네. 기와로 만든 고층건물도 있다니."

화악!

두리번거리며 걷기 시작하는 그때 문득 몰아치는 돌풍에 고개를 들어 올린다. 거기에는 커다란 검을 타고 하늘을 나는 청년이 있다.

"뭐, 뭐야, 저건? 어검비행? 무협인가?"

물론 아니다. 그가 타고 있는 건 검이 아닌 검 모양의 소환수였으니까. 하지만 그걸 구분해 낼 안목이 없는 그가 황당해하는 사이 검을 탄 사내는 빌딩의 반대편으로 날아가 버린다.

"지나갈게요!"

그렇게 위를 보고 있는 멀린의 눈에 그의 몸을 뛰어넘어 가는 황금색 사자가 보인다. 그 위에는 여중생쯤 되어 보이는 예쁘장한 소녀가 타고 있다.

"……."

멍하니 주위를 둘러본다. 상점에서 물약을 사며 흥정하고 있는 것은 검사, 공원에 앉아 책을 보고 있는 것은 마법사, 커다란 독수리를 쓰다듬고 있는 것은 테이머, 분수의 물을 이리저리 움직이고 있는 것은 정령사.

"…쩡이다, 여기."

길을 걷는 사람들 중 평범한 이는 아무도 없다. 여기저기 날아다니는 이들이 심심치 않게 보이고 날지는 못해도 2~3미터씩 점프하며 분수나 건물 등을 넘어 다니는 이들도 있다. 심지어 손에서 거미줄 같은 걸 뿜어내 거기에 몸을 지탱해 이동하는 이들도 보인다.

"그나저나 은행은 어디지?"

멀린은 양손에 15리터짜리 드럼을 한 개씩 든 채 건물들을 살폈다. 그의 손에 들린 것은 티라노사우루스의 피. 멀린은 한숨 쉬었다.

"인벤토리를 정리해야 하는데."

인벤토리가 견딜 수 있는 기본 무게는 100킬로그램. 하지만 인벤토리가 이미 이런저런 아이템으로 가득 차 더 이상의 수납을 할 수 없게 된 멀린은 결국 티라노사우루스의 피를 양손에 들고 기본 미션에서 빠져나왔다. 그리 초고급품도 아니고 돈도 많았지만 도저히 버리고 나오지 못하는 것이다.

"이놈의 거지 근성부터 어떻게 해야 하는데."

은행을 찾기는 그리 어렵지 않다. 왼손으로 양 눈을 가리고 2초 정도 기다리면 주변 지도—기본 반경 1킬로미터—를 불러올 수 있기 때문이다. 지도는 매우 이해하기 쉽고 상세하게 만들어져 있어 어지간한 바보가 아닌 이상 길이나 건물을 찾는 데 아무런 문제도 없다.

"반갑습니다, 고객님. 무슨 일로 오셨습니까?"

"물건을 맡기려고 왔는데요."

"알겠습니다 고객님, 계좌는… 없으시군요. 잠시만 기다리십시오. 개설되었습니다."

머리 위에 [은행 도우미 베시]라고 쓰여 있는 20대 초반의 여인은 그 어떤 동작도 없이 눈을 잠깐 감았다 뜨는 것만으로 모든 과정을 끝낸다. 물론 그건 그녀 자체의 힘이라기보다는 시스템적인 능력이었다. 멀린은 물었다.

"이제 맡기면 되나요?"

"그렇습니다, 고객님. 저희 골디안 은행에는 돈과 물품 모두 맡기시는 게 가능하며 다이내믹 아일랜드 내에 존재하는 모든 지점에서 언제든지 찾으실 수 있습니다."

"오케이. 그럼 물건은 어디에 맡기면 되죠?"

"좌측 문입니다, 고객님."

"아니, 그러니까 좌측 어디에 있는 문……."

그렇게 말하며 고개를 돌리다 멈칫한다. 왜냐하면 정말 좌측에 문이 있었기 때문이다. 물론 방금 전만 해도 없던 문이다.

"골디안 은행 내부에서는 언제든지 불러오실 수 있는 개인 창고입니다. 보안상의 문제로 본인 외에는 아무도 들어갈 수 없으며 들여다볼 수도 없습니다."

"돈도 거기에 넣으면 되나요?"

"현금이라면 저희에게 맡기시면 되고 일정 이상의 금액을 맡기실 경우 현금 주머니를 만들어 드립니다."

"현금 주머니라니……."

'현금카드도 아니고 뭐야?' 라는 표정의 멀린을 보며 베시는 딱 소리가 나도록 손가락을 튕겼다. 마치 마술처럼 모습을 드러내는 손바닥만 한 크기의 가죽 주머니. 거기에는 [멀린]이라는 글자가 쓰여 있다.

"현금 주머니는 은행에 있는 자금을 자유롭게 빼 쓸 수 있는 아이템입니다."

"하지만 그런 건 필요없지 않나요? 어차피 유저는 인벤토리가 있고요, 돈은 별로 무겁지도 않으니 얼마든지 꺼낼 수 있을 텐데."

그의 말에 베시는 웃었다. 역시나 미녀다. 단지 웃는 것만으로도 화사한 분위기가 풍긴다.

"후후, 그렇게 간단한 물건이 아니랍니다, 고객님."

"간단한 물건이 아니라고요?"

"네. 한번 아무 금액이나 불러보십시오, 고객님."

"흠, 1골드."

"물론 없습니다~"

"……."

멀린이라는 글자가 쓰여 있는 주머니를 뒤집어 탈탈 터는 베시였지만 거기에서는 아무것도 나오지 않는다.

'지금 날 놀리는 건가?'

눈을 가늘게 뜨는 멀린의 모습에 베시는 여전히 화사하게 웃었다.

"넣은 돈이 없으니 당연합니다. 자, 그럼 여기에 1골드를 넣고."

그렇게 말하고 정말 1골드를 넣는다.

"자, 그럼 얼마를 꺼내 드릴까요?"

"설마 1골드를 넣고 10골드를 꺼낼 수 있다는 건가요?"

"그런 밸런스 붕괴 아이템은 만들지 않습니다, 멍청한 고객님."

멍청하다는 말에 발끈하지만 싱글벙글한 미소에 저항을 포기하고 질문에 집중하게 된다. 역시 미모라는 건 강력한 무기다. 디오의 등급으로 치면 S급 정도 될까?

"하지만 아니면 결국 1골드를 꺼낼 뿐이잖아요?"

"아닙니다. 그럼 현금 주머니의 의미가 없지요. 좀 밑의 단위를 불러보십시오, 고객님."

"밑의 단위라면 실버? 10실버가 1골드이니… 4실버?"

"알겠습니다, 고객님."

찰그랑.

순간 뒤집어진 현금 주머니에서 정확히 네 개의 은화가 탁자 위로 떨어진다. 마치 처음부터 딱 그 정도만 들어 있던 것 같은 모양새에 멀린은 한 가정이 떠오르는 것을 느꼈다.

"설마……."

"그렇습니다, 고객님. 은행에 맡기신 이하의 금액이라면 언제든지 생각한 만큼만 들어 있는 게 바로 현금 주머니입니다. 게다가 효과는 그뿐이 아니지요. 실례지만 중국인이십니까?"

"그건 또 뭔 소리에요? 당연히 한국인이죠."

"네네. 얼마를 원하시나요, 고객님? 물론 이 경우 골드가 아닌 원입니다."

"…2만 3천 원?"

"확인해 보십시오, 고객님."

생글생글 웃으며 현금 주머니를 내미는 베시의 모습에 반신반의하면서도 주머니에 손을 넣는다. 과연 지갑에는 세종대왕 두 분과 퇴계 이황 세 분이 들어 있었다.

"우와!"

"골디안 은행은 고객님의 편의를 생각합니다. 디오의 세계는 다중차원(多重次元)으로 이루어져 있어 여러 가지 화폐가 존재하기 때문에 이런 기능이 있는 것이지요. 다만 환율 같은 경우

지속적인 변동이 존재하기 때문에 은행에 와서 확인하셔야 합니다."

그렇게 말하며 지폐와 동전을 현금 주머니에 넣더니 다시 1골드로 꺼내 가져갔다. 문자 그대로 마술 같은 광경이다.

"수수료는 얼마나 되죠?"

"수수료 같은 건 없습니다, 고객님. 저희는 영리 단체가 아니니까요."

"문자 그대로 게임이니까 가능한 체제군요."

"그렇습니다. 하지만 현금 주머니를 받기 위해서는 사소한 조건이 필요합니다."

"뭐죠?"

"10골드 이상을 은행에 맡기셔야 합니다. 아무나 현금 주머니를 가지게 되는 걸 막기 위해서입니다."

그렇게 말하면서도 베시는 여전히 싱글싱글 아름다운 미소를 짓고 있다. 사실 그 의미는 '그러니까 맥은 못 쓰십니다, 고객님. 돈 모아 오십시오' 였지만 멀린은 환히 웃으며,

"현금 주머니 가격조차 따로 받지 않다니 과연 비영리 단체네요."

100골드를 테이블 위에 내려놓았다.

"……."

"왜 그러세요? 돈을 맡기는 데 무슨 조건이라도……?"

아무 말 없는 베시의 모습에 의아해하는 멀린. 그리고 그의 말에 정신을 차린 베시는 다시 생글생글한 미소를 되찾았다.

"부자시군요. 사랑합니다, 고객님."

"예?"

"입금하겠습니다."

그렇게 말하고 손을 몇 번 움직이자 테이블 위에 있던 금화가 다 사라지고 현금 주머니에 100Gold라는 글자가 새겨진다.

"이건……."

"얼마나 들어 있는지 알려주는 표시입니다, 고객님. 물론 타인에게는 보이지 않고, 타인이 현금 주머니를 갈취해도 사용할 수 없으니 걱정할 필요없습니다."

"호오, 좋네요."

만족스럽게 웃으며 현금 주머니를 챙긴다. 그리고 그때까지 떠 있는 개인 창고의 문. 멀린은 잠시 내려놓았던 티라노사우루스의 피를 들어 올렸다.

"저 안의 시간은 어떻죠?"

"밖과 동일합니다."

즉, 인벤토리와 달라서 음식물을 보관하면 상한다는 말이다.

"잠시 갔다 올게요."

그렇게 밀하고 개인 창고 안으로 들어선다. 그리 넓지 않은 방이다. 5평 정도 될까? 언젠가 봤던 컨테이너 박스가 연상되는 넓이였는데 창문 같은 건 없다.

"으여차."

일단 구석에 티라노사우루스의 피 중 한 통을 내려놓는다.

"인벤토리 정리부터 해야지."

멀린은 사슴고기나 조갯살 등의 식재료를 제외한 물품들을 모조리 꺼냈다. 가장 먼저 눈에 띈 것은 무기 제작 시험에서 받은 철광석 더미와 곡괭이였다.

"이건 쓸 데가 없네. 무게만 차지하고."

티라노사우루스의 피 옆에 대충 던져 놓고 다른 물건들도 정리한다. 대체로 운송 시험에서 수렵, 채집 등으로 얻어낸 물건들이다. 그중에서 가장 높은 비율을 차지하고 있는 건 역시 칼리브 대왕조개의 조개껍질. 멀린은 그 안에 있던 조갯살을 모조리 긁어낸 후 각은 물론 기대 조개껍질에 비해서 그렇나는 서시만―조개껍질을 그 안에 넣어 한 구석에 밀어놓았다.

"거북이 등껍질도 별 필요는 없고… 진주들은 뭐 별 무게 안 되니 상관없고……."

인벤토리에서 빠져나온 물건이 수북이 쌓인다. 그리고 그에 비례해 가벼워지는 인벤토리. 멀린은 정리를 대충 마치고 인벤토리 용량을 확인했다.

"18.5킬로그램. 오케이, 적정선이다."

그나마 그 무게 대부분을 식료품과 식수, 그리고 남은 금화(150골드 정도였다)와 보석 및 기타 자잘한 장비나 내단 등이 차지하고 있다는 걸 생각하면 대부분의 아이템을 정리한 셈. 멀린은 아이템을 살뜰하게 싱크한 후 문을 나섰다.

딸각.

닫힘과 동시에 반으로, 반으로, 다시 반으로 접히는가 싶더니 사라져 버리는 개인 창고의 문. 멀린은 한결 가벼워진 몸으로 베시를 향해 손을 흔들었다. 고마움을 표시하기 위함이었는데 그녀는 이미 다음 유저를 상대하고 있다.

"음, 바쁜가 보네."

딱히 더 그녀를 잡고 있을 이유도 없었기 때문에 미련없이 은행을 나선다.

"이요옵! 무공술!!"

"앗! 오오라를 바람 속성으로 발전시켰어! 5레벨 유저다!"

"우와! 5레벨 시험 그거 어떻게 깨지? 태극권 쓰는 놈이랑 1:1로 붙던데."

"아, 나도 걔랑 싸워봤어. 그 자식, 능력치도 낮은 주제에 태극권을 나보다 더 잘 쓰더라. 물론 건강 목적이기는 했지만 나 태극권만 10년 했는데."

수군거리는 유저들을 보며 멀린은 주위의 바람을 제어해 날아가고 있는 사내를 바라보았다. 그렇게 빠른 속도는 아니다. 끽해야 시속 30킬로미터쯤 될까? 일반인이 전력 질주하는 것보다 조금 더 빠른 수준으로, 능력자의 입장에서 보면 형편없는 속도. 하지만 그게 모든 방위로 자유롭게 행할 수 있는 비행이라면 상황은 전혀 다르다. 기본적으로 고속 이동이 가능한 유저가 저런 힘을 가지게 되면 상대방의 허를 찌르는 자유자재의 움직임을 취하는 게 가능해지는 것이다.

"정말 별의별 게 다 가능하구나."

중얼거리며 어느새 가득히 차오른 내력을 금옥에 주입한다.

"그러고 보니 마력도 풀이네."

인챈트 스킬이 그랭크로 상승하셨습니다!

인챈트 초급자 타이틀을 획득하셨습니다!

20테트라의 마력 중 17테트라의 마력으로 마력 설계를 시작한다. 그것은 문자 그대로 가공할 정도의 마력 설계 능력. 애초에 20테트라의 마력밖에 가지고 있지 못한 마법사가 한 번에 사용할 수 있는 마력은 그리 많지 않다. 게다가 인챈트의 경우에는 마력을 물건에 깃들게 해 장시간 유지시켜야 하기 때문에 소량의 마력을 설계하는 것만으로도 상상을 초월하는 마력 설계 능력을 필요로 하는 것이다.

"그러고 보니 쓸 수 있는 마법이 아이스 애로우뿐이네. 다른 주문도 익혀야지."

멀린은 인벤토리에서 책을 꺼내 읽으면서 도시 외곽을 향해 걸었다. 길가에는 수많은 사람들이 오가고 있었지만 이미 금단선공이 7성에 달해 감각이 예전과 비교할 수도 없이 날카로워진 멀린은 아무리 책에 집중해도 누구와 충돌할 이유가 없었다.

"어이, 한마. 환전소 안 가?"

"경험치 후달려, 이눈아. 조금 있다 공성전 끝나고 가자."

"하긴, 이제 두 시간 남았지."

"그래. 그때 경험치 벌어서 이 지긋지긋한 망치도 장비 지정해야지. 계속 들고 다니려니 여기저기 걸리고 짜증난다."

투덜거리는 이는 상의를 벗어 근육질의 몸매를 뽐내고 있는 사내다. 20대 중반 정도 되어 보이는 외모에 자신의 몸보다도 더 거대해 보이는 해머를 어깨 위에 올려놓고 있었다. 그리고 그의 말에 은색의 경갑으로 전신을 단단히 감싼 사내, 아돌이 의아한 표정을 짓는다.

"응? 들고 다니는 게 문제면 은행에 맡기면 되잖아?"

"그러기엔 이게 또 괜찮더라고."

한마의 말에 아돌은 놀랍다는 표정을 지었다.

"괜찮다니. 마법적 기능이 발동 안 되고 있어도?"

"응. 무게도 무게지만 강도가 상당해. 일단 맞으면 골로 가지."

그 모습이 멀린의 관심을 끈다. 그들에게서 느껴지는 기운은 실로 강렬하다. 게다가 한마가 들고 있는 거대한 망치는 언뜻 봐도 예사롭지 않은 물건.

'어, 세 보이네?'

그렇게 생각하며 무심코 감정했다.

감정에 실패했습니다! '장비 비공개' 설정 유저의 장비입니다!

"아, 남의 물건을 함부로 감정할 수는 없구나."

생각해 보면 장비의 효과나 가치도 일종의 프라이버시다. 남이 함부로 볼 수 있다면 기분 나쁜 것이 당연지사. 때문에 장비 공개 여부는 기본이 비공개이고 유저가 설정을 바꿔야 공개가 된다.

"어쨌든 공성전이나 하러 가야지. 시간은 얼마나 남았어?"

"두 시간."

"엑. 아까도 두 시간이라고 했잖아?"

불만 섞인 한마의 항의에 아돌은 코웃음을 쳤다.

"아까는 두 시간 10분, 지금은 두 시간 5분이다, 이 자식아. 설레고 기대되는 건 알지만 좀 참아라."

"쳇."

투덜거리며 유저들 사이로 섞여 사라져 버린다. 멀린은 그들을 따라가 볼까 생각했지만 이내 흥미를 잃고 다시 걷기 시작했다.

"아, 우리 영휘 밥 줘야지."

영휘(靈輝)는 멀린이 위칼레인의 반지에서 만들어지는 염체에게 붙인 이름이다. 처음에는 은은하게 빛나는 모양 때문에 샤이닝이라고 부르려 했지만 왠지 정감이 없게 느껴져 교체한 것이다.

"어디 보자, 내공이… 8포인트?"

잔여 내공을 보고 깜짝 놀란다. 왜냐하면 너무 적었기 때문이다. 물론 그의 내공은 원래부터 그리 많지 않은 양이지만 8포인트면 겨우 4년의 내공이다.

"어떻게 된 거지? 마지막으로 영휘한테 내공을 준 게 30분은 된 것 같은데."

의아해하지만 사실 당연한 일이다. 금단선공이 7성에 올라서면서 그의 집마력이 전체 내공에 비해 상당한 수준에 이르기는 했지만 금단선공은 기본적으로 단기 결전의 심법이지, 반복되는 내공 소모에 적합하지 않다. 하물며 디오의 세계에 거주하는 유저들의 육체는 단순한 프로그램이 아니기 때문에 기계나 프로그램처럼 계속 회복을 이어가는 게 불가능하다. 점점 피로가 쌓이게 되는 것이다.

예를 들자면 이렇다.

어떤 육상선수가 달리기를 한다고 치자. 그 육상선수는 10킬로미터를 달리고 한계에 도달했다. 더 이상 뛰고 싶어도 뛸 수 없는 상태. 하지만 잠깐 멈춰서 한 시간 정도 쉰다면 어떨까? 한계에 도달했던 육체라도 그는 다시 뛸 수 있다. 왜냐하면 체력이 회복되었으니까. 무리한다면 다시 10킬로미터를 뛰는 게 가능할지도 모른다.

"지친 건가?"

당연하지만 10킬로미터를 뛰고 한 시간 쉬고 다시 10킬로미터를 뛸 수 있다고 해서 다시 또 한 시간 쉬고 10킬로미터, 다시 또 한 시간 쉬고 10킬로미터 하는 식으로 그 과정을 무한히 반복하는 건 불가능하다. 왜냐하면 한 시간 쉬어서 체력이 회복된다 해도 뼈와 근육에는 여전히 피로가 남기 때문이다.

마찬가지로 멀린이 최상의 컨디션일 때의 집마력은 분당 16포인트에 가깝다. 내공으로 치면 분당 8년 내공이 회복되는 것이다. 그의 내공이 이제 20년이니 내공을 완전히 다 써버려도 금단선공만 운용하고 있다면 3분 이내에 완전 회복되는 수준.

하지만 금단선공을 계속 운용해 내공의 회복을 반복하면 반복할수록—다른 심법의 경우 운기행공으로 내공 회복을 반복할수록—그 회복 속도가 느려진다. 현재 멀린은 틈나는 대로 영휘에게 내력을 계속 주입해 오면서 내력 회복 속도가 분당 0.3포인트까지 떨어진 상태다.

"한동안 내공 소모를 좀 참아야겠네. 마법이나 연습할까?"

중얼거리며 다시 책으로 시선을 돌린다. 그것은 세븐 쥬얼(Seven Jewel) 학파의 입문서. 멀린은 설명을 읽었다.

"세븐 쥬얼 학파에는 7단계가 존재한다. 엄밀히 말하면 언노운(Unknown) 단계와 제로 샤이닝(Zero Shining) 단계가 존재하니 총 아홉 개의 단계가 있다고도 할 수 있다."

세븐 쥬얼 학파는 초급 수준을 넘으면 신체 일부분에 그려져 있는 마법진이 제1단계 옥(Jade)으로 변한다. 그리고 다시 초급을 넘어서면 제2단계 자수정(Amethyst)으로 변하고, 그걸 넘어서면 제3단계 에메랄드(Emerald)로 변한다. 그리고 4단계, 5단계 순으로 신체 부위의 마법진이 흔히 말하는 마정석으로 변하는 것이다. 어떻게 보면 금단선공과도 매우 흡사한 방식으로 마력을 저장하는 학파였다.

"불꽃."

가볍게 중얼거린다. 그리고 그에 따라 손등의 마법진에 담겨 있던 마력이 라인을 따라 손바닥 위로 피어오르고, 이내 그의 이미지에 따라 정렬되기 시작한다.

피식.

그러니 쉽사리 꺼져 버린다.

"역시 바로 쓸 수 있었던 건 수계 마법뿐이었군. 물친화 때문인가?"

사실 물친화가 아니더라도 물에 대한 그의 이해와 친화력은 범상한 수준이 아니다. 만약 그가 선택한 힘이 차크라였고 [물]의 차크라를 열었다면 현문(賢門)까지 도달했을지도 모를 수준이다. 이미 그는 물이라는 매질과 속성 그 자체를 [이해]하고 있다. 굳이 아이스 애로우가 아니더라도 수 계통 주문은 각인(刻印)의 과정이 필요없으리라. 다만 문제는 그게 수 계통 주문 한정이고 다른 주문은 각인이 필요하다는 거지만.

키잉.

"불꽃."

확.

중얼거림과 함께 손바닥 위로 피어오르는 불꽃. 멀린은 주먹을 쥐어 그것을 붙잡아 껐다.

"한 주문을 각인하는 데 대충 3분 정도 걸리나? 책에 있는 9급 주문이 25개이니 아무리 길어도 두 시간 안에는 끝나겠네."

천천히 걸으며 다시 각인을 시작한다. 대충 훑어봐도 그 종류가 매우 다양하다. 그가 익힌 아이스 애로우나 파이어 볼트 같은 파괴 주문은 물론 타인에게 특정 메시지를 전달하거나 환영을 보게 만드는 정신 주문, 어떤 물체의 마찰력을 조절하거나 무게 등을 변하게 만드는 변형 주문, 그리고 이계의 존재를 불러 계약할 수 있는 소환 주문, 마지막으로 특정 물품에 마법적인 기운을 담을 수 있게 하는 부여 주문.

당연하지만 그중에서 멀린의 눈에 가장 띈 것은 부여 주문이다. 이미 인챈트 주문으로 티라노사우루스를 잡은 전적이 있는 그가 아니던가?

"부여 주문의 기본 이념은 마력을 사물에 깃들게 하여 특정한 성질이나 효과를 만들어내는 데 있다. 부여 주문은 이론적으로 모든 주문과 융합이 가능하나 각각의 속성이나 사용자와의 상성에 따라 난이도가 달라진다."

이미 한 번 인챈트를 사용했던 멀린이지만 인챈트 쪽 개념을 보는 것은 이번이 처음이다. 그 안에 실린 것은 상세하고 체계적인 내용. 그냥 상황에 따라 지레짐작으로 인챈트를 성공시켜 버린 멀린에게는 매우 유용한 것이다.

책을 읽으며 걷는 멀린이 도시의 외부로 나가는 성문에 도착하는 데에는 그리 오랜 시간이 걸리지 않았다. 성문을 지키고 있는 것은 두 명의 경비원, 그리고 그중 하나가 멀린을 발견하고 손을 흔든다.

"잠시만 기다리십시오. 현재 몬스터들의 공격이 한 시간 45분 남았습니다. 지금 성 밖으로 나가시면 습격당하실 수 있으니……."

그러나 획 하고 지나친다. 마법서에 온 정신을 쏟고 있는 멀린에게 다른 소리는 들리지 않는다.

"뭐야……."

유저를 안내하고 위험으로부터 지킬 의무는 있지만 그들의 자유 의지까지 강제할 권한이 없는 경비원들은 성문을 지나치는 멀린을 그냥 바라만 볼 뿐이다. 자신이 가는 곳이 사지라는 걸 아는지 모르는지 터벅터벅 걸어가고 있는 멀린. 경비병, 더 왈리87은 어깨를 으쓱였다.

"지 팔자지, 뭐."

"어쩔 수 없나. 철수할 준비나 해야겠군. 몬스터 연합군이 왔을 때 어정쩡하게 끼면 곤란하니까."

"하긴, 유저들하고 싸우려고 몰려온 몬스터가 경비병한테 쓸려 버리면 좀 그렇겠지."

게인87은 애검 기간틱 블레이드(Gigantic Blade)를 아공간으로 보내 버리고 자신이 서 있던 자리에 위치한 마법진을 조종했다. 쿠구궁 하는 소리와 함께 천천히 내려오기 시작하는 성문. 디왈리87은 말했다.

　"아, 비파괴 설정도 풀어놔야 하는 거 알지?"

　"물론. 하지만 몬스터 연합은 4만이나 되는 걸로 알고 있는데 괜찮을지 모르겠군."

　"유저들이 한번 제대로 깨져서 정신 차리길 바라나 보지, 뭐."

　몬스터 연합은 총 네 개의 군단(軍團)으로 이루어져 있으며, 그 수는 각각 1만으로 총 4만에 이른다. 당연하지만 그건 결코 가벼운 전력이 아니다. 보통 사람도 4만 명이나 모이면 무지막지한 규모의 폭력을 자행할 수 있을진대 인간도 아닌 몬스터로 이루어진 4만 군세라면 그 전투력과 흉포함은 상상을 초월하는 수준일 것이다.

　철컹.

　쇳소리와 함께 완전히 닫히는 성문에 게인87이 입을 연다.

　"닫는 긴 동문이면 상관없나? 첫째 날은 포레스트 몬스터만 나타나니까."

　"매너 좋게도 다른 문 쪽으로는 쳐들어오지도 않는다니 여기만 닫으면 되지."

　태연히 답하며 공간을 넘는다. 어느새 그들이 도착한 곳은 마을만 한 규모의 대기실이다.

　"87번 커플, 꼴찌입니다."

"커플이라고 하지 마, 변태야. 그나저나 다 모였어?"

"그렇지. 아무래도 우리는 시스템상 유저가 공격받으면 도와주는 캐릭터니까. 막 죽어나가는데 옆에서 구경만 하고 있으면 좀 그래서 치워놓는 건데 한 명이라도 남아 있으면 의미가 없지."

서너 무리로 구분되지만 결국 완전히 똑같은 얼굴의 사내들이 준비된 시설 여기저기에 흩어져 책을 보기도 하고 누워 쉬기도 하고 검술 수련을 하기도 하고 담소를 나누기도 한다. 똑같은 얼굴들을 가지고 이렇게나 제각각일 수 있을까 싶을 정도였지만 디왈리87은 알고 있었다. 그들은 서로 다른 것이 아니다. 단지 필사적으로 다르고자 노력하고 있을 뿐.

"그나저나 맨 처음 오는 건 절망의 숲 1만 군세지?"

"그렇지."

"그럼 지휘관은 누구야? 역시 사이클롭스인가? 아니면 고위 공룡족?"

물론 지휘관을 암살해 몬스터 군단을 와해시킨다거나 하는 건 어려운 일이다. 몬스터 군단의 집단 공격이라는 건 결국 디오 자체 시스템과 몬스터들의 단독 A.I의 결과물로, 지휘관의 명령이라고 해봐야 [공격], [정지], [후퇴] 정도. 결국 지휘관은 지휘를 하는 이가 아닌 최강자, 즉 몬스터 군단 중 가장 강력한 무력을 가진 최강의 몬스터라는 말이다.

"아니, 오크."

"뭐? 오크? 설마 종족 레벨 3의 그 오크?"

"그래, 그 오크."

뜻밖의 대답에 디왈리87은 황당한 표정을 지었다. 절망의 숲의 쟁쟁한 몬스터 군단이 1만이나 몰려오는데 그중 가장 강한 게 하위 몬스터로 분류되는 오크라니? 하지만 다음으로 이어지는 게인23의 말은 그의 입을 다물게 만들었다.

"영웅 클래스[Hero Class]야. 검법의 초절정고수지. 아마 화산파 장문인이랑 싸워도 이길걸?"

"……."

디오에는 종족 레벨이라는 게 존재한다. 이는 특정 생명체가 성인이 되었을 때 가지게 되는 종(種)으로서의 강함을 나타내는 것으로, 철저히 전투력만을 기준으로 사용한다. 인간의 경우는 1레벨, 실제로 유저들 역시 게임을 시작하면 1레벨에서부터 시작한다. 단지 일반적인 인간과 다르게 어마어마한 속도로 성장한다는 차이점이 있을 뿐으로, 보통의 인간은 성인 남성이 1레벨이고 격투기나 무기술 따위를 배워서 무투가나 기사가 되어도 2레벨에 불과하다. 그 이상이 되려면 정말 천부적인 재능이나 그 이상의 무언가가 필요한 것이다.

몬스터의 경우도 스스로 수련하거나 능력을 쌓을 경우, 혹은 종족으로서의 힘과 전혀 별개의 능력을 가지게 될 경우 유저들이 타이틀을 사용하듯 그 이름 앞에 명칭이 변한다.

이때 종족 레벨보다 두 단계 이상의 경지에 올라, 즉 2레벨 이상 높을 경우 전사[Warrior] 클래스에 들어서고 거기서 다시 두 단계 올라서면 투사[Fighter] 클래스에, 거기서 다시 두 단계 올라서면 기사[Knight] 클래스에 도달하며 거기서 다시 또 두 단계 올라서면 드디어 영웅[Hero] 클래스가 된다. 그리고 거기서 또다시 두 단계 올라선 몬스터는 마치 유저들처럼 자유로이 타이틀을 선택할 수 있으며 로드(Lord)의 권좌에 대한 도전권을 가지게 된다는 프리덤(Freedom) 클래스를 획득한다.

"아, 아니, 잠깐. 오크 종족 레벨이 3이니 거기서 영웅 클래스면 11레벨이라는 거야?"

"아마 12레벨이겠지. 11레벨치고는 좀 더 강하다고 들었으니까. 잘하면 프리덤 클래스를 노려볼 수도 있는 녀석이다. 어쩌면 오크로드가 될지도 모르지."

"우와, 너무하네. 가뜩이나 유저들이 쪽수도 밀리는데 그런 강자를 섞어놓다니. 아무리 시스템상 유저들이 유리해도 이제 겨우 시작한 지 두 달이 되었을 뿐인데? 게다가 베타 테스트 기간이라 고급 무기를 가진 유저도 별로 없어. 아직 마스터 급 유저도 없을 텐데 이건 완전 죽으란 말 아냐?"

어이없다는 표정으로 근처에 있는 소파에 앉은 디왈리87은 잠시 헛웃음 짓다가 게인87을 향해 짓궂은 표정을 지었다.

"어때, 게인. 너라면 녀석을 이길 수 있어?"

"아마 힘들 거다. 싸우게 된다면 높은 확률로 내가 지겠지. 반수, 아니, 어쩌면 한 수 정도 내가 뒤처질 테니까. 자정하고 싸워도 500초를 견디지 못해."

너무나 순순히 인정하는 게인87의 모습에 디왈리87은 입술을 내밀었다.

"에이, 뭐야, 재미없는 녀석. 하지만 기간틱 블레이드하고 카운터 아머를 가지고 있는데도 진단 말이야?"

"녀석의 장비도 그렇게 나쁘지는 않을 테니까."

태연한 답변에 디왈리87은 한탄했다.

"에구. 몬스터 하나한테도 승리를 장담할 수 없다니 우리도 별로 세지 않구나. 이러다 몬스터들 맘 바뀌면 막 스타팅 점령당하고 그러는 거 아냐?"

"그야말로 바보 같은 소리군. 우리가 몇 명이라고 생각하는 거냐?"

"하긴."

순순히 수긍하는 디왈리87. 그리고 그 뒤에는…….

웅성웅성.

100명의 디왈리, 100명의 게인, 100명의 멜테인, 100명의 케이시, 100명의… 100명의… 100명의…….

"그만 쉬지. 모처럼의 휴일이니."

총 700명. 차크라, 내공, 오오라 등 사용하는 힘이 다를 뿐 한 명 한 명이 모조리 동등한 힘을 가진 700명의 경비원이 각자의 방식으로 시간을 보내고 있었다.

*　　　　*　　　　*

정신을 차렸을 때 멀린은 정체를 알 수 없는 거대한 호수에 도착한 상태였다.

"여기가 어드메냐……."

마법서를 조용히 덮으며 멍한 표정을 짓는다. 주위에는 아무도 없다. 뒤쪽으로는 넓은 초원이 보이고 앞에는 거대한 호수가 있다.

"뭐지? 연못이라기에는 너무 큰데."

보통 사람 이상의 시력을 가진 멀린은 대충 보는 것만으로 호수의 크기와 형태를 파악할 수 있었다. 호수의 형태는 정사각형. 가로세로 길이는 300미터씩이다. 게다가 그 깊이는,

"우와! 깊이도 50미터나 되잖아? 게다가 인공적으로 만들어진 곳이야."

그곳은 사실 호수라기보다 일종의 저수지라고 할 수 있다. 사실 이 정도 규모의 저수지를 만들려고 하면 어마어마한 인력과 재산, 그러고도 달보다는 년 단위의 공사 기간이 필요하지만 그의 눈앞에 있는 저수지는 별다른 관리 없이 방치되어 있다. 심지어 저수지가 별로 필요하지도 않은 위치다. 주위에 물을 필요로 하는 그 어떤 시설도 없는 것이다.

"여기도 정상이 아니구먼. 정말 게임이라서 가능한 생뚱맞은 지형."

찰박.

중얼거리며 물 위에 오른다. 이미 모든 각인을 끝낸 상태였기에 마법서는 인벤토리에 넣는다.

"오오, 등평도수(登萍渡水. 물 위를 수평으로 빠르게 건는 경공)다, 등평도수. 이로써 나도 무림고수 등극인가? 아니면 예수 후보생?"

모 종교 단체에서 들으면 불경죄로 뭇매를 때릴 만한 말을 아무렇지 않게 중얼거리며 물 위를 건는다. 건는다고는 하지만 상당한 속도다. 사실 그는 걸어서 이동한다고 하기보다 물에 밀려가고 있는 상태였기에 금세 저수지 중앙에 도달했다.

"하지만 이건 또 웬 기둥인지……."

멀린은 호수의 중앙에 떠 있는 거대한 기둥을 의아한 표정으로 바라보았다. 아니, 사실 그건 기둥이라기보다는 탑이라고 부르는 게 나을 정도의 사이즈를 가지고 있다. 가로세로 3미터의 넓이를 가진 기둥은 무려 50미터나 되는 높이였으니까.

"게다가 떠 있어?"

그제야 멀린은 기둥이 수면에서 10센티미터 정도 위에 떠 있다는 걸 깨달았다. 혹 움직일까 싶어 밀어보았지만 기둥은 보이지 않는 뭔가에 고정되기라도 한 듯 꼼짝도 하지 않는다.

"대체 뭔지……."

멀린으로서는 이해할 수 없는 구조물이다. 혹시 몰라 감정해 보지만 아이템으로 판정되지 않는 듯 아무런 결과가 없다.

"장비 2번."

가볍게 중얼거리자 그의 몸을 감싸고 있던 마법사 복장이 사라지고 초보자용 반바지만 걸치고 있는 맨몸이 드러난다.

"웃차."

젖을 옷이 사라지자 그대로 잠수한다. 멀린의 몸은 물속에 잠긴 후 물에 빠진 쇳덩이보다 빠른 속도로 가라앉아 십시간에 저수지의 바닥에 도착했다. 저수지의 바닥은 석재 타일이 깔려 있었는데 그중 한 부분이 그의 눈을 잡아끌었다.

'뭐지?'

저수지 바닥에는 정사각형의 홈이 파여 있다. 크기는 가로세로 3미터 정도로 깊이 역시 같다.

'어? 이거 설마…….'

멀린은 고개를 들어 물 위에 떠 있는 기둥을 바라보았다. 바닥에 있는 홈과 정확하게 일치하는 크기다.

촤악!

멀린의 몸이 흔들리는가 싶더니 순식간에 위로 솟구친다. 점점 가속해 이내 최고 속도에 도달하는 멀린. 그리고 그대로 수면에 도달하는 순간,

점핑(Jumping).

멀린의 몸이 쏘아지듯 하늘로 날아오른다.

"웃차! 역시 약간 모자라구나!"

30미터라는 경이적인 높이까지 뛰어오른 그는 그대로 기둥에 그려진 무늬를 잡고 매달렸다. 기둥의 길이는 50미터로 아직 꼭대기까지는 20미터나 남았다. 물론 그래도 문제는 없다. 그는 성인 남성보다 열 배나 강한 근력의 소유자였다.

"이게 열쇠군. 어떻게 하는지는 모르겠지만 아래에 끼워 넣으면 되는 모양이네."

하지만 올라서도 내려갈 기미가 없는 걸 보면 단순히 눌러서 끼워 넣는 방식은 아닌 모양이다. 물론 더 큰 힘이 가해져야 내려가는 것일 수도 있지만 그에게는 그럴 만한 수단이 없다.

"흠. 가중 마법도 있긴 한데 세 배가 한계란 말이지."

잠시 고민하고 있는데 문득 그의 눈앞으로 텍스트가 떠오른다.

새로운 공지사항이 등록되었습니다!

"공지사항? 지금까지 한 번도 안 떴는데 뜨다니. 본 서버에서만 볼 수 있는 건가?"

게다가 공지사항이라면 아직 열어본 적 없는 서비스였기에 멀린은 왼손과 오른손의 엄지와 검지를 마주쳐 삼각형을 만들었다. 그리고 조그만 창이 손가락 사이에 떠올랐는데, 그는 그 모서리를 잡아 창의 크기를 늘렸다. 홈페이지에서 봤던 모션 사전이었는데 불러보는 건 처음이었다.

"어디 보자. 왼쪽 주먹으로 오른쪽 눈을 가리고 3초… 됐다."

문제없이 떠오른 공지사항을 확인한다.

공성 방식 변경!

아아, 역시 대충대충 설렁설렁 대비하고 있습니다. 여러분, 공성, 별거 아니라고 생각하고 있는 거죠? 공격 직전인데 아직도 태반이 마을에서 놀고 있다니. 하하하! 그러다 피똥 쌉니다?

여러분이 너무 방심하고 있는 관계로 몬스터들의 공격 방식을 변경합니다. 앞으로 30분 후 스타팅의 4문 전부에 몬스터가 쳐들어옵니다. 딘, 그 수는 4만이 아닌 4천입니다. 각 성문마다 1천 마리의 몬스터가 공격해 오고 그 공격이 송료되년 2일 후부터 24시간의 텀을 가지고 동, 북, 서, 남문. 즉, 반시계 방향으로 순차적인 공격이 가해집니다. 2차 공격 시 동원되는 몬스터는 4만이며 1차 공격 시 쳐들어왔던 몬스터 중 처치하지 못한 몬스터들이 후퇴했다가 2차 공격에 가담하게 되니 주의하시길 바랍니다.

아무래도 여러분은 쓴맛을 봐야 대비를 할 것 같습니다.

추신1. 이벤트 동안 쳐들어오는 몬스터들을 잡을 시 +200%의 보너스 경험치가 적용됩니다.

　추신2. 방어에 실패하게 되어 몬스터들의 내성 침입을 허락하게 될 시 미션을 실패하고 획득한 모든 경험치가 소멸됩니다.

　추신3. 방어에 실패해 스타팅 가운데에 있는 '수호의 탑'을 공격당했을 시 날짜에 상관없이 서비스가 종료됩니다.

"공성전?"

　생각지도 못한 단어에 의아해했지만 이내 한마와 아돌의 대화를 떠올린다. 언뜻 성문을 지나치며 비슷한 말을 들었던 것 같기도 하다.

"한번 참가해 보고 싶기는 한데…… 다시 성 쪽으로 돌아가야 하나?"

　하지만 그럴 필요는 없다. 그가 있는 곳으로부터 동쪽으로 5킬로미터쯤 떨어진 곳에서 한 무리의 몬스터가 이동하고 있었으니까.

"저건……"

　그리고 상대적으로 높은 곳에 있던 멀린은 그걸 빨리 눈치챌수 있었다. 굳이 내공으로 강화하지 않아도 기본 시력이 좋은그다. 물론 거리가 거리인만큼 쉽지 않은 일이지만 한 마리도아니고 상당한 숫자의 몬스터 부대를 발견 못할 리가 없다. 하물며 몬스터 중에는 집채만 한 덩치를 가진 녀석들도 상당수 존재하는 상태. 잠시 당황하던 그는 이내 몬스터들이 스타팅을 공격하기 위해 움직이고 있다는 것을 깨달았다.

"성 앞에서 나타나는 게 아니라 몰려오는 방식이구나. 참 여러 가지로 내 생각하고 다른 게임이네."

그렇게 중얼거리며 그 안에 있는 활과 화살을 꺼낸다. 화살은 대략 60개 정도였다.

핑!

시위를 당겼다가 놓자 화살이 포물선을 그리며 날아가 물에 빠진다. 최대 사거리는 대략 110미터, 유효 사거리는 60미터 정도였다.

"으으, 예상 못한 건 아니지만 역시 짧군. 여기에 서서 저수지 밖의 녀석들을 잡는 건 무리겠는데."

혹시나 하고 내공을 실어 쏴보았지만 목궁 자체가 워낙 싸구려 물건인지라 상황이 크게 나아지지는 않았다. 유효 사거리가 150미터까지 늘어났으니 강화가 되긴 한 건데 가로세로 길이가 300미터나 되는 저수지를 벗어날 정도는 아니었다.

"장력이 심각할 정도로 약한데? 무기 탓을 하고 싶지는 않지만 너무 가벼워서 당기는 느낌도 안 든다는 건 좀……."

만약 높이가 50미터나 되는 기둥 위에서 쏘는 화살의 사거리가 저수지를 벗어날 정도라면 어마어마하게 유리한 사격 위치를 짐하게 되는 셈이다. 가로세로의 길이가 300미터나 되는 저수지, 그리고 그 가운데에 있는 50미터짜리 기둥 위에 서 있는 저격자. 아래에 있는 적들은 접근도 못하고 죽으리라.

"하지만 사거리가 안 되니… 별수없군."

투덜거리며 기둥에서 뛰어내린다. 만약 현실이었다면 쉽게 저지를 수 없는 일이다. 아무리 아래가 물이라고 해도 기둥의 높이는 무려 50미터. 거기서 뛸 수 있다는 건 번지점프대 위에서도 그냥 뛸 수 있다는 말이다. 50미터라는 게 어지간한 강심 장이라도 아래를 내려다보면 아찔함을 느끼지 않을 수 없을 정도라는 걸 생각하면 실로 대단한 일.

하지만 멀린은 그리 큰 공포를 느끼지 않았다. 스스로도 신기할 정도다. '사실 고소공포증이라는 건 정신보다는 육체가 두려워하는 거 아냐?'라는 생각을 할 정도였다.

"완전히 물 밖으로 나갈 필요까지는 없겠지 나한테는 땅보다 저수지 안쪽이 더 유리한 전장이니까."

때문에 그는 물에서 20미터쯤 떨어진 곳에 자리를 잡았다. 물론 완전히 물 위에 서지는 않았다. 그건 아무리 물친화를 가지고 있는 그라 하더라도 힘 낭비인 데다가 순간적으로 떠올린 '작전'에도 도움이 되지 않는 일이니까. 대신 그는 하반신만 물 안에 담그고 상체는 밖에 내놓았다. 그리고 활통을 메고 활을 든다.

"어디 보자, 내공이… 엥? 80포인트? 그새 또 왜 이렇게 늘었어?"

20포인트는 제1계 수성의 내공이라고 쳐도 원래 내공이 40포인트였으니 엄청나게 상승한 셈이다. 평소에 하는 운공 외에는 그 어떤 추가적인 수련도 하지 않았다는 걸 생각하면 그야말로 당황스러운 성장.

"헐. 20포인트는 마력이니 결국 영력이 또 한계치(100)에 도달한 셈이네. 한동안은 여유라고 생각했는데 이게 웬 일이야?"

하지만 그건 그가 자신이 이룩한 금단선공의 경지를 전혀 모르기 때문에 하는 말이다. 현재 그는 금단선공이 7성에 도달한 상태이며 또한 제1계 수성을 연 상황이다. 금단이 가지는 기본적인 인력을 제외하고도 수성이 별도의 인력의 소용돌이를 만드는 이상 내공이 1갑자까지 빠르게 성장―왜냐하면 그게 최소치이기 때문에―한다. 그나마 지금까지는 내공이 회복될 때마다 염체인 영휘에게 내력을 주입해 상승이 더뎠지만 마법을 수련하며 충분한 휴식을 취하자 그 틈을 타 내공이 빠르게 증진한 것이다.

"조만간 3레벨 시험도 봐야겠구먼."

그렇게 중얼거리며 활통에서 화살을 꺼내 시위를 당긴다. 어느덧 몬스터들은 바짝 다가온 상태다. 다만 그들의 목적은 주변 유저를 정리하는 게 아닌 스타팅의 공격이기 때문인지 아직 멀린을 인식하고 있지는 않다.

"우선 한 놈."

퍽!

발사된 화살이 별생각없이 앞으로 나가고 있던 곰의 눈동자를 파고든다. 눈을 관통해 뇌까지 파고든 화살에 그대로 절명해 쓰러지는 크레안 베어. 몬스터들은 난데없는 기습에 깜짝 놀라 몸을 돌렸지만 그 순간 이미 멀린은 다섯 대째 화살을 쏘고 있었다.

퍽! 퍽! 퍽!

눈동자, 입안 등 방어력이 취약한 부위를 정확하게 파고드는 공격에 순식간에 대여섯 마리의 몬스터가 절명한다. 그들은 하나같이 높은 생명력을 가진 존재들이지만 멀린 역시 일반인이 아니다.

쾅!

폭살시가 터지면서 머리를 잃어버린 트롤 한 마리가 그대로 쓰러진다.

"큭……?"

날아드는 화살을 왼팔로 막아내고 땅을 박찼던 오크전사는 그대로 땅으로 추락해 피를 토했다. 그것은 주화입마의 증상. 격살시의 위력이다,

캉!

하지만 몬스터들이 손쉽게 쓰러진 건 갑작스런 기습이 효과를 발휘한 초반뿐이고 이내 저항이 시작된다. 전사 클래스의 몬스터들이 자신의 각종 무기로 화살을 쳐내기 시작한 것이다. 그리고 그 모든 몬스터들을 넘어서 날아드는 거대한 그림자.

"건방진 놈!!"

"뭐야? 말해?!"

당황하면서도 정확히 상대를 조준해 시위를 놓는다. 하늘로 뛰어오른 것은 언젠가 그가 쓰러뜨렸던 것과 동일한 외향을 가진 티라노사우루스였지만 이마에는 육망성의 마법진이 그려져 있다. 상대는 전사 클래스인 티라누메이지였다.

화악!

날아든 화살을 태워 버리며 열기가 밀려든다. 그건 그냥 불꽃이 아니다. 강철 방패도 단숨에 녹여 관통하는 초고열의 폭염인 것이다.

"큭……!"

멀린은 신음했다. 단숨에 날아들었다고는 해도 상식 이상의

위력을 가진 폭염이다. 그 속도는 너무나 빠르고 범위 또한 넓어서 도저히 피할 수 있는 공격이 아니었다. 그러나 그 순간 주위 물이 그의 몸을 붙잡는다.

팡!

마치 보이지 않는 거대한 손이 잡아 움직이는 것처럼 멀린의 몸이 우측으로 50미터나 단숨에 이동한다. 그 순간 속도는 시속 300킬로미터에 가까워 폭염은 헛되이 수면을 때린다.

펑!

막대한 열기에 대량의 물이 단숨에 수증기로 변하면서 시야가 흐려진다. 당연히 명중하리라고 생각했던 공격이 빗나가고 적의 모습이 사라지자 일순간 당황하며 주위를 살피는 티라노메이지. 그런 그의 눈동자로 화살이 날아든다.

"이놈이!"

하지만 공격을 예상하고 마법 장막을 펼쳐 화살을 막아낸다. 애초에 그의 마법 장막은 저격총을 연거푸 쏘아도 견딜 수 있을 정도로 견고한 수준이어서 화살 따위로 관통한다는 것은 불가능. 그러나 멀린이 쏘아낸 것은 평범한 화살이 아니었다.

캉!

"큭!"

한순간 휘청거린다. 물론 타격은 없지만 일순간 화살이 명중했던 부분의 마법 장막에 구멍이 뚫린 것이다. 그리고 그 틈을 노려 다음 화살이 날아든다. 마치 자로 잰 것처럼 정확하게 파고든 격살시였다.

푸욱!

순식간에 한쪽 눈을 잃었지만 마법사이기 전에 광포한 육식 공룡인 티라노메이지는 고통에 몸을 사리는 대신 강하게 땅을 박차 멀린을 향해 달려들었다.

　"대장을 도와라!"

　"크아아아아!!"

　그리고 그 뒤에 있던 열 마리의 공룡족 역시 티라노메이지를 따라 저수지로 달려들었다. 물론 그건 저수지의 깊이가 1미터 정도밖에 안 될 거라는 생각에서 나온 행동이다. 멀린 역시 물에 서 있었지만 허리 정도밖에 안 잠겨 있지 않은가?

　그러나 그들의 예상은 틀렸다. 저수지의 깊이는 무려 50미터. 아무리 공룡들이 인간에 비해 큰 덩치를 가지고 있어도 땅을 디딜 수 있을 정도로 만만한 깊이가 아니다. 게다가 물속에 있는 건 그런 그들의 모습을 침착하게 바라보고 있는 멀린이었다.

　"낚였구나~! 열한 마리나 낚이다니 월척인걸!!"

　멀린은 부스터로 티라노메이지의 이빨을 피해 꼬리 쪽으로 이동, 몸을 날려 신체 구조상 반격이 어려울 수밖에 없는 등에 매달렸다. 그리고 그대로 물친화 가동. 티라노메이지를 '추락' 시켰다.

　"뭣……?!"

　본디 예상치 못한 추락은 당황스러운 법. 계단이 이제 끝났다고 생각하고 있었는데 사실 하나 더 남아 있기만 해도 뚝 떨어지는 느낌을 받는 게 생물이다. 하물며 물에 빠져서 땅을 딛으려는데 예상했던 땅이 없고, 게다가 물에 빠지지도 않고 그냥 추락해 버리면 세상 그 누가 침착함을 유지할 수 있겠는가?

퍽!

티라노메이지는 그대로 50미터나 추락해 석재 타일에 머리부터 떨어졌다. 물친화를 이용한 멀린의 작품이었다. 몬스터쯤 되는 녀석들이 단순히 물에 빠지는 것만으로 위험에 처할 리 없기 때문에 멀린은 물친화 능력을 이용해 티라노메이지의 주변 10센티미터의 물을 몽땅 밀어냈다. 즉, 티라노메이지는 물에 빠진 게 아니라 그냥 50미터 절벽에서 떨어진 셈이다.

"다음!"

부스터를 이용해 고속 이동 후 마찬가지로 물에 빠져 당혹스러워하는 트리케라톱스(Triceratops)를 추락시켰다. 다음은 랩터(Raptor), 다음은 파키케팔로사우루스(Pachycephalosaurus)다. 종류가 참 다양하기도 하다. 이쯤 되면 공룡 박물관에 온 게 아닐까 착각이 들 지경이었다.

퍽! 퍽! 콰득!

공룡족들은 필사적으로 저항했지만, 물속에서 모든 방위로 자유로이 움직일 수 있는데다 정지 상태에서 시속 300킬로미터까지 가속하는 데 1초도 채 걸리지 않는 멀린에게 공격을 성공시키는 건 불가능에 가까운 일이다. 물속에서라는 전제가 붙기는 하지만 지금의 멀린은 차라리 UFO에 가까운 존재다.

퍽퍽! 퍽퍽퍽!

열한 마리의 공룡족 중 누구도 달아나지 못하고 추락한다. 몸 여기저기가 부러진 상태에서 필사적으로 헤엄쳐 올라오는 이들에게는 치명적인 부위를 골라 대력금강수를 먹인 후 다시 추락시킨다. 공룡들 역시 호흡을 해야 하는 존재이기 때문에 그 과정을 몇 번 반복하자 하나둘 움직임이 멎기 시작했다.

순식간에 공룡족 열한 마리를 익사시키고는 다음 사냥감을 찾기 위해 물 위로 올라오는 멀린. 하지만 그건 몬스터들의 지능을 너무 무시한 짓이었다.

펑!

난데없는 충격파에 얻어맞아 튕겨 나간다. 그를 바라보고 있는 것은 사람 한두 명쯤 우습게 들어갈 수 있을 정도로 큰 볼을 부풀리고 있는 거대 개구리. 멀린은 거대 개구리가 입안의 공기를 쏘아서 자신을 공격했고, 지금 그 공격을 재차 시도하려 한다는 것을 깨달았다. 하지만 이미 그는 방금 전의 공격을 맞아 허공에 떠버려 피할 수 없는 상태. 그리고 날아드는 2차 공격!

콰아!

그러나 오른손을 휘둘러 압축된 공기를 잘라낸다. 그것은 절정의 수공. 그러나 대력금강수는 부수거나[破] 누르는[壓] 힘은 강해도 날카롭게 힘을 집중하는 데에는 별다른 도움이 되지 않기 때문에 아무래도 효율이 떨어진다. 마법을 익히는 동안 내력이 급진전되지 않았으면 벌써 힘이 다했으리라.

"지금 부르노라……, 붉은 폭염, 심판의 벼락……,"

"그러니 진 그대에게 차가운 숨을 내쉬겠습니다. 그것이야말로 나의 소원……."

"이크! 장비 1번!"

멀린은 몬스터들 사이에서 주문을 외우는 두 마리의 페어리를 발견하고 로브를 불러내 인벤토리를 오픈, 잠시 치워두었던 활과 화살을 꺼냈다. 그리 많은 전투를 경험하지 않은 멀린이지만 페어리들이 사용하려는 마법이 절대 자신에게 호의적이지 않다는 것 정도는 알고 있었다.

핑! 핑!

1초 정도의 간격을 가지고 두 대의 화살이 페어리를 노리고 날아든다. 담겨진 힘은 인위적인 주화입마를 일으키는 격살시였다.

픽! 챙!

첫 번째 화살은 손바닥만 한 페어리를 정확하게 사살했지만 두 번째 화살은 난데없이 끼어든 검에 막혔다. 방해를 받지 않고 영창이 완료되자 즉시 주문이 발동된다.

"얼음의 감옥! 지금 거기에 갇혀 꼼짝하지 마라!"

쩌적.

미처 호수에 빠지기도 전에 멀린의 몸이 얼음 속에 갇힌다. 얼음의 감옥이라지만 구속시키기보단 그냥 즉사시키려 한다고밖에 느껴지지 않는 위력적인 공격 주문. 그러나 멀린은 미끄러지듯 거기에서 빠져나왔다. 얼음 속에서 '스며' 나와 물속으로 들어가 버린 것이다.

"뭐?"

주문을 사용했던 페어리는 그 납득할 수 없는 광경에 눈살을 찌푸렸다. 애초에 주문에 안 맞았으면 안 맞았지 맞은 다음 그냥 빠져나가다니? 항마력이 높은 건가 생각했지만, 그렇다면 애초에 냉기 자체가 닿지 않았으리라.

"어떻게 할까요, 군단장님? 물속에서 제법 빠른 모양인데 차라리 전격 계통 주문을 수면에 흘리는 게……."

"됐다."

"네?"

의아한 목소리에 절망의 숲 제2군단장 성묵은 차분히 답했다.

"너희는 계획했던 대로 동문을 공격해라. 이쪽은 내가 처리하고 가지."

"네? 하지만 굳이 그러실 필요까지는 없습니다. 7~8레벨쯤 되는 유저인 모양이니 잠시 시간 내서……."

"아니, 내가 잡고 간다. 물속에서 꽤 빠른 편이더군. 시간이 걸릴 거야."

"그렇다면… 알겠습니다."

"좋아, 그럼 [성을 공격하라]."

명령과 동시에 잠시 멈췄던 몬스터 군단이 다시 움직이기 시작한다. 열한 마리의 공룡족이 당했다고는 하지만 그야말로 소소한 숫자다. 선발대라고는 해도 그들의 숫자는 1천 마리나 되니까.

우르르.

일천. 사실 군대의 숫자라는 걸 교과서에서나 보며, 그렇기에 흔히 10만 대군, 100만 대군을 먼저 떠올리는 현대인들이지만 1천의 군세란 결코 무시할 수준이 아니다. 어느 학교 한 반이 30명 정원이라고 한다면 일천 명이란 33개나 되는 반의 모든 학생이다. 말하자면 어지간한 학교 전교생에 맞먹는 숫자. 그리고 생각해 보라. 운동장에 가득히 들어차 있는 1천 명의 전교생을. 그 숫자가 과연 적기만 한가?

하물며 몬스터 군단은 구성원이 인간도 아니다. 평균적으로 인간보다 훨씬 커다랗고 개중에는 어지간한 건물만 한 몬스터도 있다. 주변이 뻥 뚫린 평야여서 그렇지 좁은 곳에서 본다면 그 군세는 마치 해일처럼 보이리라.

"우와! 가까이에서 보니까 생각보다 엄청 많아 보이는데? 내가 미쳤지. 저런 떼거지한테 싸움을 걸다… 우웩."

말하다 말고 피를 토한다. 거대 개구리에게 얻어맞은 충격파 때문에 내장이 진탕된 것이다.

"죽을 뻔했군. 이거 몬스터 수준도 만만치 않구나."

하지만 다행히 큰 타격은 아니다. 그의 생명력은 결코 낮은 수준이 아니기 때문에 엔간한 타격으로는 위기에 빠지지 않는 것이다.

우르르……!

"다 가네. 그냥 보내는 건 좀 섭섭하니 뒤에다 폭살시나 몇 개 날려… 응?"

하지만 그러다가 떠나지 않고 남아 있는 한 마리의 몬스터를 바라본다. 1미터 80센티미터의 건장한 청년 정도 되는 덩치로 등 뒤에 검을 빗겨 메고 있는 몬스터. 몸에 철제 갑옷을 입고 있어 조금 생소하긴 하지만 그 종족은 분명 오크다.

"뭐야? 공룡들도 당했는데 오크 하나가 덤비려고 남았어?"

황당해하면서도 시위를 당기는 멀린. 하지만 그 순간 오크가 가볍게 땅을 박차더니 저수지 안으로 뛰어들었다. 실로 가벼운 움직임이어서 깔끔하게까지 보인다.

"알아서 빠져준다니 나야 고맙……."

파바바바팟!

"뭣?!"

순간 수면을 박차며 성묵의 몸이 화살처럼 날아온다. 그것이야말로 경공의 경지가 초절정에 이르러야만 간신히 흉내나 낸다는 등평도수였다.

쩍!

"큭?!"

부스터를 가동해 횡으로 움직이는 순간 그가 있던 자리의 수면이 날카롭게 갈라진다. 한순간 공간을 베어가는 기세는 너무나 살벌해서 식은땀이 다 흐를 정도였다.

피핑!

"이런 썩을!!"

부스터를 이용, 시속 330킬로미터의 속도로 복잡하게 움직였지만 정말이지 한끝 차이로 피한다. 심지어 적의 공격에 맞지도 않았음에도 칼에 수십 번을 베인 것처럼 피투성이다.

쩡!

"컥!"

도저히 피할 수 없는 공격을 대력금강수로 흘리는 순간 내부가 진탕되는 동승을 느낀다. 그나마 통각 제어 시스템 때문에 괜찮은 거지 그 통증을 다 느꼈다면 한순간 멈칫했을 테고, 그 결과는 목이 잘려 나가는 것이었으리라.

"재빠르군. 그러나……."

성묵은 모든 방위로 자유롭게 움직이는 멀린에게 놀라움을 표현했지만 단지 그뿐이다. 아무리 움직임이 복잡하다고 해도 그 속도는 화살 정도에 불과하다. 칼날같이 예리한 안목에 간격을 신경 쓸 필요가 없을 정도로 빼어난 검기를 소유한 그에게 장애가 되지 않는 것이다.

"끝이다, 인간. 흩날리는 꽃잎 속에서 죽어라."

십사수매화검법(十四手梅花劍法).

선매청고(仙梅淸孤).

순간 향기로운 매화 향과 함께 한 송이의 매화가 허공을 수놓는다.

쩍.

멀린은 이를 악물고 대력금강수를 내뻗었지만 화사하게 피어난 매화는 너무나도 가볍게 그의 품으로 파고든다. 그리고 그것으로 상황 종료. 멀린의 몸은 그대로 저수지 바닥에 가라앉고 성묵은 다시 물을 박차 뭍에 섰다.

"10초나 걸리다니 생각보다 늦었군."

그리고 미련없이 몸을 돌려 몬스터 군단을 따라잡는다.

'매화……'

물속으로 가라앉으며 멀린은 하늘을 향해 손을 뻗었다. 점점 의식이 흐려진다. 성묵의 공격을 영휘가 받아냈지만 그 위력을 10분지 1도 약화시키지 못한 채 파괴되었다. 다시 복구되어 나오려면 적어도 열두 시간 이상은 쉬어야 하리라.

'아……'

멀린은 치유 주문을 사용했지만 그의 경지가 높지 않기 때문인지 먹히지 않았다. 아니, 사실 경지가 부족하기 때문만은 아니리라. 검기(劍氣)란 영(靈)적인 파괴력도 가지고 있기 때문에 유령도 베이면 상처 입고, 높은 재생력을 가진 존재라도 쉽게 회복되지 못한다. 그가 즉사하지 않았다는 것쯤 성묵 역시 알고 있는 일이다. 하지만 그럼에도 두고 간 것은 그가 그대로 죽을 거라는 확신이 있었기 때문이다.

뻑—

시야가 흐려진다. 그리고,

그것으로 그는 죽었다.

*　　　*　　　*

"훗. 제법이군, 청년."

"젠장, 젠장. 이, 이건 너무 세잖아? 뭐 이런 게 다 있어?"

스타팅 서문은 이미 초토화 상태였다. 서문을 지키고 있던 대부분의 유저가 몰살. 물론 그들도 그냥 죽어나간 건 아니어서 서문을 공격했던 적막의 사막에서 온 몬스터들 역시 대부분 물리칠 수 있었지만 가장 위험하고 아진저인 저 하나가 남아 있었다.

나가 기사[Naga Knight].

"켈트록이라고 한다. 이놈의 명칭은 몬스터들 개개인의 이름은 띄워주지도 않는군."

"하, 하하, 여기 몬스터들은 평소 그런 불만도 가지고 사는 거야?"

"모르나? 디오의 참신한 시스템이지."

황금빛 창대에 보석으로 치장된 창을 든 켈트록은 여유로운 표정이다. 반면 살아남은 대여섯 명의 유저는 패배감에 찌든 얼굴. 그들은 알고 있었다. 그들이 살아남을 수 있었던 건 단지 상대가 가진 여유의 결과물일 뿐이며, 그가 마음만 먹었다면 지금까지 전투를 끌 것도 없이 성문이 뚫렸을 것이란 사실을.

"괜찮아, 아돌?"

"괜찮을… 리가……. 세상에, 흘려도 디펜스가 너덜너덜해지는 공격이라니 어이가 없군. 너는 어때?"

"갈비뼈가 네 개나 나갔어. 이젠 뭐 어지간한 합금보다 단단해졌다고 생각했는데 무슨 수수깡처럼 부서지다니."

투덜거리면서도 켈트록에게서 시선을 떼지 않는다. 전력을 다하지 않은 것처럼 보이긴 해도 켈트록은 절대 상대를 봐줘가며 싸우지 않았다. 빈틈 따위를 보였다간 그대로 전멸하리라.

"하지만 대단하군. 디오를 서비스한 지 얼마 되지도 않았는데 이만한 기량을 쌓다니."

"그거 칭찬이야? 아니면 그런 우리를 다 쓰러뜨린 스스로에 대한 자랑?"

"글쎄."

쾅!

그 순간 황금빛 장창이 내질러지고 유형의 오오라가 뻗어나간다. 그것은 한눈에도 선명한 바람의 오오라. 동료들의 앞으로 나서 공격을 받아낸 아돌은 목구멍까지 올라온 핏물을 간신히 삼켰다. 어마어마한 충격이다. 마치 달려오는 기차를 방패로 막아낸 것 같다.

'내공이 바닥났어. 어깨뼈도 부서진 것 같고. 죽는 걸 각오하고 막아도 앞으로 한 방 정도인가……'

하지만 그렇게 생각하는 순간 그의 등 뒤에서 켈트록의 공격을 피했던 랜슬롯이 기다란 철창을 잡고 켈트록의 정면을 향해 파고든다.

펑!

묵직한 장창이 마치 화살처럼 내뻗어진다. 달려드는 속도, 창의 무게, 그리고 켈트록과는 비교도 할 수 없을 정도로 약소하지만 단단하게 결집한 오오라가 깔끔하게 일치된 일섬. 켈트록은 감탄했다.

"오호, 정말 오랜만에 보는 정통의 찌르기군. 하지만……"

뒤늦게 움직인 황금색 장창이 오히려 더 빠르게 내뻗어진다.

"너무 뻔해."

퍽!

배트에 얻어맞은 야구공처럼 튕겨 나간다. 켈트록의 공격에 담긴 예기와 파괴력을 생각해 보면 상체가 날아가도 할 말이 없을 정도지만 랜슬롯이 몸을 감싸고 있는 오오라의 미법 빙이구, 그리고 아티팩트들의 힘이 그를 보호한 것이다.

쩡.

"큭!"

"오~ 빈틈을 노리다니 제법인데? 다만 속도가 좀 아쉬워."

장창의 밑동으로 한마의 이마를 찍어 전진을 막아낸 켈트록은 그대로 창을 휘둘러 한마를 땅에 박아버렸다. 한마는 상체를 흔들어 그 공격을 피하려고 했지만 그 정도 회피쯤은 상관도 없다는 듯 켈트록의 공격은 정확하기만 하다.

카가강!

하지만 다시 창을 휘두르려다 자신을 향해 날아드는 화살을 쳐내며 물러선다. 어느새 그의 앞에는 100명 정도의 유저가 몰려와 있다.

"우, 우와! 진짜 그 인원이 다 쓸린 거야? 사람이 많이 모였기에 낄 틈이 없을 거라고 생각했는데."

"게다가 저 몬스터, 속성계 오오라를 완성시켰어. 10레벨… 마스터다."

"마스터라니……. 유저 중에는 마스터 없지 않아?"

"정보 게시판에서 목격담을 본 것 같기도 한데."

새로이 모여든 유저들 역시 결코 약한 이들이 아니다. 현재 진행되고 있는 것은 클로즈 베타 테스트, 즉 모든 사람을 다 받아들이는 게 아니라 회사 측에서 실력있는 이들을 '선발' 한 상태이기 때문에 유저들의 수준은 평균 5레벨을 육박할 정도다. 물론 아무리 실력있는 유저들을 모아도 한계란 게 있어서 고 레벨 유서는 많지 않지만 숫자가 모이면 절대 무시할 수 없는 전투력을 발휘한다.

"음. 부하들도 다 죽었는데 이대로 붙으면 아무리 나라도 죽겠군. 애초에 목표가 정신 바짝 차리도록 하는 거였으니까 도망갈까나?"

"도망이라니, 우리가 그냥 보고 있을 것 같아?"

"마스터 몬스터 잡으면 뭐 드랍하는지 좀 보자!"

어느새 포위를 마친 유저 중 하나가 그를 비웃었지만 켈트록은 태연히 창을 들었다.

"흔히… 오오라 능력자를 평가할 때 속성계(屬性繼) 능력자는 평상시에 강하고, 구현계(具現繼) 능력자는 위협적인 필살기 때문에 단기 결전에 강하다고 알려져 있지."

"아니, 이봐. 무슨 소……."

휘오오오…….

순간 바람이 불어오기 시작한다. 그러나 그것은 평범한 바람이 아니다. 묵직하면서도 날카롭고 서늘한 예기가 느껴지는 그런 바람. 켈트록은 계속 말했다.

"그러나 그건 하수들의 이야기일 뿐이야. 경지가 높아진다면 그런 구분에는 별 의미가 없지. 구현계 능력자들도 얼마든지 평시 전투력이 높아지고 속성계 능력자들도 얼마든지 필살기급 기술을 사용하는 게 가능해지지. 뿐만 아니라 속성계 능력자들도 '구현'이 가능해지고 구현계 능력자들도 '속성을 깨우는' 게 가능해지거든?"

"이런! 위험해! 뭔지는 모르겠지만 빨리 저 녀석을 막……."

그러나 늦었다. 이미 주변은 이질적인 공기로 가득 차 있는 것이다.

"불어라. 에이션트 블래스트(Ancient Blast)."

씩 웃으면서 켈트록은 창에 저장시켰던 자신의 힘을 해방시켰다. 그와 동시에 폭발할 듯 증폭하는 오오라로 자신의 의지대로 [제어]되는 강대한 바람을 [구현]시켰다.

오오오오—!!

거대한 허리케인이 만들어진다. 당연하지만 그 범위는 결코 좁은 게 아니어서 주위에 있던 누구도 벗어나지 못한다. 하물며 불어오는 것은 단순한 바람이 아닌 뭉쳐져 구현된 오오라다.

"막아! 갈기갈기 찢긴다!!"

아돌은 방패를 비스듬히 기울여 세운 후 빈사상태의 랜슬롯을 끌어당겨 품었다. 눈치 빠른 한마는 이미 그의 등 뒤에 숨은 상태다.

"뭐 도와줄 건 없어?"

"응! 방어 주문 같은 거!"

"에이, 나 그런 거 못하는 거 알면서."

"이런 쓸모없는 놈!"

"쓰, 쓸모없는 놈……."

카강! 캉! 캉!

상처받은 한마를 무시하며 방어를 집중한다. 방패 위를 때리고 있는 오오라 덩어리들은 하나하나가 어지간한 가로수도 일격에 자르고 지나갈 만한 절삭력을 지니고 있다. 방어에 특화한 그라고 해도 내공이 거의 바닥인 상태에서는 쉽게 막아낼 수 있는 공격이 아닌 것이다.

"우웩!"

"괜찮냐?"

"쾌, 괜찮아 보이냐, 이게? 제길. 야, 한마."

"왜?"

"너, 이 바람 앞에서 20초 이상 견딜 수 있어?"

"잠깐만."

아돌의 방패 밑에 숨어 있던 한마는 방패 밖으로 팔을 뻗었다. 물론 평소 상태는 아니어서 그의 팔은 어느새 묵빛으로 변해 방어력을 올린 상태다.

쩡!

바람의 오오라에 명중당하자 한순간 흔들리는 팔. 그러나 그 피부에는 상처 하나 없다.

"오케이. 1분도 버티겠다."

"어, 그래? 그럼 나 로그아웃 좀 하게 막아주라."

"마지막으로 남은 나는 어떻게 하라고, 자식아."

투덜거리면서도 방패 밖으로 나가 등으로 바람을 막아선다. 말은 험하게 하지만 아돌이 정말로 자신을 버리고 도망갈 리 없다는 걸 알고 있기 때문이다.

"아아, 제길. 이거 비싼데."

한마가 바람을 막아내기 시작한 걸 확인한 아돌은 품에서 소환단(小還丹)을 꺼냈다. 비상시를 대비해 사놨던 물건으로, 정말 전 재산을 탈탈 털어 구입했는데 지금 꺼내 든 것이다.

뚝.

그러나 그 순간 거짓말처럼 바람이 멈춘다.

"어?"

"뭐야?"

그 난데없는 상황에 유저들은 어리둥절한 표정을 지으며 주위를 둘러보았다. 물론 그들이 입은 피해는 컸다. 지금 공격으로 100여 명에 가까운 유저 중 3분의 1가량이 사망한 상태니까. 하지만 10분 정도 기술이 더 유지되었다면 몰살도 가능했을 텐데 갑자기 기술을 캔슬시키다니? 의아해하던 그들은 이내 주위에 있던 바위에 새겨진 큼지막한 글자를 볼 수 있었다.

거기에는 이렇게 쓰여 있다.

대비 확실히 하고 있기를. 나, 또 온다?

—켈트록

*　　　　*　　　　*

[동문]

촤라랑.

검기가 펼쳐지고 허공에 수십 송이의 매화가 피어오른다. 주위로 퍼져 나가는 것은 은은한 매화 향기. 유저들은 신음했다.

"거, 검향지경(劍香之勁)? 오크가?!"

비명 소리에도 상관없이 수십 줄기의 검기가 매혹적인 검로를 그리며 주위를 초토화시킨다.

[남문]

끼에에엑!

소름 끼치는 비명 소리와 함께 주문 범위에 있던 모든 유저들이 행동 불능에 빠진다. 그들의 앞에 있는 것은 거대한 암흑 마력을 소유하고 있는 고위 언데드 리치(Lich)였다.

스타팅의 남쪽에 존재하는 언데드들의 섬, 망자의 대지. 그리고 거기에서 밀려온 일천의 언데드와 그들을 지휘하는 리치는 무지막지한 기세로 유저들을 휩쓸었다.

"맙소사! 7클래스 마법사라는 게 이렇게 무서운 존재였어?"

"마법이 9클래스부터 시작하는 게 아니었다니!!"

하지만 유저 중 최고 경지의 마법사도 4클래스에 불과하다는 걸 알고 있는 그들이다. 그리고 마법이라는 건 그 경지가 높아지면 높아질수록 한 단계 위로 올라서는 데 어마어마한 노력이 필요하다.

"한심하군."

코웃음 치며 지팡이가 휘둘러짐과 동시에 새까만 마력의 해일이 유저들을 뒤덮는다.

"맙소사."

"젠장."

"하하, 제법 강해졌다고 생각했는데……."

몬스터들의 공격은 유저들에게 엄청난 충격을 주었다. 그냥 개미 산아 이벤트에 참가했던 유저든은 그리 많지도 않은 몬스터들에게 굴욕적인 패배를 당했다. 몬스터들은 정말 강했다. 농담이 아니라 정신이 확 들 정도.

동문도, 서문도, 남문도 유저들은 엄청난 피해를 입었다. 결과는 모조리 패배. 하지만 단 한 군데 그렇지 않은 곳이 있다.

장소는 북문이었다.

퍼벅! 쾅!

날카로운 검격과 마법이 적의 몸에 명중했지만 상처 하나 입히지 못한다. 쩍 소리가 나도록 땅을 박차며 돌진하는 건 혹한의 대지의 몬스터들을 지휘하는 웨어베어 기사[Werebear Knight]다.

펑!

가속한다. 일순간 그 속도는 음속에 가깝다. 돌진하는 그 몸은 단순한 생명체라기보다 거대 탄환에 가까울 정도여서 그 앞에 노출된 이들은 비명조차 지르지 못하고 살해당한다.

"간지럽군. 좀 더 제대로 된 공격을 날릴 줄 아는 녀석은 없나?"

고위 생체력 능력자는 다른 계통의 고위 능력자들을 상대할 때도 강력한 존재지만 자신보다 격이 떨어지는 적에 대해서는 특히나 더 강한 면모를 보인다.

고위 생체력 능력자에게 자신의 육체란 최고의 무기이자 방어구. 그것은 그 자체로 존재하기 때문에 유지하는 데 별도의 힘이 소모되지 않는데다, 기본적으로 생체력 능력자는 어떠한 속성도 가지지 않는 대신 '모든' 속성에 '저항'하며 나아가, '간섭'하기 때문에 그 빙어를 뛰어넘는 공격을 하지 못하면 생체력 능력자가 무저항 상태로 있어도 타격을 입히기 매우 어렵다. 하물며,

콰앙!

상대는 자신의 몸을 음속으로 움직여 충돌함으로써 공격을 가하는 괴물 중의 괴물이다. 그 정도 속도로 충돌하면 물론 적도 죽겠지만 자신의 육체에도 어마어마한 부담이 가해질 텐데

도 멀쩡한 것이다.

"끼이이익……!"

손가락을 바닥에 박은 채 마치 단거리 선수가 출발 신호를 기다리는 것처럼 스타팅 포즈(Starting Pose)를 취한다. 그리고 그와 동시에 대퇴근(大腿筋)이 크게 부푸는가 싶더니 몸에서 수증기가 피어오른다.

"싸울아비 팔식,"

으르렁거리는 것만 같은 목소리와 함께 다리가 펴진다. 그건 마치 한계까지 압축되었던 스프링이 튕겨 나가는 것 같다.

"천둥지기."

쿠아아!!

웨어베어 기사 동균의 정면에 있던 모든 유저들이 한순간에 쓸려 나간다. 아니, 정확히 말하면 유저뿐이 아니다. 그 위치에 있던 모든 구조물과 대지, 심지어 대기(大氣)마저도 산산이 부서진다.

"크르르, 약하군. 너무 약해. 이 정도까지 약하다면 테스트의 의미조차 없겠어. 차라리……"

"차라리 뭐?"

"응?"

난데없는 목소리에 고개를 들어 올린다. 어느새 동균의 앞에는 10대 중, 후반으로 보이는 소녀가 서 있다. 제법 풍성한 적발에 금속으로 만들어진 경갑을 걸친 귀여운 인상의 소녀.

그녀는 백인이다. 그것도 상당한 미소녀. 160센티미터 정도 되는 키에 약간 갈색 빛이 감도는 적발, 새파란 눈동자는 크고

맑아 순수한 인상을 만들어내지만 뜻밖에도 그녀의 입가에 매달린 건 도발적인 미소인데다가 손에 들린 것은 한 뼘쯤 되는 크기의 검, 그것도 흔히 말하는 군용 대검이었다.

"흠, 네가 이 웨어비스트들의 보스야?"

"그렇다. 내가 바로 혹한의 대지 제3군단장 동균이다. 넌 누구냐?"

단지 말하는 것뿐인데도 묵직한 기파가 퍼져 나간다. 그건 실로 강렬해 보통 사람이라면 견디지 못하고 주저앉아 버릴 정도의 위압감을 가지고 있었지만 적발의 소녀는 별로 두려워하지 않는다.

"나? 나는 크루제. 그냥 유저야. 초면에 실례지만……."

나직하게 중얼거리며 단검을 들어 올린다.

"경험치가 되어줘!"

쩡!

순간 동균은 이마에 강한 타격을 받고 비틀거렸다. 계속해서 크루제의 모습을 주시하고 있었음에도 감지조차 못한 공격이었다. 순간 그는 크루제의 공격이 자신의 인식에서 벗어날 정도로 빠른 줄 알고 혼란에 빠졌지만 이내 그건 아니리는 것을 깨달았다. 왜냐하면 크루제의 공격은 이제 막 그의 가슴을 때려오고 있었기 때문이다.

쾅!

160센티미터도 안 되는 소녀가 2.5미터가 넘는 괴물을, 다른 것도 아니고 단검으로 때렸는데 아름드리나무를 부수며 튕겨 나가는 모습은 비현실을 넘어 초현실적이다. 그 타격은 높은 생명력을 지닌 몬스터라 해도 쉽게 넘길 수준이 아닐 테지만 동균은 별 타격 없이 바로 일어서 으르렁거렸다.

"계집! 대체 무슨 짓을 한 거냐!"

"뭐 하긴 공격했지. 그나저나 상처 하나 없는 거야? 방어력이 뛰어나다는 건 알고 있지만 그래도 너무한걸."

투덜거리면서도 성큼성큼 걸어 동균의 앞에 선다. 그 일련의 행위는 위태로워 보일 정도로 무방비했지만 조금 전의 공격이 뭔지 파악하지 못한 동균은 함부로 움직이지 못했다.

"인스톨 컴플리트(Install Complete). 로딩(Loading)……."

'로딩?'

작게 중얼거리는 소리였지만 뛰어난 청각을 가지고 있는 동균의 귀를 벗어나지는 못했다. 하지만 그 목소리를 들었다고 해도 그게 뭘 뜻하는지 모르면 아무 의미가 없다.

"흥, 상관없지. 뭔지 모를 공격이기는 하지만 어차피 위력이 떨어져. 그냥 견디며 반격하면 돼."

"헤에, 정말 그렇게 생각해?"

"뭐?"

순간 크루제의 몸에서 오오라가 피어오르더니 그녀의 손에 들린 단검에 스며들기 시작한다.

웅―!

마나를 유형(有形)화시키는 기술 중 가장 유명한 것은 누가 뭐래도 검기(劍氣)다. 내공을 사용하는 검사가 무의 이치에 대한 깨달음을 얻어 만들어내는 내공의 정수. 하지만 마나의 유형화를 내공 사용자만이 할 수 있는 것은 아니다.

특정 속성의 차크라를 현문까지 연 차크라 사용자가 만들어내는 진원(眞元), 순영력 능력자가 영기를 압축해 만들어내는 영단(靈團)도 있으니까. 물론 이 두 가지는 마나의 유형화라 해도 검기와 성질이 다른 종류지만 근본이 내공이 아니면서도 검기와 매우 흡사한 효과를 가진 방식으로 마나를 유형화시키는 힘이 있다. 그것이 바로 오오라. 그리고 그렇게 뭉쳐져 만들어진 영력의 검을.

화악.

사람들은 흔히 오러 블레이드(Aura Blade)라고 부른다.

"계집! 마스터구나!"

검기를 뿜어낼 정도의 경지에 이르려면 [검술] 스킬을 마스터 랭크, 흔히 문자랭이라고 불리는 A랭크까지 올려야 하며, 그 정도 전투력이면 10레벨에 도달하는 게 가능하다. 물론 멀린이 수영 스킬을 A랭크까지 올렸으면서도 레벨을 올리지 않은 것처럼 굳이 레벨을 올리지 않는 경우도 있지만 레벨 10에 들어서면 '직업'을 선택할 수 있기 때문에 상상을 초월하는 성장이 가능해진다.

"이거라면 네 피부도 뚫을 수 있겠지?"

"계집……!!"

쩡!

분노한 동균이 달려들어 크루제의 몸을 후려치려 했지만 그보다 먼저 거센 타격이 그의 머리를 때린다. 이번 역시 엄청난 속도로 이루어진 공격이었지만 긴장하고 있던 동균은 자신의 머리를 때린 물체를 '볼' 수 있었다.

"탄환… 이라니. 저격?'

있을 수 없는 일이다. 물론 유저들은 현대에서 접속한 이들이니 언젠가 현대 병기를 만들어내도 이상할 게 없지만 그 수준이 벌써 총화기에 이를 정도로 높은 기술과 노하우가 쌓였을 리 없으니까.

게다가 만약 그게 정말로 총이었다면 이 정도로 강력한 타격이 들어올 리 없다. 동균의 몸무게는 끽해야 250킬로그램밖에 안 되지만 그 몸은 미약하게나마 공간고정(空間固定)의 힘을 가지고 있다. 무게 이상의 공격에 당해도 쉬이 밀려나지 않는 몸이라는 말이다. 그런데도 튕겨 올라온 머리, 그리고 골을 울리는 충격. 이건 단순한 물리력으로 이루어진 공격이 아니다. 영력이 더해진 결과인 것이다.

그리고 동균은 그 증거를 목격할 수 있었다. 그의 머리에 명중해 허공으로 튕겨 올라갔던 탄환이 백색의 연기로 변해 사라져 버린 것이다.

'저건……'

그러나 그걸 빤히 바라볼 틈이 없다. 크루제의 오러 블레이드가 그의 가슴팍을 찍어오고 있었기 때문이다

쩍.

그러나 막힌다. 동균이 어떤 방어를 한 것이 아니라 그 육체 자체에 막힌다. 물론 상처가 없지는 않다. 오러 블레이드는 틀림없이 살을 찢고 들어가 피를 튀게 만들었으니까. 그러나 무쇠도 두부처럼 자른다는 오러 블레이드조차 동균의 뼈를 끊어내지 못했다.

"쳇! 뼈를 피해서 심장을 찔렀어야 하는데······."

귀여운 얼굴로 무서운 소리를 하는 크루제였지만 후회해도 상황은 이미 늦어 동균은 이미 50미터 이상 물러선 상태다. 그 것은 싸울아비 삼식, 울력걸음. 게다가 물러선 동균의 몸에는 상처 하나 없다. 그 짧은 시간 만에 재생한 것이다.

"대단하군. 하마터면 황천에 갈 뻔했어."

"글쎄··· 다시 생각해 보니 네 녀석이 심장이 파괴되는 것 정 도로 죽을 것 같지는 않네."

이미 동균을 포함한 백여 마리의 웨어비스트들 모두가 뒤로 물러선 상태. 크루제는 지금이라도 단검을 버리고 추가타를 가 해볼까 생각했지만 이내 포기했다. 오러 블레이드를 정면에서 맞아도 버티는 적을 단번에 격살할 정도로 강력한 병기는 '설 치' 해 두지 않았다. 가뜩이나 '메모리' 도 부족한 상태에다 아직 능력을 완성하지 못해 필살기급 기술은 없는 것이다.

'실수야. 익숙하지도 않은 검 따위를 드는 게 아니었는데. 그 냥 처음부터 총을 들었어야 했어.'

물론 동균이 아닌 다른 웨어비스트를 목표로 한다면 몇 마리 쯤 더 잡을 수 있을지도 모른다. 그녀의 펫인 '오공' 에게 신호 를 보내면 지원 사격도 가능할 테고, 그녀 역시 주 무기로 돌아 서면 상당한 전투력 상승이 가능하니까. 그러나 이미 그녀의 능 력을 단편적으로나마 파악한 동균이 그냥 보고 있을 리가 없다.

"계집, 공지사항은 봤나?"

"···봤지. 그런데 너 같은 몬스터가 공지사항도 알아?"

"모르는 모양인데, 나 같은 유니크 몬스터들은 죽어도 같은 기억을 가지고 부활하며 우리끼리의 커뮤니티도 존재해. 뭐, 어쨌든 봤다니 다행이군. 거기 내용대로 우리는 2일 후에 다시 공격을 시작한다. 아니, 동북서남 순이니 나는 3일 후에 온다."

거기서 말을 멈췄던 동균이 씩하고 웃는다.

"일만(一萬)의 대군과 함께."

물론 그건 유저들 역시 처음부터 알고 있던 일이지만 별로 진지하게 생각하지는 않았다. 왜냐하면 그들이 흔히 상대해 온 적은 스타팅 주변에 있는 2~3레벨의 적들이기 때문이다.

설마 1만 마리나 끌고 오는데 그게 다 고 레벨일까 하는 게 그들의 생각이었다. 이번 1천 몬스터들의 침공으로 완전히 무너진 생각이긴 하지만 말이다.

"…그래서 어쩌라고?"

"그때 우리는 절대 후퇴하지 않는다, 유리하든 불리하든. 내성을 완전히 쓸어버리고 유저들을 몰살시키겠다."

무시무시한 말이지만 살기는 없다. 사실 살기가 있더라도 유저들은 별로 겁을 먹지 않았으리라. 다이내믹 아일랜드 속에서유저들은 불사(不死)의 존재. 물론 죽게 되면 능력치도 깎이고상당 시간 로그인이 불가능해지기 때문에 모든 유저가 죽음을'질색' 하기는 하지만 '공포'를 느끼지는 않는 것이다.

"흠, 그게 가능할 거라고 생각해?"

"하하하하하하!!"

대기가 떨리는 게 느껴질 정도로 거센 웃음소리. 동균은 말했다.

"마음에 드는군, 계집. 너는, 내가 죽인다."

"동감이야. 나도 경험치 대박 좀 나보자."

씩 웃으며 마주 보는 한 명의 유저와 몬스터. 그리고 그대로 동균은 오른손을 들어 올리고,

"돌아간다!"

거센 눈보라와 함께 북쪽 설원으로 웨어비스트 군단을 이끌고 사라졌다.

Chapter 12
준비

"후, 드디어 내공이 원 상태를 되찾았군."

생각보다 죽음이라는 건 별게 아니었다. 말하자면 좀 시시(!)할 정도다. 그러나 페널티는 그리 가볍지만은 않다.

> 캐릭터가 사망했습니다. 24시간 동안 접속이 불가능하며 최고위 능력치의 최대치가 영구히 감소됩니다

현실에서 네 시간의 대기 시간—디오 속 시간으로 24시간. 캐릭터가 사망할 시 대기 시간 동안은 접속할 수 없다—이 지나고 로그인했을 때 본 텍스트다. 당연하지만 멀린은 바짝 긴장했다. 깎이는 건 알겠다. 그러나 중요한 건 '얼마나' 깎이느냐 하는 점이다.

디오의 사망 페널티는 최고위 능력치—가장 높은 수치를 가진
능력치—가 현재 레벨×5만큼 감소되는 것이다.

즉, 레벨이 5라면 25포인트가 깎인다는 말이고, 10이면 50포
인트가 깎인다는 뜻. 이게 언뜻 얼마 안 깎이는 것처럼 느껴질
지도 모르지만 고수가 되면 될수록, 그러니까 능력치가 높으면
높을수록 어마어마한 페널티가 된다.

만약 내공이 350포인트인 고 레벨 유저가 사망을 할 경우 내
공은 350→300이 되는데, 여기서 줄어드는 내공은 무려 150년,
그러니까 2갑자 하고도 30년치다. 한 번 죽으면 2갑자 내공이
그냥 날아가는 것이다!

그나마 멀린의 경우는 2레벨이니 10포인트, 즉 5년 내공이 날
아가야 하지만 그나마 아직 초보라고 페널티가 50% 삭감되어
5포인트가 깎인 것이다.

"고 레벨 돼서 여러 번 죽으면 그냥 능력치 리셋이 답이란 말
이군."

안 죽도록 조심해야지, 하고 고개를 끄덕이는 멀린. 그런 그
의 앞으로 마법진이 떠오른다. 지금 그가 있는 곳은 1:1 전투 시
험장. 레벨에 맞는 적이 모습을 드러내는 것이다.

"크헝!"

포효와 함께 집채만 한 대호(大虎)가 덤벼든다. 집채만 하다
고 해도 몸길이 3미터 정도밖에 안 되지만 일반인에게는 항거할

수 없을 만큼의 무지막지한 위압감을 줄 수 있다. 한낱 인간이 맨손으로 상대하기에 절망적이다 싶을 정도로 압도적인 상대. 그러나 멀린은 마치 뺨을 때리듯 좌에서 우로 손을 내저었다.

우당탕!

달려들던 자세 그대로 땅에 충돌한다. 침투경을 다른 곳도 아닌 머리에 얻어맞았으니 다시는 일어나지 못하리라.

클리어!

"아이템은 호피인가? 왠지 비싸 보여서 마음에 드네."

호피를 인벤토리에 집어넣으며 만족스러워하는데 텍스트가 떠오른다.

1:1전투를 승리해 기본 조건을 달성하셨습니다! [합동전투]를 마무리함으로써 승급 시험을 완료할 수 있습니다!

"합동전투도 클리어해야 한다고? 내가 알던 거랑 조금 다르네."

패치된 모양이라고 생각하며 멀린은 인벤토리에서 한 권의 책을 꺼내 들었다. 책의 이름은 무형인(無形刃)이다. 언뜻 검술 관련 무공서 같지만 사실 그건 수공 관련 비급이다. 손으로 내기를 날카롭게 뿜어내는 무공이 실려 있었는데, 대성하면 보이지 않는 무형의 칼날을 만들어낼 수 있다고 한다.

"으음~ 열심히 하고 있는데 영 늘지를 않네. 벌써 한 시간이나 보고 있는데 3성을 넘어서질 못하다니."

만약 무림인들이 들었다면 광분해 덤벼들어도 할 말이 없을 정도지만 별 자각이 없는 멀린은 흥얼거리며 비급을 읽었다. 이미 다 암기한 내용이지만 또 읽어보면 그 어구마다 새로이 깨달아지는 부분이 있었다.

"흠, 하지만 그래도 역시 늘지를 않아. 역시 하(下)편을 봐야 하나?"

도서관에 가서 처음 안 사실이지만 모든 비급은 그 내용이 상하, 혹은 상중하, 그것도 아니면 1, 2, 3, 4권 등으로 나뉘어져 있는데, 스타팅의 도서관에 있는 비급들은 모두 초반부밖에 없었다. 사실 당연한 일이다. 스타팅은 초보들의 도시. 5급 이상의 아이템을 구할 수도 없고 수련도 어느 이상은 할 수 없다. 그 이상 수련하려면 스타팅에서 한참 떨어진 7대 성지(聖地)를 찾아가야 하는 것이다.

멀린은 아직 모르지만 다이내믹 아일랜드에서 유저들이 머무는 도시는 정확히 여덟 개다.

초보자들의 도시 스타팅.
마력 사용자들의 성지인 마탑(魔塔) 비벨(Babel).
내공 사용자들의 성지인 천무성(天武城).
차크라 사용자들의 성지인 하인델의 사원.
신성력 사용자들의 성지인 신성도시 산달폰(Sandalphon).
생체력 사용자들의 성지인 화랑관(花郎官).
순영력 사용자들의 성지인 아스가르드(Asgard).
오오라 사용자들의 성지인 천향의 영지.

어떤 힘을 사용하든 시작은 스타팅에서 하게 되지만 성장함에 따라 일정 수준, 그러니까 5레벨 이상의 힘을 갖추게 되면 다루는 힘에 맞는 도시에서 수련해야 능력 수준을 높일 수 있다. 지금 멀린이 바라는 비급 후반부는 천무성의 서고에 가야 얻을 수 있는 것이다.

"이상해. 금단선공이랑 대력금강수는 그냥 7, 8성 찍었는데."

사실 그게 이상한 거다. 배우지도 않은 걸 독학으로 '만들어' 낸 거니까.

딸깍.

[암살] 시험장에 들어서자 주변이 단숨에 어두워졌기에 멀린은 야명안을 사용, 독서를 계속했다. 하지만 그러다 문득 내공으로 시력을 강화하면 눈이 금색으로 빛나 적에게 들킬 수 있다는 걸 깨닫고 눈을 감았다. 물론 그것이 독서를 포기함은 아니다. 멀린은 눈을 감은 상태로 투시안을 사용했다.

'흐음, 무형인은 3성에 밀종대수인(密宗大手印)은 4성인가. 밀종대수인 쪽이 대력금강수랑 비슷한 면이 많아서 성장이 빠르네.'

만약 부공을 처음으로 배우는 입장이었다면 좀 더 느렸겠지만 대력금강수가 8성에 이르러 다른 무공 서적을 보니 서로 다른 무공이라도 그 핵심을 관통하는 무리(武理)라는 게 있었다. 모든 기본은 같다. 단지 향하는 방향이 다른 것뿐이다.

도서관에서 그가 구입한 책은 총 네 권으로 [무형인] 상권, [밀종대수인] 상권, [세븐 쥬얼—부여 주문편], 그리고 미리 구입한 [대표적인 이성(二星) 주문 25개였다. 가격은 각각 5코퍼(Copper. 동화. 10코퍼=1실버. 10실버=1골드)로 매우 저렴했다.

"아차차, 시험 봐야지."

비급을 덮어 인벤토리에 넣고 엄지와 검지를 양 눈꺼풀 위에 올린다. 그 모션의 기능은 [미션 정보]. 과연 그의 눈앞으로 메시지가 떠오른다.

Mission

[암살]

제한시간 : 00:59:32
목표 : 오크 메이지 처치
오크 부락에 들어오셨습니다. 목표는 현재 수면 중이니 오크 부락을 지키고 있는 경비들에게 들키지 않도록 처리하고 안전히 숨거나 후퇴하십시오.

미션 내용에는 지도까지 딸려 있고 거기에 목표물인 오크 메이지의 위치가 떠올라 있다. 그 지도는 너무나도 상세하게 만들어져 있어 도저히 길을 헤멜 수가 없을 정도다.

"하지만 군이 마을에 들어갈 필요도 없지."

멀린은 활을 들었다. 그가 서 있는 곳에서 목표물까지는 150미터 정도. 싸구려에 가까운 활로 노리기에는 조금 먼 거리지만 내공을 주입함으로써 사거리를 늘릴 수 있었다. 물론 그것도 아슬아슬하게 닿았을 뿐이다.

핑!

시위를 놓는다. 이미 영명안을 사용하는 상태다. 지도가 있기는 하지만 좀 더 자세한 위치를 파악하기 위해 적을 '볼' 필요가 있었다.

"…명중."

굳이 확인해 볼 필요도 없을 정도의 확신에 미소 짓는 멀린. 암살이 너무나 조용히 이루어졌기 때문에 오크들이 깨어나 떠들지도 않는다,

"하지만 야외에서 잠들어 있다니 너무 쉽잖아? 저 레벨 퀘스트라 그런가?"

그렇게 의아해하는 그의 앞으로 메시지가 떠오른다.

클리어!

"감사."

고개를 끄덕여 다시 시험의 방으로 돌아온다. 물론 모든 시험을 다 볼 필요는 없다. 어느 시험이든 하나만 클리어하면 기본 조건은 완료한 셈이니 이제 합동전투만 클리어하고 나가면 되는 것이다.

"으음~ 하지만 깰 수 없을 때까지는 도전해 봐야지. 보상도 괜찮고."

그렇게 중얼거리는 멀린의 손에는 1.5미터짜리 완드가 들려 있다. 손잡이 부분이 해골 모양으로 조각되어 있는 그 완드에는 은은한 사기(邪氣)가 깃들어 있다.

멀린은 완드를 감정했다.

Item

[본 완드]   8급   Uncommon

흑마력을 주로 사용하는 네크로맨서들의 무기. 해골병사 소환과 좀비 소환 주문이 새겨져 있다.

4~8%의 마력절감 효과를 가지고 있으며 한 개에서 최고 두 개까지의 주문을 저장하는 게 가능하다.

"헤에. 방금 죽인 그 녀석이 네크로맨서였구나."

[단체전] 시험에 들어서며 본 완드에 마력을 흘려 넣어본다. 기술을 사용하는 데 소모되는 마력은 15테트라. 단지 20테트라의 마력을 가진 멀린에게 있어선 전부에 가까운 마력이다.

"하지만 안 되네. 매개체가 필요한 것 같기도 하고."

중얼거리며 걷는다. 시험이 치러지는 곳은 대체로 중세풍의 공간. 그러나 이번은 달랐다.

"어엉? 동양이잖아?"

당황하는데 어디선가 비명이 들려온다.

"모두 도망쳐! 으아악!"

"혈강시다! 혈강시가 나타났다!"

동양풍의 건물들에 어울리는 장삼이나 비단옷을 입은 사람들이 비명을 지르며 뛰어다닌다. 다급한 분위기였지만 멀린은 놀라지 않았다. 어차피 단체전이니만큼 비슷한 상황이 벌어질 거라고 예상했으니까.

"어디 보자, 적은… 아, 저기로군."

영명안으로 주위를 둘러본 멀린은 곧 적을 찾아내고 발걸음을 옮겼다.

"이런 제길! 칼날이 안 박혀!"

"녀석의 손톱과 피에는 독이 있으니 함부로 접근하지 마라!"

시장 한가운데 있는 공터에는 피부가 붉은 괴인 한 명과 십수 명 정도의 관군이 대치하고 있다. 주변에는 대여섯 구 정도의 시체가 쓰러져 있다. 상처 부위에서는 연신 금빛 가루가 새어 나와 단면을 볼 수는 없었다.

"어디 보자, 마침 시체도 있으니… 한번 해볼까?"

멀린은 조금 전에 손에 넣었던 본 완드를 잡고 마력을 움직였다.

"일어나라."

꿈틀.

멀린의 말과 함께 쓰러져 있던 시체가 몸을 일으킨다. 그리고 그와 함께 떠오르는 메시지.

경고! 허가되지 않은 사체를 사용하셨습니다! '선행' 점수가 1만점 감소됩니다!

경고! '타인'의 물품(의류, 도검, 은자)을 허가없이 손에 넣으셨습니다! '선행' 점수가 6점 감소됩니다!

경고! 위에서 경고한 내용을 1분 내에 취소하지 않으면 선행 —16점이 그대로 굳어버립니다!

"…워메."

살벌하게 떠오르는 텍스트에 신음한다. 아무래도 이런 식으로 아이템을 가져가도—시체가 입고 있고 지니고 있고 들고 있으니까—안 되는 모양이다. 심지어 시체도 허락받고 써야 한단다.

"안 쓴다, 안 써."

중얼거림과 함께 움직였던 시체가 다시 쓰러진다.

잘하셨습니다.

"아, 짜증나. 마력만 날렸네."

투덜거리며 활과 화살을 꺼낸다. 물론 그에게는 수공이라는 공격 수단도 있지만 현재 그의 앞에 있는 혈강시는 이름에 걸맞게도 피에 전 몸을 하고 있다. 시체에서 흘러나오는 피는 금색으로 하면서 저렇게 묻은 피는 그냥 빨갛다는 건 납득이 안 되는 일이지만 어쨌든 중요한 건 그 혈강시를 후려치는 순간 손에 피가 묻을 것이란 사실이다.

핑!

혈강시가 광포하게 움직이며 주위 관군들을 몰아치고 있었지만 언제나 그랬듯이 멀린의 화살은 정확히 그의 미간을 파고든다. '클리어' 하고 중얼거리는 멀린. 그러나 그 순간 비틀거리던 혈강시가 땅을 박차더니 관군들을 넘어 멀린에게 덤벼든다.

"우왁?!"

수공으로 요격한다는 선택지도 있었지만 설마 머리에 화살을 맞은 혈강시가 반격해 들어올 거라고는 상상도 못한 멀린은 반사적으로 들고 있던 물건, 즉 목궁을 들어 올렸다. 당연한 말이지만 형편없는 내구성을 가지고 있던 목궁은 단 한 방에 부서졌다.

퐛!

하지만 멀린도 완전히 넋을 놓고 있던 건 아니어서 단번에 땅을 박차 5미터쯤 뒤로 물러섰다. 그의 경신술도 꾸준히 실력이 늘어 어느새 6랭크에 들어선 상태. 그리고 그 모습을 인상적으로 본 건지 근처에 있던 중년 사내가 말을 건다.

"멋진 경신술이오. 귀하는 어느 문파 소속이오?"

"무, 문파요? 딱히 그런 건 없는데… 저 괴물은 뭡니까?"

"혈뇌마인(血腦魔人) 최수의 물건이오. 이미 이지를 상실한 괴물인지라 머리를 완전히 날려 버리거나 동력원이라고 할 수 있는 내단을 파괴하지 않으면 움직임을 멈추지 않소."

뭔가 무협지스러운 설명에 식은땀을 흘리는 멀린이었지만 이내 현실적인 문제를 깨닫는다. 목궁이 부서진 이상 맨손으로 적을 상대해야 한다. 마력이 좀 많다면야 또 모르겠지만, 시체를 일으켰다마는 과정에서 마력을 대부분 수집해 마법을 사용할 수 없다.

"에구. 결국 미루고 있던 숙제를 할 시간인가."

"숙제라니 무슨 뜻이오?"

상대가 의아해하거나 말거나 멀린은 오른손을 늘어뜨린 채 조용히 눈을 감았다. 혈강시는 관군들이 발목을 잡아주고 있는 상태다. 다행히 미간에 화살이 꽂힌 게 전혀 타격이 없지는 않은 듯 움직임이 굼떴다.

'밀종대수인······.'

대력금강수를 사용하면서 아쉽다고 생각한 점이 두 가지다. 물론 대력금강수는 매우 뛰어나고 강력한 수공이지만 그 효용은 철저히 근접전에 치중되어 있는데다 부수거나 밀어내는 힘밖에 없어 범용성이 넓지 않다.

때문에 멀린은 절삭력을 가진 무형인과 원거리 공격이 가능해지는 밀종대수인을 익혔다.

'시작은 내 마음이 닿지 않는 곳이 없음을 아는 것이다······.'

대력금강수와 밀종대수인의 초반 효과는 비슷하지만 대력금강수는 그 경지가 높아지면 대력(大力)과 금강(金剛)으로 효과가 나뉜다. '능히 금강석을 부수고 만 근 거석을 밀어낸다' 라는 구결이 뜻하는 바가 바로 그것이다.

대력금강수를 높은 수준까지 익히면 적을 산산이 부숴 버릴 수도, 혹은 강력한 힘으로 밀거나 눌러 버릴 수도 있다. 그러나 밀종대수인은 경지가 높아짐에 따라 전혀 다른 효과를 보인다.

'침투경하고 비슷하지, 뭐. 쉽게 생각하자. 결국 관건은 힘의 전달이야.'

물론 전혀 쉽지 않다. 수많은 무도기들이 그 경지에 이르지 못하고 죽었다. 차라리 백보신권처럼 처음부터 원거리 공격을 감안하고 만들어진 무공을 익히는 게 낫지, 원래 근거리인데 경지가 높아져 중, 장거리 공격이 가능해지는 무공을 '이왕 수공으로 시작했으니 수공으로 가야지' 라는 막연한 생각으로 수련한다는 건 미련을 넘어 비정상적인 짓. 그러나,

쩡!

언제나 그랬듯 멀린은 미련한 짓을 너무나 쉽게 성공해 냈다.

"이, 이런 뚜렷한 손바닥 자국이라니⋯⋯. 설마 당신은 포달 랍궁(布達拉宮)의⋯⋯."

클리어!

그러나 사내가 뭐라고 중얼거리든 말든 시험이 방을 빼 저니 온다. 그리고 뒤늦게 떠오르는 텍스트를 발견한다.

수공 스킬이 1랭크로 상승하셨습니다!

금강수 타이틀을 획득하셨습니다!

특수 능력 '격공'을 획득하셨습니다!

"오호, 올랐네? 근데 진짜 스킬 랭크 오르는 기준이 뭐지? 스킬 잘 쓰면 오르는 건가?"

투덜거리며 타이틀을 확인한다. 근력과 체력, 그리고 영덕을 올리는 효과를 가지고 있다.

"나쁘지 않기는 한데⋯ 역시 여의수신보다는 떨어지네."

여의수신(如意水神). 수영 스킬을 A랭크까지 올려 획득한 마스터 타이틀. 거기에 비교하면 다른 타이틀은 아무래도 격이 떨어진다. 1랭크와 A랭크는 단 한 단계 차이일 뿐이지만 타이틀 효과는 그 수준을 달리하는 것이다.

멀린은 바닥에 주저앉았다. 마음 같아서는 바로 다음 시험에 도전하고 싶지만 호랑이를 쓰러뜨리고 거기에 혈강시를 상대하면서 내공이 바닥나 회복시킬 필요가 있었다. 새삼스러운 말이지만, 그의 내공은 그다지 많은 편이 아니다.

"아아, 능력치 제한, 정말 짜증난다."

이미 그의 영력은 100포인트에 도달해서 더 이상 내공이 상승하지 않는 상태다. 물론 100포인트라면 언뜻 상당한 양으로 보이지만 그중 20포인트는 20테트라의 마력이고 20포인트는 금단선공 제1계 수성을 이루는 데 사용되고 있으니 결론적으로 남는 영력은 60포인트로 현재 30년의 내공이 그의 전부였다.

"3레벨 돼도 금세 제한에 걸릴 것 같은데 어쩌지?"

티무니없는 걱정이다. 영력이 많으면 당연히 좋다. 레벨 제한이 걸린다면 레벨을 올리면 그만이니까.

"그나저나 부시독이라……. 그다지 좋아 보이지는 않는데. 하긴 뭐 강시가 줄 만한 좋은 아이템도 없지만."

정확히 말하면 없지는 않다. 혈강시도 내단을 가지고 있으니까. 게다가 그가 획득한 부시독도 나쁜 아이템은 아니다. 부시독이라는 건 상당히 악랄한 독으로, 해독이 어려운 물건이다.

"아, 멍 때리긴 좀 그러네. 전투 말고 다른 시험도 봐야지."

그렇게 기타 다른 시험에 도전하기 시작한다.

그러나 쉽지 않다.

아웃.

"이런."

아웃.

"제길."

[무기 제작]은 배정받은 철광석을 제련하여 철괴로 만든 후 그 것으로 작은 단검을 제작하는 것이었다. 당연하지만 그쪽 방면 지식이 거의 전무인 멀린이 할 수 있을 리가 없다. 재능, 뭐 이런 문제가 아니라 관련 지식 자체가 없는 것이다.

[의류 제작]은 한 장의 큰 천으로 옷을 한 벌 만드는 것이었는 데 천만 엉망으로 만들고 실패했다.

[시약 제조]는 여러 가지 약품을 늘어놓고 진통제를 만들라고 하는 것. 당연하지만 그런 것 따위 알 리가 없다. 그나마 다행히도,

클리어!

인챈트 스킬이 6랭크로 상승하셨습니다!

"휴, 간신히 하나 합격했군."

당연하지만 이미 불합격한 시험에 재도전하려면 시험 자체를 포기한 후 다시 도전해야 한다는 걸 알고 있는 멀린은 모두 성 공하겠다는 생각을 취소하기로 했다. 그나마 이전에 합격하고 탈락해서 괜찮은 거지 탈락 먼저 했다면 시험장에서 쫓겨났으 리라. 마리의 말대로 1레벨 오를 때마다 그 수준이 급격히 오르

는 모양이다.

클리어!

그나마 [모험]란은 쉬운 편이었다. [채집]의 퀘스트는 계곡물 깊은 곳에서 수정석이라고 명명되어 있는 돌을 찾는 것이었는데, 투시안으로 계곡을 손바닥처럼 들여다보는 게 가능하고 어지간한 물고기보다 빠르게 헤엄칠 수 있는 멀린에게 그건 너무나 간단한 일. 보상은 채집한 수정석이다.

클리어!

[절도]는 한 저택 안에 들어가 보석 목걸이를 훔쳐 오는 것이었다. 역시 어렵지는 않다. 물론 멀린이 뛰어난 도적은 아니지만 투시안과 영명안으로 경비원의 위치를 파악할 수 있었고, 기본적으로 2~3미터는 우습게 뛰어오를 수 있는 경공 실력을 갖춘 그에게 어지간한 경비는 없는 거나 마찬가지다. 보상은 4코퍼. 목걸이는 회수당했다.

"좋아, 다음은 운송인가?"

거침없이 다음 방으로 들어간다. 지금까지와는 다르게 이번에 도착한 곳은 실내다.

"오, 조합에서 왔나?"

"조합?"

"아닌가?"

"아, 맞습니다. 운송해야 할 물품이 뭐죠?"

눈치껏 맞춰 말한다. 그건 잘한 행동이다. 만약 거기에서 어리바리 행동했으면 퀘스트는 실패했으리라.

"가장 빠른 건 금고를 옮기는 거지만 그건 혼자 할 만한 일이 아니군. 그렇다면 차라리……."

"아니, 잠깐만. 그냥 빨리 끝내죠. 금고는 어디 있죠? 어디로 옮기고?"

"자네 혼자 옮길 만한 물건이 아냐. 저 금고는 장정 대여섯 명이 들어도……."

"저거군."

그렇게 말하고 바로 움직여 금고를 들어 올린다. 상당한 무게다. 기본적으로 금고라는 건 도난이 힘들도록 만들어지니 당연한 일이다. 기껏 따기 힘들게 만들어도 번쩍 들고 가버리면 말짱 꽝이 아닌가?

"어디로 가면 됩니까?"

"어? 어? 어어?"

"어디로 가야 하는지 좀 듣고 싶습니다만."

퉁명스러운 먼린이 목소리에 사내가 황당하디는 표정을 짓는다.

"아, 안 무겁나?"

"물론 무겁지만 힘이 세서 괜찮습니다."

그의 근력은 200. 어지간한 성인 남성보다 열 배는 강한 힘을 낼 수 있다. 장정 대여섯 명이 들어서 옮겨야 한다는 물건을 드는 건 너무나 간단한 일이다.

"벼, 별로 멀지는 않네. 저 집이야."

"오케이."

사내의 설명에 따라 멀린은 금고를 날랐다. 문이 닫혀 있었지만 염체, 영휘를 조정해 연다. 금고의 무게는 상당하지만 괴력을 가진 그가 못 들 정도는 아니었다.

> 클리어!

"다음은 정보 수집."

문 안으로 들어선다. 도착한 곳은 커다란 도서관이었다.

"여긴 또 뭐야?"

의아해하며 미션 설명을 확인한다.

Mission

[정보수집]

제한시간 : 00:09:42

목표 : 몬스디 정보 수집

알카이드 왕립 도서관입니다. 예로부터 고위 몬스터들이 다수 존재하는 곳으로 유명한 알카이드 왕국에 서식하는 10레벨 이상의 몬스터를 파악하시오.

"제한 시간 10분? 책이 이렇게 많은데?"

당황하면서도 재빨리 목록부터 찾아 읽는다. 도서 목록에는 그가 태어나서 처음 보는 문자가 쓰여 있었는데 어쩐 일인지 문제없이 읽을 수 있다.

"와이번!"

일단 가장 먼저 눈에 띄는 제목인 [몬스터 도감]을 뒤져 강력해 보이는 와이번을 고른다. 그리고 그와 동시에 책에 떠 있던 문자들이 은은히 빛나더니 허공에 떠오른다.

와이번(Wyvern). 알카이드 왕국 3급 정보. 11레벨 몬스터. 알카이드 동쪽 험지에 서식하는 익룡 모양의 몬스터로, 제일 처음 발견된 곳은······.

"데이터 복사 같은 건가?"

[몬스터 정보]라는 창이 자동으로 떠오르더니 정보가 주입된다. 게다가 몬스터 도감에 쓰여 있지 않은 정보도 추가된다.

"와이번이 11레벨이구나."

중얼거리면서도 계속 찾는다. 그가 추가로 찾은 것은 10레벨의 만티코어, 13레벨의 크라겐, 15레벨의 드레이크, 그리고······.

"피닉스(Phoenix)······?"

그것은 알카이드 왕국이 수호신으로 모시는 국가의 상징이다. 하지만 그를 놀라게 만든 건 그게 아니라 피닉스의 설명 오른쪽에 떠 있는 레벨.

피닉스의 레벨은 27이었다.

"우와, 초고렙이잖아? 27레벨이면 어느 정도 강한 거지?"

짐작도 가지 않는 레벨에 황당해하는 멀린. 그리고 그 순간,

"악, 타임 오버!"

'늦었구나! 딴생각을 너무 했나!' 라며 안타까워하는 멀린. 사실 그럴 필요도 없다. 그가 찾은 몬스터는 절반도 채 안 되는 수준이니까.

"으음. 생각보다 많이 실패하는구나. 심지어 감도 안 잡히는 것들도 있으니 나아질 기미도 없고. 역시 나한테 올마스터는 무리란 말인가."

아쉬워하며 그는 자신의 몸 상태를 확인했다. 소모되었던 내공이 깔끔하게 회복된 상태다.

"일단 영휘 밥 먹이고."

터프하게 20포인트, 즉 10년 내공을 먹여 버린다. 전체 내공의 3분의 1수준이지만 쉬는 동안 금단이 완전히 회복되었고 조금 더 쉴 예정이니 부담은 없다.

"다음은 생활 시험에 도전해야지."

시작은 [농사]였다. 농사는 사과밭에서 사과를 추수하는 것이었는데, 별생각없이 따다가 왜 탈락했는지 이해도 못한 채 실패. 그리고 그다음은 [요리]로 주방에 들어섰는데 주방 안에서 확인한 미션은 전혀 짐작하지 못한 음식이다.

Mission

[요리]

"계란 프라이 위 단계가 삼계탕이라고?"

황당해하는 멀린이었지만 그런다고 미션 내용이 바뀔 리는 없는 만큼 투덜거리면서도 준비된 닭을 손질한다. 자취 생활이 꽤나 길었기 때문에 요리에는 능숙한 편이었지만 삼계탕 같은 건 그로서도 한 번밖에 해본 기억이 없어서 조마조마했다.

부글부글.

"으으, 이 차례가 맞던가……. 한식은 약한데……."

불안해하면서도 기억을 되새겨 준비된 재료를 넣는다. 다행인지 불행인지 요리는 비교적 빨리 완성되었다. 먹음직스러운 냄새를 내뿜는 삼계탕. 그리고,

클리어!

"헉헉! 다행이나. 내 실력이 녹슬지는 않았구나."

안도의 한숨을 내쉬며 보상인 삼계탕을 감정한다.

Item

[삼계탕]   8급   Common

"윽, 8급. 턱걸이군."

불안하긴 했지만 그래도 요리 실력에 나름대로 자부심을 가지고 있던 그에게는 약간 충격이다.

"으으, 역시 너무 오래 쉬었어. 블로그에 내 요리 사진 올리면 만 명이 넘게 퍼가던 시절이 있었는데."

쓰린 가슴을 움켜쥐며 삼계탕을 인벤토리에 넣는다. 원래 삼계탕이라는 건 보관해 놓고 먹을 만한 음식이 아니지만 인벤토리는 신선도 유지에 보온 효과까지 가지고 있는 아주 뛰어난 식량 창고(?)다. 언제 꺼내 먹어도 막 요리한 상태이리라.

"다음은 의술 시험……."

지체없이 문을 열고 들어간다. 다행인지 불행인지 이번에는 퀘스트를 확인할 필요도 없이 해야 할 일이 뭔지 알 수 있었다.

"으으… 너무 아파……. 으……."

"어떡해. 어, 어디 의사 없어?"

대여섯 명의 사람들 가운데 한 중년 사내가 배를 움켜쥐고 쓰러져 있다. 당황하는 사람들과 별로 다를 것도 없는 상황의 멀린. 그는 한눈에 그 사내가 이번 퀘스트의 목표라는 것을 알 수 있었다. 그러나,

"뭐, 뭐 어쩌라고?"

당연하지만 그가 의학 관련 전문 지식을 알 리 만무하다. 치유 마법을 익히고 있지만 그건 외상을 치료하는 주문일 뿐이고,

그나마 효과도 극히 미미하다. 이런 상황에 그가 할 수 있는 일이 있을 리 없다.

아웃.

머뭇거리고 있자 사내가 눈을 까뒤집고 고꾸라지더니 실패 처리된다.

"우, 우와! 쉽지 않구나."

전투 부분은 어느 종류라도 비교적 쉽게 수행했다는 걸 생각했을 때 다른 분야의 시험은 개인적인 공부와 수련이 필요하다는 걸 깨닫는 순간이었다.

클리어!

물론 상대적으로 쉬운 시험도 있다. [예술] 시험이 그렇다. 사실을 말하자면, 멀린은 수준급의 일러스트레이터(Illustrator)다.

Item

[얼어붙은 호수]   7급   Uncommon

치밀한 정밀도로 그려졌으며 빼어난 색감과 구도감을 가진 작품이다.

"오오, 뭔가 대단한 평가. 그런데 보상은 왜 안 주지?"

보상은 그림 자체였지만 전혀 실감하지 못한다. 왜냐하면 10분 만에 뚝딱 그린 그림이기 때문이다. 또한 항상 PC로만 그려오던 멀린은 자신이 그림을 그린 종이가 보통의 물건이 아니라는 걸 눈치채지 못했다.

"자, 그리고 이제 전투 빼고 남은 게… [잡학]하고 [조련]인가?"

[잡학]은 매우 심플했다. 필기시험이다. 알 수 없는 대륙의 신화 전승이라든지 이상한 상식들이 출제되었는데 당연하다는 듯 탈락하고 말았다. 그리고 [조련]은 고양이를 길들이는 거였는데, 1레벨 시험 때의 개와 달리 성격이 매우 더러워서 먹을 걸로 꾀어보았지만 도도히 몸을 돌려 어디론가 가버렸다. 당연히 실패였다.

"후. 성공보다 실패가 더 많기는 하지만 어쨌든 다 끝났군. 이제 남은 건 전투 두 개인가?"

[호위전투]와 [구출] 중에서 잠시 고민하는 멀린. 하지만 이내 마음을 정하고 [호위전투]로 들어간다.

"까악!"

"응?"

느닷없이 머리를 노리고 휘둘러지는 단검을 상체의 움직임만으로 가볍게 피한다. 세계적인 격투기 선수가 기습적인 공격을 날려도 맞을까 말까 한데 평범한 소녀가 휘두르는 칼이 맞을 리 없다. 이능(異能)의 맛을 겨우 한 달 조금 넘게 맛보았을 뿐이지만, 이미 그는 자신의 능력에 완전히 적응하고 있었다.

"뭐, 뭐야, 너는?"

"으음. 컴컴한 곳이네. 흔히 말하는 뒷골목인가?"

어두침침한 배경에 주위를 둘러본다. 물론 완전 칠흑은 아니어서 야명안을 발동시킬 필요까지는 없다. 멀린의 밤눈은 인간의 수준에서 벗어나 있어 칠흑 같은 밤중 하늘에 떠 있는 별빛만으로도 책을 읽을 수 있을 정도다.

"너, 너, 너, 뭐야?"

10대 중반으로 보이는 소녀가 당황해 외쳤지만 신경 쓰지 않고 미션을 연다. 어차피 미션을 종료하면 다시는 볼 일 없다. 분명 존재하는 NPC이지만 지금 그가 있는 곳은 거짓 세계에서도 헛된 일종의 임시 차원. 관계를 맺어봐야 본 필드에서 만나면 기억도 못하리라.

멀린은 미션을 확인했다.

Mission

[호위전투]

제한시간 : 02:59:32
목표 : 주요인물 호위
나이트 윙 길드 마스터 데인의 딸, 세나가 블러디 피스트 길드의 공격에 노출되었다. 나이트 윙 길드 지부까지 안전히 호위하라.
약탈 허용 / 대상 : 블러디 피스트 길드
미니맵 가동 / 나이트 윙 지부 표시

"약탈 허용?"

즉 NPC의 물건을 뺏어도 된다는 말이 아닌가? 황당해하는 멀린이었지만 자신의 앞에서 재차 검을 겨누는 소녀 때문에 잠시 생각을 멈췄다.

"누구냐고 물었어! 가, 갑자기 나타나다니, 무슨 수를 쓴 거지?"

"아, 그렇게 보이나? 그냥 마법의 일종이라고 생각해. 그리고 누구냐고 묻는다면 네 호위다."

"호위라니……."

미심쩍어하는 소녀의 모습에 멀린은 대답했다.

"응. 너를 나이트 윙 길드 지부까지 호위하라는 명령을 받았거든."

명령이 아닌 미션이지만 결과적으로 비슷한 일이기에 그리 설명한다. 수행하는 데 문제는 없다. 시야의 오른쪽 위에 떠 있는 미니맵에는 주변 지도와 나이트 윙 지부로 가는 길이 상세하게 표시되어 있다. 심지어 멀린 본인은 물론 세나의 현 위치까지 나타나 있어 이해가 편했다.

"오오, 미니맵 짱이구나."

"뭐가 짱이라고?"

"별로 상관없으니 옷이나 입지. 왜 상의를 벗고 있는 건지."

정확히 말하면 무슨 일이 있었던 건지 상의가 갈기갈기 찢어져 거의 걸레 수준이었는데, 어둠 속이어서 그런 건지 대담히 가슴을 노출하고 있다. 물론 남자인 밀린의 입장에서는 오히려 좋은 풍경이지만… 그냥 보고 있기에도 낯 뜨거워 일단 말해준 것이다.

"내 모습이 보여? 이렇게 어두운데?"

"내가 밤눈이 좀 밝거든. 가슴 아래에 왕점도 보이네."

"……?"

경악해 가슴을 가리며 주저앉는 세나의 모습에 그래도 창피함을 모르는 여자는 아니라 다행이라 생각한 밀린은 일단 상황 파악 겸 주변 지형을 살핀다. 목표 지점까지는 약 500미터 정도 떨어져 있다.

"별로 멀지는 않네."

"멀지 않은 게 문제가 아니라 이 근처에 블러디 피스트 길드 원들이 깔린 게 문제야. 그놈들이 얼마나 악독하냐면……."

"악독해 봐야 3레벨 난이도겠지요."

어느새 옷을 챙겨 입은 세나를 끌고 숨어 있던 골목에서 나와 버린다. 그는 바쁜 몸이다. 이런 곳에서 낭비할 시간이 없다. 물론 그런 그의 손길에 세나는 저항했지만, 이미 인간의 틀을 벗어난 멀린의 힘을 이길 수 있을 리 없다.

"저기 있다!"

"잡아!"

"망할 년. 우리를 이렇게 고생시켜?"

기세등등하게 달려온다. 과연 주변에 깔렸다는 말이 거짓은 아닌 모양이다. 게다가 그 숫자도 많다. 내력이 한정적인 멀린에게 그리 좋지 않은 타입의 적이지만.

퍽.

그것도 어지간히 능력 차이가 날 때 이야기다. 그들을 상대할 때에는 5년, 10년의 내공이 아니라 하루치의 진기조차 필요없다.

"이건 뭐 완전 일반인이잖아? 2레벨 다이어 울프 하나 떠도 죄다 도망 다녀야겠다."

같은 레벨에서 치면 상위의 전투력을 가지고 있을지 모르지만 이러니저러니 해도 그들의 레벨은 고작 1에 불과하다. 이능을 가지거나 단련된 무예를 가지고 있지 않은 이상 보통 인간의 레벨은 모조리 1이니까.

근력, 생명력, 체력 수치 모두가 200포인트나 되는 멀린의 입장에서 보면 그야말로 병아리 같은 존재. 심지어 블러디 피스트 길드원들은 흉포하고 잔인하기만 할 뿐 별다른 단련을 안 하는 것인지 근력이나 체력이 30을 넘어서는 이조차 별로 없다.

"이 자식은 또 뭐……."

퍽.

"죽여 버릴……."

퍽.

곧 주변은 앓는 소리를 내는 사내들로 가득 찬다. 딱히 자비를 베풀 필요를 느끼지 못해서 대부분 뼈 한두 군데는 부러져 있다.

"어디 보자."

멀린은 마구잡이로 단검을 휘두르던 사내의 팔을 꺾어 단검을 빼앗았다. 그리고 잠시 경고 메시지를 기다렸지만 아무것도 뜨지 않는다.

"오호라, 이게 약탈 허용이군. 뺏어도 괜찮다는 건가?"

그렇다면 더 망설일 필요없다.

"서, 서기, 뭐 하는 거야?"

"삥 뜯는 중."

십 수 명의 사내를 일렬로 눕혀놓고 문자 그대로 '탈탈' 털기 시작한다. 단검, 돈, 가죽 갑옷 등 약간이라도 쓸모있어 보이는 물건 모두를 용서없이 털어가는 것이다.

"찾았다! 저 녀석이야!"

"죽여!"

그렇게 터는 동안 다른 블러드 피스트 길드원들이 그들을 발견하고 덤벼든다. 물론,

퍽.

멀린이 보여줄 태도는 하나뿐이다.

*   *   *

"에헤라디야~ 짭짤하구나, 짭짤해."

"아, 악마."

결국 50명이 넘는 블러디 피스트 길드원들을 모조리 턴—심지어 옷이 좋아 보이면 벗겼다—멀린을 보며 식은땀을 흘리는 세나. 그는 그런 그녀를 호위하며 태연히 걷는다. 블러디 피스트 길드원을 보는 족족 털어버렸기 때문에 어느새 주위에는 그들을 위협할 존재가 없다.

"이야, 좋은데? 아예 블러디 피스트 길드 본부까지 털어버리면 안 되나?"

"…강한 건 알겠는데 너무 자만하지 않는 게 좋아요. 블러디 피스트 길드는 이 근방에서 꽤 유명해요. 능력자까지 다수 소속되어 있다고요."

"능력자라……. 이런 거?"

화악.

멀린이 가볍게 손가락을 튕기자 불꽃이 피어오른다. 그 광경에 세나는 눈을 휘둥그렇게 떴다.

"마법사?"

"응. 이 복장 보면 몰라?"

현재 그는 예의 수련 마법사 복장을 하고 있다. 넓은 챙의 모자와 로브는 누가 보아도 마법사의 모습. 그러나 그런 그가 맨손으로 블러디 피스트 길드원들을 모조리 쓸어버리는 모습을 목격한 세나는 그가 마법사라는 발상을 도저히 할 수 없었다.

"하, 하지만 왜 다 막싸움으로 쓰러뜨린 거죠?"

"마법을 쓸 정도의 상대는 없더라고."

사실은 마법 쪽이 너무 약해서지만 마음껏 잘난 척한다. 그리고 그때,

캉!

"저격?!"

그것도 목표가 자신이 아닌 세나라는 사실에 놀라 몸을 일으킨다. 방금 전의 공격에서 세나가 무사한 것은 그야말로 우연이다. 멀린의 주위에서 맴돌던 영휘가 미리 저장되어 있던, 즉 '정도 이상의 속도를 가진 투척물을 방어한다'라는 명령에 따라 움직여 화살을 빗겨낸 것이다. 물론 화살은 멀린이 아닌 세나를 노린 거지만 세나와 멀린이 근접해 있었기에 막아주게 된 것이다.

"엎드려!"

날아드는 화살은 멀린에게도 부담스러운 존재다. 물론 지금의 그는 화살을 맞아도 죽지 않을 정도의 생명력과 화살이 시야에 들어오기만 해도 충분히 피할 수 있을 정도의 반사신경을 가지고 있지만 그렇다고 화살의 속도가 굼벵이처럼 느껴지거나 하는 건 아니다. 그에게도 화살은 충분히 빠른 것이다.

"치잇!"

멀린의 순발력은 60포인트다. 일반인의 순발력이 30포인트이니 두 배나 높은 수치. 거기에 금단선공으로 인해 강화된 것까지 포함하면 이론상 그는 일반인의 네 배에 가까운 지각 능력을 가지고 있다.

캉! 캉! 캉!

화살을 볼 수 있다. 쳐낼 수 있다. 그러나 그게 쉬운 일은 아니다. 날아오고 있는 화살의 속도는 320킬로미터가 넘는다. 멀린의 지각 능력이 일반인의 네 배이니, 단순 계산으로 치면 그에게 화살의 속도는 일반인이 느끼는 시속 80킬로미터의 야구공 정도.

동네 피칭 머신에서 제일 느린 공의 속도도 시속 90킬로미터는 된다. 충분히 보고 반응할 수 있는 것이다. 그러나 그 속도에 마냥 적응해서 다 막을 수 있냐면 참으로 어려운 이야기. 게다가 시야 밖에서 날아오는 화살도 있는데다 그 숫자가 한두 발이 아니어서 정말 진땀 빼는 상황이다.

'반격해야 해!'

하지만 쉽지 않다. 아니, 사실은 쉽다. 그러나 쉽지 않다. 좀 이상한 말이긴 하지만 현실이 그랬다. 왜냐하면 그가 지켜야 하는 세나를 방치하고 갈 수 없기 때문이다. 세나를 해치려는 흉수를 잡으려면 원거리에서 적을 쓰러뜨려야 하는데 활이 부서진 이상 지금 그가 할 수 있는 원거리 공격 수단은 밀종대수인뿐. 그리고 밀종대수인은……

'사람을 죽이지 않을 정도로 힘을 조절할 수가 없어.'

밀종대수인은 대력금강수처럼 반년, 1개월, 심하면 며칠 단위로 정교히 내력을 제어하는 게 불가능한 무공이다. 허공을

격(隔)하려면 최소한 1년 이상의 내공을 사용해야 하기 때문인데 그 이하의 내공이라면 격공장이라는 기술 자체가 성립되지 않는다. 그리고 일단 기술이 발동되면 일반인의 몸으로 견딜 수 없는 위력이 나오는 것이다.

"아, 이런 제길. 뭘 어떻게 하라는……."

푹.

"어?"

순간 자신의 발밑으로 쓰러지는 소녀의 모습에 멈칫한다. 세나의 목에는 손가락만 한 크기의 화살이 깊숙이 박혀 있다. 쿼렐(Querelle. 석궁에서 발사되는 작은 화살)이었다.

빡!

그리고 잠시 멍하게 서 있는 머리에 쿼렐이 명중한다. 휘청거리는 멀린. 하지만 피부가 좀 찢어져 소량의 피가 흐를 뿐 큰 상처는 없다. 잘 맞으면 판금 갑옷조차 뚫는다는 쿼렐이지만 200의 생명력을 가진데다 금단선공의 보호까지 받는 멀린의 두개골을 부술 정도는 아니었다.

"시작은 내 마음이 닿지 않는 곳이 없음을 아는 것이다……."

퍼버버버빅!!

단번에 6년의 내공이 빠져나가고 여섯 구의 시체가 만들어진다. 하지만 이미 늦었다. 호위 대상이 죽어버렸다.

아웃.

시험의 방으로 돌아와 멍한 표정을 짓는다. 함께 대화를 나누던 소녀가 죽었다. 그리고 자신의 손으로 직접 살인을 저질렀다. 물론 그것들이 모두 한낱 데이터에 불과하다는 것은 알고 있다. 그것들은 진짜 사람이 아니다. 하지만 그럼에도 그 현실감은 보통 게임에 비할 수가 없는 수준. 붉은 피가 황금빛 가루로 바뀌었다 해도 사람이 죽었다는 사실이 변하는 건 아니다.

"너무… 너무… 위험한 거 아냐, 이 게임?"

허탈하게 웃으며 언젠가 자신을 시험의 방으로 내몰았던 몬스터의 검식을 떠올린다.

"끝이다, 인간. 흩날리는 꽃잎 속에서 죽어라."

그 압도적인 검기. 눈을 빼앗길 정도로 화려하면서도 몸서리쳐질 정도로 서늘한 매화, 그리고 처음 경험했던 죽음.

"아아……."

자신을 바라보던 흔들림없는 눈동자를 기억한다. 단호하고 냉정하고 무엇보다 강한, 누구보다 뛰어난 눈을 가진 멀린은 그 기량과 힘을 분명하게 파악했다. 그렇기에 희열을 느꼈다. 또한 공포도 느꼈다. 그것은 틀림없는 [진짜다. 사실 존재하지 않는 허상이라 할지라도 그것은 너무나도 생생하게 존재한다. 그래, 마치 그의 발밑에서 쓰러져 간 어떤 소녀의 모습처럼…….

우웅—

멀린의 손에서 아지랑이 같은 기운이 흘러나오기 시작한다. 멀린은 눈치채지 못했지만 어느새 그의 주변은 강렬한 매화 향으로 가득 들어찬 상태다.

"이건……."

중단전을 충만히 차오르는 내공의 흐름에 당혹스러워한다. 내력을 상당히 사용했음에도 어느새 모여든 내공이 넘쳐흐르기라도 할 듯 요동치고 있다.

우우우우우…….

하지만 차오르던 기운은 곧 벽에 가로막힌다. 자연적인 벽이 아니다. 레벨에 따른 스텟 제한. 100포인트로 제한된 영력의 벽이 내공의 증폭을 막은 것이다.

"곤란… 해. 왜 갑자기 내공이……."

터질 것 같은 압박에 신음한다. 마치 숨을 내쉬지 못하고 계속 들이쉬기만 하는 것 같다. 레벨에 따른 스텟 제한은 디오의 중요 시스템 중 하나기 때문에 그걸 깨버린다는 것은 불가능. 때문에 멀린은 다른 방법을 찾았다. 내공을 응축(凝縮)하는 동시에 분리(分厘)시키기 시작한 것이다.

우웅—!

그리고 그것으로 열린다. 금단선공의 제2계 금성(金星)이다. 들어간 내공은 40포인트로, 수성의 두 배인 20년 내공. 거기서 멈추지 않고 멀린은 수성과 금성을 금단에서 완전히 격리시켰다.

'잘될지는 모르지만 저질러 보는 수밖에……!'

예전부터 생각해 오던 일이다. 금단선공 제1계라고는 해도 수성은 자체적인 내공과 전혀 별개인 증폭 기관이다. 즉, 사용할 수 있는 내공이 아닌데 왜 영력 수치에 포함된단 말인가? 그렇기에 그는 또 생각했다. 어쩌면 그건 수성이 금단 안에 존재하기 때문이 아닐까?

웅!

수성은 텅 비어 있는 하단전으로 이동한다. 하단전은 일반적인 내공심법을 사용하는 모든 무도가들이 애용하는 내공의 창고다. 공간도 충분할뿐더러 전신 세맥 전부와 연결이 가능하다.

> 최대 영력(Type 내공)이 2ㅁ포인트 하락했습니다!

이어서 금성도 이동시킨다,

> 최대 영력(Type 내공)이 4ㅁ포인트 하락했습니다!

단번에 30년의 내공이 비자 터질 것같이 부풀었던 내력이 금단에 뭉치기 시작한다. 그대로 놔두면 수성과 금성을 빼면서 비게 된 60포인트의 영력을 순식간에 채우고 다시 몸 안에 가득히 들어찰 기세였기에 멀린은 필사적으로 기운을 제한했다.

'위험해. 주변의 내공을 끌어 모으는 이 방식은 틀림없이 북명신공의 것이야. 설사 이 내공이 금단선공의 묘리에 따라 모여서 정제의 과정이 필요없다 해도 내가 감당할 수 없는 규모가 한 번에 생기면 금단이 손상될 거야.'

때문에 멀린은 기운을 부풀리기보다 순도를 높이기 위해 사력을 다해야 했다. 금단선공은 매우 튼튼해 주화입마에 잘 걸리지 않는 장점을 가지고 있었지만, 반면 한 번 손상을 입으면 회복시키기가 매우 어렵다.

최대 영력(Type 내공)이 3ㅁ포인트 상승하셨습니다!

멀린의 전신에서 금빛 기운이 흘러나오고 그의 몸이 땅에서
부터 1미터 정도 떠오른다. 부공삼매(浮空三昧)라는 것이다. 운
기조식을 하는 도중 내공에 대한 높은 깨달음을 얻었을 때 일어
나는 현상.

툭.

마침내 모든 과정이 끝나고 다시 땅에 내려선다.

"후우, 깜짝이야. 하지만 뭐지? 물론 좋기야 한데 왜 이렇게
된 거야?"

멀린은 묵직하게 느껴지는 내공에 휘파람을 불며 상태창을
열었다.

Status

타이틀 : 여의수신		직업 : 평민		
아이디 : 멀린		레벨 : 2		(8급)
상태 : 정상		속성력		
스태미나 :	300/330	火 0/보통	時	0/보통
영력 : 25/25年	20/20 Tetra	水 55/제어	空	0/보통
생명력 : 201(51)	항마력 : 264(54)	土 0/보통	毒	0/보통
근 력 : 205(55)	정신력 : 61	風 0/보통	光	0/보통
체 력 : 210(60)	내 공 : 50	雷 0/보통	暗	0/보통
	마 력 : 20	木 0/보통	無	0/보통
재생력 : 86(40)	집마력 : 240(40)	소속		없음
순발력 : 180(61)	행 운 : 56(吉)	운용		금단선공 7성
경험치	3308혼	세븐 쥬얼 언노운		

과연 수성과 금성은 내공 스탯에서 제외되어 있다. 지금 있는 25년의 내공은 모두 사용 가능한, 말하자면 가용 내공이다.

"그런데 순수 내공만 치면 5년 줄었군. 많게 느껴진 건 하단전에 있는 반 갑자 때문인가?"

가뿐해진 몸으로 [구출] 시험에 들어선다. 운공을 마친 직후 전투에 나가는 건 좋은 선택이 아니지만 그럼에도 망설임없이 몸을 움직인다. 은은하게 피어오르는 열기가 그의 몸 안을 휘돌고 있다. 알 수 없는 자신감이 팽팽하게 차오른다.

"꽤 강해. 원래 바라는 방식은 정면대결이 아닌 모양이네."

도착한 곳은 숲 속이었다. 가만히 주위를 둘러보니 네 명의 기사와 한 명의 사내가 보인다. 아무래도 구해야 할 대상이 죄수이고 기사 넷이 방해인 모양이다.

"저기, 잠깐."

"누구냐?"

"이런 산속에서 갑자기 나타나다니… 수상한 놈이군."

뭔가 꿀리는 게 있는지 별다른 행동을 하지 않았음에도 알아서 시비를 걸어온다. 거기다 눈에 살심이 가득한 것이 그냥 말이나 거는 모양새가 아니다.

"헤. 이야기가 빨라서 좋군."

웃으며 양손을 들어 올린다. 잘된 일이다. 그는 지금 금단선공의 폭주(?) 때문에 어떤 방식으로든 수공을 펼치고 싶어 몸이 근질근질한 상태다.

"웅? 이 냄새는?"

멀린을 향해 다가서던 기사는 문득 퍼져 나가는 향기에 의아한 표정을 지었다. 처음 맡아보는, 매우 인상적인 향기. 그러나 그 냄새를 음미하기도 전에 그는 검을 빼 들어야 했다. 그들의 앞에 서 있는 청년에게서 무시 못할 기세가 뿜어져 나왔기 때문이다.

"어때, 아저씨들? 덤벼볼래요?"

"정신 나간 놈이었군. 죽어라."

매끄러운 기세로 검을 뽑아 휘두른다. 깔끔한, 그리고 위력적인 곡선. 하지만 그 순간 매화가 피어오른다.

핑!

한 개의 곡선이 스물다섯 번의 변화를 일으키더니 한 송이의 매화로 변한다. 주위를 뒤덮는 것은 자욱한 매화 향기. 그리고 매화 잎이 지는 순간,

털썩.

네 명의 기사가 거의 동시에 쓰러진다. 뛰어난 기사이며 검객인 그들이지만 아무 소용 없는 일이다. 그들은 죽는 그 순간까지 무슨 일이 벌어지는지도 몰랐다.

> 클리어!

멀린은 마지막 시험을 마치고 나오며 자신의 손을 바라보았다. 방금 전에 사용한 기술은 어느 비급에서도 참고하지 않았다. 그 기술의 원형은 오크 검사 성묵이 사용했던 선매청고(仙

梅淸孤). 원래는 검식이지만 멀린이 그걸 수공으로 변형시켜 사용한 것이다.

"나중에 매화검보도 한 권 사야겠다. 전문적인 수공은 아니지만 필살기 급 기술을 완성시킬 수 있을지도 모르겠어."

멀린은 잠시 자리에 앉아 가부좌를 취해 명상에 잠겼다. 갑작스럽게 변해 버린 금단선공의 상태를 점검하기 위해서다.

"금성이라……"

잠깐의 전투일 뿐이지만 멀린은 추가적인 외계의 형성이 얼마나 강력한 힘인지 느낄 수 있었다. 왜냐하면 수성과 금성의 증폭이 연계(連繫)되었기 때문이다. 1년의 내공이 움직이자 그것이 수성에 증폭되어 2년 내력이 되고 다시 금성에 증폭되어 4년의 내력으로 변한다. 즉 이 두 개의 증폭을 이용하면 본래 위력의 네 배까지 공격을 증폭시킬 수 있다는 말이다.

"하지만 딜레이가 있군."

물론 대단치 않은 정도였지만 수성에서는 딜레이 자체가 없었던지라 분명하게 느껴진다. 금성의 증폭 딜레이는 0.5초 정도. 그리 길다고 할 정도는 아니지만 기술을 연거푸 사용할 때에는 조금 문제가 되리라.

"좋아, 그럼 금단선공도 대충 정리됐고, 얼른 합동전투 끝내서 레벨 업이나 해야지."

하지만 그전에 블러디 피스트 길드원들을 쓰러뜨려 획득했던 석궁과 30개 정도의 쿼렐, 그리고 [구출] 시험의 기사들에게서 드랍된 장검 두 개를 꺼낸다. 물론 아이템은 더 있다. 블러디 피스트의 장비 중 튼튼해 보이는 가죽 장갑, 가죽 옷, 가죽 부츠를 벗겨 이미 그의 복장을 다 재정비한 것이다. 물론 그 위에 로브를 걸치고 있기 때문에 외향은 별로 변한 게 없지만 장비는 상당히 개선되어 있다.

"근데 죄다 9급이네."

8급 하나 없는 현실에 혀를 차는 그였지만 그래도 꽤 튼튼하게 만들어진 물건들이다.

"마력이 많지 않으니 술식을 섬세하게 짜 넣어야겠다. 이건 뭐 인챈트 두 방이면 마력이 바닥이니."

투덜거리며 인벤토리에 있던 티라노사우루스의 피를 꺼낸다. 15리터나 되니 부족함은 없으리라.

"마법을 부여할 물품에 술식을 그려 넣는다라……. 붓은 예술 퀘스트 때 받은 게 있으니 됐고, 여기에 룬 문자를 새겨놓으면… 아니, 잠깐."

붓을 티라노사우루스의 피에 담갔다가 고개를 갸웃거린다.

"그런데 왜 꼭 룬 문자여야 하지? 문자에 의미가 담겨 있기 때문이라면 다른 문자도 마찬가지잖아? 상관없을 것 같은데."

물론 상관없다. 그러나 기본 마법 체계 대부분이 룬어를 기본으로 만들어져 있기 때문에 다른 문자를 사용하면 기존 마법 체계와 충돌하게 된다.

당연한 말이지만 새로운 언어에 맞게끔 마법 체계를 개편하느니 차라리 룬어를 배우는 편이 1000배는 쉽다. 마법의 지식과 술식 체계는 너무나 방대하고 난해하기 때문에 새로 만들기는 커녕 익히기조차 쉽지 않았으니까. 자칫 잘못 건드렸다가는 손도 못 댈 정도로 엉켜 버리는 것이다.

"한글로 하자."

하지만 그쯤은 상관없다는 듯 멀린은 웃으며 붓을 들었다.

"우하하하! 이 비범한 발상의 전환. 혹시 나는 천재가 아닐까?"

별로 비범한 발상은 아니다. 100명의 마법사에게 물어보면 99명은 바보 같다고 평가하고 1명은 등신 같다고 표현할 만한 발상. 하지만 천재라는 말은 맞았다.

키리릭.

1.6미터 정도 되는 장검에 마력으로 글자를 새겨 넣기 시작한다. 매개체는 티라노사우루스의 피로, 검신에 그냥 글자를 쓴다면 흘러내리고 말겠지만 마력을 불어넣어 부여 주문을 행하자 검면에 깊이 새겨진다.

1. 이는 파괴 주문(속성계) 화(火) 계통 주문이다.

2. 발동 조건은 주문에 필요한 마력과 발동어로 정한다.

3. 1차적인 마력의 폭발은 외부에서 투입된 마력을 사용하고 2차 폭발은 검 자체에 실린 마력을 사용한다.

4. 마력 설계는 아래와 같다.

기다란 검신에 붉은 글씨를 **빽빽**하게 새겨 넣는다. 10여 분에 가까운 시간 동안 한눈조차 팔지 않고 글자를 새겨 넣는 멀린. 그리고 설계를 완성해 틀을 만들고,

웅.

거기에 마력을 주입해 마무리 짓는다.

롱소드의 등급이 B급으로 상승하셨습니다!

"오케이! 완성. 우와, 힘드네."

20테트라의 마력은 대부분 소진된 상태. 약간의 현기증이 느껴졌지만 그렇게 못 버틸 정도는 아니었고, 이어 떠오르는 텍스트는 그의 기분을 상쾌하게 만든다.

인챈트 스킬이 5랭크로 상승하셨습니다!

인챈트 숙련자 타이틀을 획득하셨습니다!

특수 능력 '마력 절감'을 획득하셨습니다!

"오, 마력 절감. 필요한 능력이지."

그러나 이미 20테트라의 마력은 대부분 소진된 상태다. 사실을 말하자면 좀 더 주문을 강화하고 싶었는데 마력이 터무니없이 부족해서 그 정도가 한계다. 물론 멀린은 15테트라의 마력으로 인챈드 주문을 사용하는 데 1초에서 2초밖에 걸리지 않을 정도로 뛰어난 마력 설계 능력을 가지고 있었지만 그건 대략적인 주문 설계를 했기 때문일 뿐, 지금 그가 검에 사용한 주문은 정밀기계처럼 세밀하게 설계되어 있어 그 위력 역시 다른 수준이다.

"으음. 마력량도 어떻게든 늘려야 하는데."

아닌 게 아니라 능력치 제한으로 정체되어 있던 마력도 조금씩 성장해야 하지만 아무래도 금단선공을 계속해서 운용하는 만큼 그 양이 늘지 않는다. 여러 가지 기운을 다루게 되면 폭 넓은 능력을 가질 수 있다는 장점이 있지만 성장에 걸림돌이 많다는 단점도 있는 것이다.

"일단 마력부터 채워야겠군."

항시 운용할 수 있기 때문에 평상시 내공의 회복 속도를 높이는 금단선공과 달리 세븐 쥬얼 학파의 마력은 다 떨어졌을 때 명상[Meditation]이라는 행위로 보충해야 할 필요가 있다. 물론 평상시에도 조금씩 회복되기는 하지만 굉장히 더딘 속도다.

"효율이 이래서야 화살에까지 인챈트를 거는 건 무리겠네. 언제까지 시험이나 치르고 있을 수는 없는 일이고."

석궁과 쿼렐을 다시 인벤토리에 넣은 뒤 가부좌를 틀고 명상에 잠긴다. 그 시간은 별로 길지 않다. 길어야 5분 정도랄까? 멀린의 명상 능력이 뛰어나다기보다 지닌 마력이 너무나 적기 때문에 나타나는 현상이다.

"이 칼은 어쩔까."

멀린은 인챈트를 걸지 않은 나머지 한 자루의 칼을 주워 들었다. 잘 단련된 강철 검이지만 별로 애착이 가는 물건은 아니다. 그는 검법에 능하지도 않으며 기본적으로 그 검은 9급 아이템으로, 기사들을 쓰러뜨리다 얻은 부산물일 뿐이다. 2레벨 초보에게 주는 무기들도 8급에 명검들이라는 걸 생각하면 이런 건 그냥 고철에 불과하다. 아무도 사가지 않으리라.

"망가져도 별로 상관은 없으니……."

멀린은 [예술] 시험의 보상으로 받았던 자신의 그림을 꺼내 들었다. 그림의 제목은 [얼어붙은 호수]. 멀린은 그림에 그려진 종이에 마력을 불어넣은 후 검 위에 올렸다.

웅—

작은 공명음과 함께 그림이 검신에 새겨진다. 성공이었다.

"역시 되는군. 종이에서 약간 묘한 느낌이 나서 이상하다 했더니 마력을 잘 받아들이는 물건이구나."

'의미'를 담는 것이 꼭 문자만 있는 것은 아니다. 그 개념이 분명하고 이미지가 완성되어 있다면 그림 역시 얼마든지 마법진의 역할을 할 수 있다. 마법은 학문인 동시에 예술이기도 하다. 마법이라도 모든 술법과 주문이 프로그램처럼 논리와 이론만으로 이루어지는 것은 아니며 그 다양성이란 상상을 불허할 정도다.

"좋아, 이 두 개면 싸울 만하겠지. 정 안 되면 수공을 쓰면 그만이고."

멀린은 다시 명상해 마력을 회복한 후 화염 주문이 새겨진 검과 얼음의 호수가 새겨진 검을 양손에 들고 합동전투에 들어섰다.

"아! 사람 왔다!"

"우와! 벌써 몇 분 기다린 거냐."

"오오, 사람이다, 사람!"

"……?"

멀린은 난데없는 환호에 의아해하며 주위를 둘러보았다. 넓은 대기실에 있는 인원은 정확히 세 명. 그리고 그중 2미터쯤 되는 봉을 가진 사내가 말했다.

"파티하시겠어요?"

"아, 예. 그런데 사람이 별로 없는 모양이네요."

"테스트도 거의 끝나가서 그런지 3레벨에 도달 못한 유저가 많지 않네요. 끽해야 최근에 리셋한 유저나 이 시험에 오죠."

"하긴."

베타 테스트인만큼 그 안에 포함된 유저들도 고르고 고른 인원이라 현재 디오의 평균 수준은 상당히 높다. 플레이 시간이 그리 길지 않아 깊은 경지까지 맛보지는 못했지만 모두 정도 이상의 실력을 갖춘 것이다.

"그럼 4인 플레이로 가죠. 저는 강석현이라고 합니다. 아이디는 그냥 석현이구요. 청성파의 봉신곤(封神棍)을 주로 사용해서 근거리 전문입니다. 봉술이라는 게 좀 방어적인 성향의 무술이라 탱커도 겸하고요."

"카이레스. 오오라를 사용해. 성향을 굳이 말하자면… 데미지 딜러라고 할 수 있겠다."

"진이라고 합니다. 신성력을 사용하고, 치유랑 보조 전문이지만 단독 전투도 가능해요."

차례로 자신을 소개하는 유저들의 모습은 멀린에게 조금 생소한 것이지만 눈치가 없지는 않은지라 자신을 소개한다.

"멀린이라고 합니다. 내공과 마력을 사용하고 근접전을 주로 하죠. 데미지 딜러… 라고 할 수 있으려나?"

약간 자신없는 말이었지만 다들 고개를 끄덕이고 전투를 준비한다. 그들이 무슨 군인도 아니고 정확한 내용이나 세부 사항을 모조리 말할 필요는 없다. 특히 저 레벨에서는 자신의 컨셉이나 전투형태를 명확히 하지 못하는 경우가 많기 때문에 싸우면서 호흡을 맞춰가는 경우가 더 많다. 자기소개를 하는 건 공격, 방어, 보조 등의 역할을 나누기 위해서인 것이다.

"전문 마법사 하나 있으면 좋겠지만 나름대로 나쁘지 않은 파티네요. 전원 전사, 전원 마법사, 전원 신관 이러면 진짜 어렵거든요."

그러면서 문을 열고 시험장으로 들어선다. 도착한 장소는 석재 타일이 깔려 있는 원형의 경기장이다. 주위를 거대한 관중석이 둘러싸고 있는 일종의 콜로세움(Colosseum) 같은 공간.

"평범한 지형이군. 하긴 화산 지형 같은 곳보다야 이런 곳이 좋지만."

석현은 강철로 만들어진 장봉을 단단히 잡고 주위를 살폈다. 통짜 강철로 만들어진 봉은 10킬로그램은 가볍게 넘어가는 중병기(重兵器)였지만 그의 자세는 매우 안정적이다. 그 역시 처음으로 캐릭터를 키우는 게 아닌 세 번의 리셋을 경험한 실력자인 것이다.

"나온다."

그리고 그린 그들의 앞으로 마법진이 떠오르더니 이내 검은색의 물체를 내려놓는다. 보통 몬스터는 마법진에서 등장하기가 무섭게 공격을 시작하게 마련인데 그들의 앞에 내려선 흑색의 기운은 잠시 몸을 웅크린 채 움직이지 않았다.

캬아아…….

진득한 살기가 퍼진다. 그것은 어둠, 또한 짙디짙은 마성(魔性). 그것은 너무나 사악해 보통 사람이라면 숨조차 쉬지 못할 정도의 공포를 흩뿌리고 있었지만 참으로 안타깝게도 그의 상대는 보통 사람이 아니다. 문자 그대로 '생활' 처럼 실전을 경험하며 타이틀 하나 때문에 몇 천, 몇 만의 몬스터들을 학살할 정도로 튼튼한 신경의 소유자들. 때문에 그들은 공포로 비명을 지르는 대신 환호했다.

"아싸! 마족!! 넌 뒈졌다!!"

제일 좋아하는 건 역시 신관인 진이었다. 어느새 그의 손에는 두 자루의 단검이 들려 있었는데, 별 특징 없는 단검이긴 해도 신성력이 담겨 있는 일종의 성검이다.

쾅!

순간 거대한 뱀의 형상을 하고 있는 마족이 몸을 스프링처럼 튕겨 유저들을 덮쳤다가 석현의 강철봉에 충돌한다. 압도적인 힘의 차이로 10여 미터 가까이 밀려났지만 자세를 흐트러뜨리지 않는 석현. 그 때문에 마족이 잠시 멈칫하는 사이 진의 손을 떠난 빛줄기가 마족의 머리를 때린다.

캬아아!!

마족에게 신관이라는 건 문자 그대로 천적(天敵)이다. 어둠과 혼돈을 매개체로 육신을 이루는 마족에게 외계의 힘[Greater Power]를 끌어나 사용하는 신성력은 그야말로 맹독이라 할 만한 힘인 것이니까.

쾅!

마족은 맹렬한 기세로 진을 향해 덤벼들었지만 카이레스의 몸에서 일어난 무형의 기운이 그의 머리를 후려쳐 날려 버린다. 느껴지는 후끈한 열풍에 멀린은 놀랐다.

"화염 속성계 오오라?"

"완성은 못했어."

시큰둥하게 말하는 카이레스를 지나쳐 멀린이 마족에게 달려든다. 그의 손에 들린 것은 한 쌍의 검. 물론 그는 그다지 검술 실력이 뛰어나지 않다. 그의 장기는 수공이지 검술이 아니니까. 하지만 그는 이미 투로(鬪路)를 읽는 경지에 이른데다 수공이 1랭크에 도달한 무술가이기 때문에 군더더기 없이 좌검을 내리그을 수 있었다.

쩡!

그러나 상대는 마족이다. 물론 그 등급은 최하급 중에서도 최하급이지만 어쨌든 그들보다 고 레벨의 몬스터. 9랭크, 아니, 이제 1랭크 올라 8랭크에 들어선 검술로 어떻게 할 수 있는 적이 아니다.

'상처도 안 났어?'

진이 날린 공격에는 쉽사리 피부가 찢어졌다는 걸 기억하는 멀린은 조금 억울한 기분이었지만 당연한 일이다. 아무리 최하급이라고 해도 마족은 기본적으로 강력한 존재. 진의 공격이 쉽게 그 피부를 기른 건 신성력이 더해졌기 때문이다.

"너무 긴장하지 마. 마족은 종족 레벨이 5이니 저놈은 최하급 중에서도 최하급이야!"

"하지만 튼튼한데 무슨 수로 잡지?"

"우리가 녀석의 움직임을 묶을 테니 진님이 공격하세요!"

"이런! 저는 원래 보조 역할인데 말이에요!"

왁자지껄 떠들면서도 능숙하게 최하급 마족을 몰아친다. 철봉을 매섭게 휘두르며 최하급 마족의 전진을 막는 석현. 그리고 그 틈에 멀린은 오른손에 있던 검을 하늘에 던져 버린 후 단번에 땅을 박차 3미터 가까이 뛰었다.

'이대로 떨어져서 대력금강수를 날리면 한 방이겠지만……'

멀린은 화염 주문이 내장된 검의 손잡이를 양손으로 잡고 최하급 마족의 머리를 내리쩍었다.

'믿어보자, 내 마법사로서의 힘!'

쩡!

검격은 묵직했지만 최하급 마족은 머리를 들어 올려 검격을 받아냈다. 이제 보니 머리 부분이 마치 다이아몬드처럼 단단하다. 다른 부분도 튼튼하기는 매한가지겠지만 머리를 부숴 쓰러뜨리기는 불가능에 가까운 일. 하지만 그 순간 멀린은 검에 새겨진 주문을 해방했다.

"터져라!"

쾅!

순간 최하급 마족의 머리가 석재 바닥을 부수며 처박힌다. 마치 몇 톤짜리 망치로 얻어맞은 것 같은 모양새다. 검에 담긴 주문이 칼등에서 터져 마치 부스터처럼 이미 멈춰 있던 검에 운동 에너지를 부여한 것이다.

'양날검이라 생각했던 것보다 위력이 약해. 공격을 하는 반대편은 좀 더 면적이 넓었으면 좋았을 텐데.'

차라리 도(刀)였다면 좋았을 거라고 생각하면서도 오른손을 들어 미리 던져 두었던 검을 잡는다. 그리고 구덩이에서 머리를 꺼낸 최하급 마족의 입에 찔러 넣는다.

쩌저적.

검에 새겨진 그림, '얼어붙은 호수'에 담겨 있던 마력을 냉기로 변환시키자 마족의 머리가 통째로 얼어붙는다. 그리고 그 순간 석현의 철봉이 묵직한 공격으로 마족의 머리를 부숴 버린다.

> 클리어!

시험을 마치고 아이템이 분배된다. 멀린에게 분배된 아이템은 1실버와 흑혈(黑血)이었다.

"오케이! 흑석(黑石)!"

"앗, 축하요."

"아, 이 뱀은 왜 쓸 데도 없는 껍데기를 주는지."

"하하! 전 괴상하게 생긴 두개골인데요, 뭐. 어차피 전 신관이라 쓸 데도 없고. 네크로맨서한테 팔아야 하나?"

멀린은 그들의 반응에 흑석이 가장 인기있는 아이템이라는 건 눈치챘다. 가장 대단한 아이템이라기보다는 범용성이 높기 때문이다. 그건 일종의 하급 징석. 속성이 임흑이긴 하지만 속성 변화쯤 디오 전역에 존재하는 마법 상점에서 언제든지 할 수 있다. 네크로맨서나 암흑 계열의 오오라를 다루는 유저라면 바로 사용할 수도 있을 것이다.

> 승급 시험을 완료하셨습니다!

레벨이 3으로 상승하셨습니다!

아이템 사용 권한이 한 단계 상승합니다!

능력치 제한이 150포인트까지 상승합니다!

"오케이, 레벨 상승. 그럼 고생하셨습니다!"

"고생하셨어요~!"

"수고!"

그렇게 말하고 모두 사라진다. 시험이 종료된 것이다. 하지만 멀린만은 사라지지 않고 경기장 위에 서 있다.

"어? 설마……."

좋지 않은 예감에 긴장하며 전투태세를 취하는 멀린. 그 순간 그의 짐작대로 다시 마법진이 떠오른다.

"이거 순 버그 게임 아냐!!"

키엑!

이번에는 멀린 혼자이기 때문인지 탐색전도 없이 덤벼든다. 그 큰 덩치에도 불구하고 화살처럼 빠르게 날아드는 최하급 마족. 그러나 멀린은 분노할 뿐 낭황하진 않았다.

쩡!

2년의 내공이 수성에서 두 배로 증폭해 4년의 내력이 되고 다시 그 4년의 내력이 금성에서 증폭돼 8년의 내력이 되어 최하급 마족을 후려친다. 그 한 방에 비틀거리는 최하급 마족. 즉사를 한 것은 아니지만 침투경의 묘를 더해 펼친 수공이어서 최하급 마족의 내부에도 상당한 피해를 입힌 상태다.

"계속 두 번씩 싸워야 하는 거야? 뭐, 아무래도 상관은 없지만… 응?"

투덜거리며 쌍검을 들어 올리던 멀린은 문득 쌍검의 상태가 매우 불량하다는 것을 깨닫는다. 사실을 말하자면 거의 망가진 상태다. 검신 전체에 셀 수 없을 정도로 많은 금이 가 있는데다가 이가 다 나가서 검으로서의 구실을 할 수 없는 수준이다.

"이제 못 쓰겠군."

멀린이 그 검에 걸었던 주문은 폭염으로, 상대를 공격하는 게 아니라 날의 반대쪽에 반동을 만듦으로써 속도가 부족하거나 혹은 멈춰 있는 검에 추진력을 부가하는 방식. 때문에 적과 충돌하는 순간 발생하는 충격을 모조리 검이 받아야 한다. 그걸 견디려면 검 자체가 튼튼하거나, 검신에 강화 주문을 걸거나, 혹은 어기충검(禦氣充劍) 같은 방식으로 내력을 주입해 검을 보호해야 하리라.

"거기다 이 검도 맛이 갔고."

얼어붙은 마족의 머리를 부술 때 같이 망가져 버린 검을 보며 한숨 쉰다. 공격적인 주문을 담는 건 좋은데 검에도 타격이 가버려서야 이야기가 되지 않는다.

"역시 화살이 나을 것 같네. 한번 쓰고 버릴 거라면 단가가 싼 게 좋지."

키에에엑!!

쩡.

그리고 그 순간 틈을 노려 덤벼드는 최하급 마족을 향해 대력금강수를 찔러 넣는다. 그리고 그것으로 즉사. 이번에는 확실히 하기 위해 5년 내공을 20년의 내력으로 증폭시켜 때렸기 때문에 최하급 마족으로서는 견딜 수 없는 타격이었다.

"오오, 금성 좋다."

좋은 정도가 아니라 사기에 가까운 효율이다. 아무런 부담 없이 내공을 네 배나 증폭시킬 수 있다는 건 상상을 초월하는 메리트인 것이다.

"어쨌든 이것으로 다음 전투를 위한 발판은 마련됐군."

시험의 방에서 나온다. 당연하지만 최하급 마족에게서 나온 흑석, 흑혈, 뮬레─최하급 마족의 이름인 모양이다─의 두개골, 뮬레의 외피는 전부 챙긴 상태다.

"어디 보자, 시간이… 3시니까 다음 공격까지 정확히 열 시간 남았군."

1차 공격이 동문에서 오후 1시에 이뤄진다는 걸 알고 있는 멀린은 급할 것 없다는 심정으로 스타팅을 배회했다. 그가 시험에 도전한 장소는 스타팅의 중심부에 위치한 도서관이었기 때문에 주변에 상점이나 음식점이 많았다.

"야, 들었어? 이제 공격에 동·서남북 전부가 쓸렸다던데."

"응. 몬스터들 수준이 높더라고. 게다가 보스몹은 진짜 장난이 아니더라. 막 유저들 쓸어버리고 비웃고 가던데? 그나마 이긴 건 북문뿐인데 거기도 잡는 데 성공한 건 아냐."

문득 들려오는 대화에 귀를 기울인다. 공성전을 하러 가는 길이던 성묵을 만나 살해당한 멀린은 공성전을 직접 경험하지 못했다.

"그러고 보니 북문에서 보스몹 막은 여자애가 마스터라던데 진짠가?"

"응. 막 장난 아니었다더라. 알 수 없는 기술도 쓰고 오러 블레이드도 쓰고."

"대단… 하지만 어떻게 그럴 수가 있지? 물론 여기 레벨 업 방식이 시험이니 빨리 올라가는 녀석은 빨리 올라가는 게 당연하지만 두 달도 안 되는 시간에 이 많은 계통 지식을 전부 학습하고 다뤄보긴커녕 상상도 잘 안 하던 이능을 수련하는 게 가능하다고?"

맞는 말이다. 물론 완전 실력으로 평가한다면 사람마다 쌓는 속도가 다를 수밖에 없다. 당장 수능, 그러니까 대학 수학능력 평가 같은 것만 해도 안 되는 놈은 재수가 아니라 5년, 10년을 해도 안 되지만 재능과 열정을 가진 이는 한 번에 전국 1등을 하는 것도 가능한 게 현실이다. 재능의 격차란 건 분명히 존재하고 노력의 격차라는 건 더욱 분명히 존재하는 것이니까.

"똑똑한가 보지. 적응력이 뛰어나다던가."

"하지만 정도가 있어야지! 난 인마, 초등학교, 중학교, 고등학교에, 내학교까지 등수를 다 합해도 100이 안 되거든? 근데 7레벨에서 미칠 것 같아! 근데 중, 고딩으로 보이는 애가 두 달 만에 마스터?"

그렇다. 확실히 정상이 아니다. 물론 똑같은 시험을 봐도 누군 100점을 맞고 누군 30점을 맞는 게 현실이라지만 만약 어떤 재수생이 3수쯤 하면서 미친 듯이 공부하고 있는데, 중학생쯤으로 보이는 애가, 그것도 수능 겨우 한 달 전에 공부를 시작해서 만점을 맞는 걸 보면 어떤 기분이 들겠는가? 그 중학생이 한 달 동안 얼마나 열심히 공부했는지는 중요하지 않다! 겨우 한 달의 시간이라면 아무리 열심히 해도 그 결과가 나오면 안 되는 것이다!

"…운영자인가?"

"모르지. 정말 더러운 천재인지도."

"헐. 천재 앞에 더럽다는 수식어가 붙다니."

웃기다고 생각했는지 피식거리는 사내들. 하지만 이내 그들은 화제를 돌렸다.

"하지만 내일 공격은 진짜 어떻게 하지? 어쨌든 요번 몬스터들은 천 마리였는데도 이 난리잖아. 내일부터는 만 마리씩 네 번이나 몰려와서 총 4만 아냐?"

옳은 말이다. 어쨌든 전의 공격은 유저들에게 경각심을 주기 위한 일종의 맛보기. 하지만 걷고 있던 사내는 고개를 흔든다.

"아냐, 이번에는 유저들도 준비가 부족했던 건 사실이니까. 어쨌든 여기는 초보존이잖아? 마을에서 멀리 나가 던전을 찾아 돌던 유저도 있을 테고. 요번 적들에 관한 소문이 쫙 퍼지고 게시판도 난리가 났으니 다들 기어들어 오겠지."

"하긴, 게다가 이번에 당했던 녀석들도 이를 갈며 준비하는 모양이고."

"혹 숨겨져 있던 마스터가 또 튀어나오거나 하는 거 아냐?"

"에이, 설마."

멀린은 그들의 이야기를 들으며 근처 노점상에서 토스트를 사 먹었다. 재미있는 말이다. 그렇다면 다음 공성전은 조금 더 팽팽해진다는 뜻. 그렇다면 그 역시 조금 더 준비해 놓을 필요가 있다.

"일단 좋은 활부터 구해야겠다. 싸움이 길어질 것 같은데 수공만 믿고 갈 수는 없지."

금단선공은 단기 결전의 심법이다. 단기간의 전투에는 매우 강력하지만 금방 내공이 떨어지기 때문에 장시간 전투에는 별다른 메리트가 없는 것이다. 그는 차라리 강력한 한 명을 상대하는 게 쉽지, 고만고만한 다수의 적은 곤란하다. 내공 자체가 그리 많지 않을뿐더러 금단선공은 내공의 회복 속도도 떨어진다. 그나마 멀린의 경우에는 그 경지가 높아 표시가 잘 나지 않을 뿐이다.

"응?"

무기점을 향하다 문득 걸음을 멈춘다. 그의 발걸음을 잡은 곳은 환전소(換錢所)라는 간판이 걸린 곳이다.

"환전소라면… 돈을 바꾸는 곳이잖아? 그런데 왜 이렇게 크지?"

게다가 이용자도 어마어마한 숫자다. 환전소는 무려 3층짜리 건물이었는데 언뜻 봐도 층마다 천 평은 넘어 보이는 넓이에, 멀린의 감각에 잡히는 인기척만 해도 세 자리는 가볍게 넘어설 정도다.

"돈을 바꾸는 사람이 저렇게 많을 리는 없을 텐데."

중얼거리며 건물에 들어서자 입구 근처에 있던 30대 초반으로 보이는 여인이 다가온다. 그녀의 머리 위에는 [환전소 도우미 엘렌]이라고 쓰여 있었는데, 디오에 존재하는 대부분의 NPC가 그러하듯 대단한 미녀다.

"환전소에 온 걸 환영해. 처음이지?"

"어? 보자마자 알 수 있나요?"

멀린의 물음에 엘렌은 웃었다.

"우리 도우미 NPC들의 특수 능력 중 하나지. 하지만 처음이라니 환전소가 뭘 하는 곳인지도 모르겠군?"

"그렇죠."

멀린의 대답에 엘렌은 고개를 끄덕이고 검지를 들어 허공에 마법진 하나를 그렸다. 마치 펜으로 그려지듯 자연스레 나타나는 마법진. 그리고 그 마법진에서 약간의 공명음이 울리더니,

"…어?"

"뭘 그렇게 놀라? 분신술 처음 보니?"

어느새 그의 앞에 있던 엘렌이 두 명으로 늘어나 있다.

"부, 분신? 그게 분신술인가요?"

"차크라나 오오라로 이루어지는 분신술하고는 조금 다르지만 효과는 비슷해. 보다시피 여기 손님이 많아서 내가 일일이 다 따라다니며 안내… 환전소에 온 걸 환영합니다~"

말하다 말고 휑하니 가버린다. 그 모습에 멀린은 황당해했지만 남아 있던 엘렌의 분신이 자연스레 말을 이었다.

"…하는 거 한계가 있어. 그래서 큰 상점이나 은행 등에서 일하는 도우미 NPC들은 대부분 이런 능력을 가지고 있지."

"우, 우와! 제가 배울 수도 있나요?"

"물론 무리지. 이건 우리의 특수 능력 같은 거거든."

그렇게 말하며 멀린을 환전소 안쪽으로 안내한다.

"여기 왜 이렇게 사람이 많은 거죠?"

"그야 할 일이 많으니까 많지. 사실 유저들이 벌어들이는 돈

과 경험치 대부분이 여기서 소모된다고 해도 과언이 아니니까."

그렇게 말하며 [현금 거래]라고 쓰여 있는 창구로 이동한다. 거기에는 엘렌과 마찬가지로 도우미 타이틀을 달고 있는 헤일이라는 사내가 있었다.

"새로운 손님이야, 헤일."

"오호, 베타 테스트 거의 끝나가는데 아직도 신규 회원이 있는 거야?"

"던전에 죽치고 있는 유저도 상당하니까 모를 일이지. 어쨌든 등록증 좀 뽑아줄래?"

"오케이."

고개를 끄덕이더니 책상 위에 있는 컴퓨터(!)를 조작한다. 그리고는 프린터(!!)에서 결과물이 출력되는 게 아닌가?

'에엑? 전자기기가 있다고?'

게다가 컴퓨터 위에는 마치 아이디처럼 [유저 사용 불가능]이라는 글자가 떡하니 떠 있다.

"멀린은 어느 나라 사람이야?"

"아니, 무슨 바보 같은 질문을······. 한국 사람인 게 당연하죠. 제가 외국인처럼 생겼나요?"

"당연해? 왜 네가 한국인인 게 당연하다고 생각하는데?"

"그야 우리가 한국말로 대화를 나누고 있으니까요."

"우리가 한국말로 대화를 나누고 있다고? 정말?"

싱글싱글 웃는 엘렌의 모습에 당황하는 멀린. 하지만 그는 눈치가 느릴지는 몰라도 바보는 아니다. 이내 정신을 집중해 유저들의 목소리에 집중했다.

그리고 깨닫는다.

"…어라?"

그렇다. 한국어가 아니었다. 하지만 그렇다고 영어나 중국어나 일본어도 아니다. 프랑스어도 아니고 독일어도 아니고 러시아어도 아니다. 문자 그대로 전혀 다른 체계를 가지고 있는 새로운 언어, 이런 언어로 지금까지 대화를 나눠왔다는 게 믿기지 않을 정도였다.

'그러고 보니……'

상점의 간판이나 안내지에 쓰여 있는 글자들도 모두 생소한 문자다. 지금까지 너무 자연스럽게 읽혀 생각조차 못하던 문제에 당혹감을 느낀다.

"세빅어(語)라고 불러. 다이내믹 아일랜드에서 사용하는 세계 공용어지. 이 언어는 디오에 접속하는 모든 유저가 자연스럽게 습득하기 때문에 미국인이든 중국인이든 일본인이든 의사소통에 아무런 문제도 없어."

"새로운 언어를 이렇게 쉽게 익힌다니……."

무시무시한 일이다. 다른 나라를 본 것도 없이 한국만 쳐도 외국어 교육으로 사용되는 돈이 1년에 10조원을 넘는다. 이렇게나 쉽게 다른 언어를 익힐 수 있다면 이제 그 막대한 자본이 움직이던 시장이 쓸모없는 것이 되어버리지 않는가?

"무슨 생각을 하는지는 대충 알겠지만 이게 '밖'에서까지 통용되는 시스템은 아냐. 결국 디오의 접속을 종료하면 다시 잊게되는 언어지. 뭐, 부스러기 정도야 남을지도 모르지만 외국어를 사용한 영화를 본 후 그게 귀에 익는 정도뿐이지."

"흠."

그러나 모르는 일이다. 과학 지식이 별로 없는 멀린이라도 얼마든지 짐작이 가능하다. 디오 안에서 쉽게 언어를 익힐 수 있는 시스템이 있다면 그 응용 상품 개발도 가능하다는 것 정도는. 어쩌면 통역기 같은 게 만들어질지도 모르는 일이다.

'힘들게 영어 배운 녀석들은 디오를 증오하게 될지도…….'

'공부 안 해서 다행이다. 크크크크…' 하는 망상에 빠져 키득거리는 멀린. 하지만 엘렌은 가볍게 손뼉을 쳐 그의 망상을 끊어냈다.

"어쨌든 등록증을 작성해. 은행 계좌 정도는 있지?"

"물론 있기는 하지만… 게임 속 등록증에 왜 계좌번호를 써야 하죠? 혹시 사기?"

"잔말 말고 써. 이 분신술 시간제한 있단 말이야. 가뜩이나 설명해 줄 것도 많은데."

"아, 네."

고개를 끄덕이고 성명, 주민등록번호, 주소, 계좌번호 등을 빈칸에 써 넣는다. 별 내용도 없어서 다 작성하는 데 5분도 걸리지 않는다.

"됐군. 그럼 설명할게. 넌 한국인이니까 화폐도 원(₩)을 쓰겠군."

그렇게 말하며 책상 위에 쓰여 있는 글자를 보여준다. 거기에는 [1골드:5만 1,200원]이라고 쓰여 있다.

"…이게 뭔 소리죠?"

"1골드가 현금 5만원의 가치를 가진다는 말이지."

"에? 그거 설마 여기에 1골드를 드리면 제 계좌로 5만원을 넣어준다는 말인가요?"

"이해가 빠르네."

태연한 말이지만 멀린은 혼란에 빠졌다. 물론 게임 머니를 현금으로 사고파는 거야 예전부터 흔하디흔한 일이지만 그걸 게임 회사에서 대놓고 장려하다니 이 무슨 황당무계한 일이란 말인가?

"거, 거짓말이죠?"

"환금할 거야?"

"…1골드."

"좋아."

멀린이 내민 금화가 엘렌의 손에서 마술처럼 사라진다.

"잠깐만요. [로그아웃]."

떠오르는 마법진, 그리고 30초의 시간 뒤에 멀린의 모습이 사라진다.

"여기 인간들은 왜 이렇게 의심이 많을까."

"험난한 세상이니까요, 여왕님."

나직한 말에 엘렌의 눈조리가 사나워진다.

"…죽을래, 헤일? 그렇게 부르지 말라고 했을 텐데."

"후후후, 설마 여왕님의 자랑스러운 기사단장을 치기라도 하시려는 겁니까?"

능글맞은 헤일의 표정에 엘렌은 코웃음 쳤다.

"시끄러, 기사단장! 여기 경비병보다 약한 주제에."

"억! 아픈 곳을 찌르시다니. 그래도 30분은 버텼다고요."

"결국 졌잖아."

"으으……."

상처받은 듯 신음하는 헤일에게 엘렌이 결정타를 날린다.

"너 같은 건 사무직이나 보시죠?"

그러나 헤일도 반격한다.

"큭. 도우미 주제에."

"뭐, 뭐라?!"

"헹. 이제 도우미랑 사무실 직원입니다, 여왕님. 우리 처지는 동등하다는 걸 좀 상기해 주시지 않겠습니까?"

잠시 티격태격하는 둘. 그러던 와중 허공에서 멀린의 모습이 나타나자 다툼은 이내 멈춘다.

"어때? 확인했어?"

"이런 황당한……. 그, 그래, 이렇게 신용을 쌓은 다음 제가 믿고 크게 맡기면 사기 치려고 그러는 거죠?"

"겨우 그거 사기 치려고 디오 전체의 신용을 건다는 게 말이 된다고 생각하니? 너 한 100조 맡길 거야?"

"으으……."

멀린은 엘렌의 말에 반박하지 못하고 신음했다. 확실히 이 정도의 기술력을 가지고 있다면 너무나 간단히 시장을 독점해 어마어마한 경제력을 손에 넣을 수 있을 텐데 이런 자잘한 사기를 칠 리가 없다.

"어쨌든 디오 내에서의 돈을 현금화할 수 있듯 현금으로 골드를 살 수도 있어."

"사행성을 막기는커녕 직접 나서서 장려하고 있어. 뭔 게임 회사가……."

"그만 투덜거리라고. 뭐, 어쨌든 현금을 골드화하거나 골드를 현금화할 생각 있어?"

"아직 없어요."

"그럼 2층으로 가지."

멀린을 끌고 그대로 2층에 올라선다. 2층에는 무슨 백화점처럼 온갖 물건이 진열되어 있다.

"여긴 뭐죠?"

"물건을 사는 곳이야. 일종의 상점이라고 할까? 물론 취급하는 물품들이 조금 특이하긴 하지만 말이야."

그녀의 말에 멀린은 진열대에 있는 물품 중 새끼손가락만 한 물건을 살펴보았다.

"아, 물품 설명은 바로 아래 있네요. 아이템 이름이… 통역기?!"

경악해 감정한다.

Item

[통역기(通譯機)]　　　　　　제한 없음　　환진소

　환전소 2층에서 판매하는 물품. 자동적으로 저장된 언어를 통역해 주는 기능을 가지고 있다. 하급품으로 세 개의 언어를 저장하는 것이 가능하다. 귀에 장착하고 있으면 작동된다.

　구입 5실버　　판매 1실버

"하급품이라니, 그럼 상급품도 있다는 말인가?"

과연 같은 열 가장 오른쪽에 있다.

Item

[통역기(通譯機)]　　　　　　　　　제한 없음　　환전소

　환전소 2층에서 판매하는 물품. 자동적으로 저장된 언어를 통역해 주는 기능을 가지고 있다. 최상품으로 42개의 언어를 저장하는 것이 가능하다. 귀에 장착하고 있으면 작동된다.

구입 6골드　　　판매 2골드

"헐. 42개?"

"디오는 다중 차원으로 이루어져 있어. 승급 시험을 해봤으면 알겠지? 4레벨까지는 자동으로 번역되지만 5레벨 이후로, 그리고 일반 퀘스트나 필드에서는 그런 게 없지. 엘프와 대화하려면 엘프 어를 알아야 하고 드워프랑 대화하려면 드워프 어를 알아야 해. 마찬가지로 중원인하고 대화하려면 한어를 알아야 하지. 안 그러면 말이 안 통해."

"하지만 언어는 어떻게 채워 넣죠? 이 통역기에는 저장시킬 수 있다는 말밖에 없는데."

"옆에 있잖아."

"옆?"

의아해하며 고개를 돌렸다가 왼쪽에 있는 동전만 한 크기의 수정들을 발견한다. 언뜻 보기만 해서는 용도가 짐작이 가지 않는 물건들이라서 멀린은 감정을 사용했다.

Item

[스노우 엘프어]　　　　　　　　　　제한 없음　　환전소

노스 랜드 북쪽 설원에 거주하는 엘프들의 언어.

구입 3실버　　　판매 1실버

　　"허허, 언어를 사다니. 엘렌 누나, 여기 언어가 몇 개나 있죠?"
　　"엑? 누나?"
　　뜻밖의 호칭에 깜짝 놀라는 엘렌. 그리고 그 모습에 별 의식 없이 입을 열었던 멀린이 눈을 동그랗게 뜬다.
　　"어라? 싫으세요?"
　　'역시 아줌마가 좋은 건가?' 라는 시선에 엘렌의 눈이 가늘어 진다.
　　"아냐, 계속 그렇게 불러. 뭐, 어쨌든 진열대에 올라와 있는 건 100개 정도지만 필요에 따라 요청하면 추가되니 사실상 무한정이야."
　　"아, 그렇구… 엑?! 영어!"
　　수정들을 살피다가 기겁해 신음하는 멀린을 향해 엘렌이 말한다.

"유저들의 요청에 의해 올라왔다고 들었어. 아직 디오 속에는 영어를 쓰는 녀석들이 없을 텐데 뭘 원하는 건지."

'쯧' 하고 혀를 차는 엘렌이었지만 멀린은 그 심정을 이해할 수 있을 것 같았다. 심지어 가격을 보니 2실버. 현금으로 치면 만원이다. 겨우 만원으로 영어를 마스터할 수 있다니! 이 무슨 꿈같은 소리란 말인가? 물론 현실로 돌아가면 꽝이지만 게임 속에서라도 영어를 유창하게 해보고 싶다는 그 마음은 너무나 공감이 간다.

"안타까운 일이구나, 안타까운 일."

한숨 쉬며 멀린은 다음 진열대를 살폈다. 거기에는 별다른 장식 없이 밋밋한 반지들이 진열되어 있다.

Item

[게이트 링]　　　　　　　　　　제한 없음　　환전소

귀환 아이템. 마지막으로 들렀던 마을의 좌표를 기억했다가 발동되는 즉시 사용자를 해당 좌표로 공간이동 시킨다. 로그아웃처럼 모두 속박과 마법 방해 둘에서 자유롭지는 못하지만 발동 시간이 매우 짧기 때문에 위급 상황을 벗어나는데, 유용하며 사용 후 소멸한다.

구입 3실버　　판매 1실버

돌아보니 게이트 링을 사는 유저는 꽤 여럿 있었기에 한 명 잡고 물어본다.

"저기요, 이 게이트 링 쓸 만한가요?"

"두 개 정도는 가지고 있는 게 좋아요. 발동 시간이 0.1초도 안 걸려서 위험 상황에 좋죠. 물론 비싸기는 하지만 목숨만큼 비싸지는 않으니까."

그의 말에 멀린은 현금 주머니를 꺼내 게이트 링을 두 개 구입, 왼손의 검지와 약지에 꼈다. 조금 충동적인 구입이었으나 던전에서 얻은 돈으로 주머니는 넉넉한 상태다.

'그러고 보니 나 250골드나 있잖아?'

무심코 넘겼지만 생각해 보면 그건 무려 1,250만원에 달하는 돈이다. 그나마 그것도 뺏겨서 그 정도니 처음 획득했던 골드는 천 골드가 훨씬 넘었다.

'확실히 그 해룡의 신전이 고 레벨 던전이기는 하구나. 하긴 문지기부터 보스몹까지 장난이 아니긴 했지만.'

운영자라던 사내가 대부분의 돈을 뺏어가는 것도 이제는 이해가 간다. 아니, 아무리 그래도 그렇지 한 번 깨는 데 현금으로 5,000만 원이라니! 이건 상식적으로 말이 안 되는 액수다. 심지어 현재 디오는 클로즈 베타 테스트 기간이기 때문에 전체적으로 유저들이 가난하다는 걸 생각하면 농담이 아니라 정말 시장 경제를 붕괴시키는 게 가능한지도 모르는 금액인 것이다. 물론 지금은 그 대부분을 뺏겨서 그 정도는 아니다.

게이트 링을 산 멀린은 통역기도 사둘까 잠시 고민했지만 역시 필요한 물건이 아니어서 그만둔다. 현실에서 판다면야 몇 천만 원에 내놔도 팔리겠지만 지금의 멀린에게는 별 의미가 없는 물건이다.

"어디 보자, 다음은… 어? 뭐죠, 이 십자가는?"

"설명해 주기 귀찮으니 직접 봐."

맞는 말이었기에 감정을 사용한다.

Item

[부활의 십자가]   제한 없음   환전소

　사망한 유저의 시체가 강제로 사라지기 전, 그러니까 유저가 사망하고 50분 이내에 사용하면 사망한 유저가 빈사상태로 부활한다. 단 NPC의 부활은 불가능하며 스스로 사용할 수 없다.

구입 3골드　　　판매 1골드

"오호, 부활 아이템? 대단해 보이는 물건이네."

"대신 오지게 비싸서 한동안 살 사람이……."

"만약을 대비해서 두 개만 사놔야지."

"……?!"

너무나 쉽게 지갑을 열어 부활의 십자가를 사는 멀린의 모습에 엘렌은 찜찍 늘랐다. 입고 있는 징비는 초보자용 로브에 모자면서 이런 금액을 꺼내 들다니? 심지어 그는 골드와 현금이 자유롭게 교환 가능하다는 사실도 몰랐으니 현질을 했을 리도 없다.

"왜 그러세요?"

"아니. 좀 부자인 것 같구나, 너."

"하하, 이런저런 일이 있어서."

헛웃음 지으며 다음 진열대로 향한다. 거기에는 대충 100여

장 정도 되는 카드가 보기 좋게 전시되어 있다.

"이것들은……."

"하우징 카드(Housing Card)라는 거야. 개개인이 소유해 어디에서든 불러낼 수 있는 일종의 휴대용 거주지지."

"휴대용 거주지라."

멀린은 고개를 끄덕이고 감정을 사용했다.

Item

[하우징 카드 D형]   제한 없음   환전소

가로 3미터, 세로 5미터, 높이 3미터의 소형 거주지. 만들어진 거주공간은 밖과 동일한 시간 개념을 가지며 문을 닫은 후 정해진 시동어를 말하면 사라져 상급 탐색 주문이나 탐지 능력이 아닌 이상 발견할 수 없다.

구입 20골드   판매 6골드

"오, 비싸다."

"하지만 꽤 괜찮은 아이템이야. 대부분의 유저들이 목표로 하고 있지."

"이걸 말이에요?"

잘 이해가 안 간다는 표정에 엘렌이 고개를 끄덕였다.

"그냥 한번 보여주는 게 편하겠네. 조안!"

"왜요, 누님?"

"이 카드, 잠깐 빌려도 돼?"

"반납만 한다면 문제없죠."

사내의 대답에 엘렌은 진열대에 있던 카드를 들어 멀린에게 보여줬다. 카드의 앞면에는 작은 집의 모습이, 뒷면에는 나무문의 모습이 그려져 있다.

"잘 봐."

그렇게 말하고 허공에 던진다.

휘리릭.

팽이처럼 뱅글뱅글 돌며 날아간 카드는 허공에서 점점 커지더니 이내 진짜 문만 한 크기가 되고서야 움직임을 멈췄다. 아무것도 없는 땅 위에 우뚝 서 있는 문, 그 모습에 멀린은 눈을 가늘게 떴다.

"설마……."

"그래, 이런 식으로 생긴 문을 열면……."

엘렌은 문을 열었다. 보통의 문이다. 그냥 평범한 문. 뭔가 술법이나 조치없이 손잡이를 돌리는 것으로 문은 열린다.

"그 안에 하우징이 있는 거지."

여전히 문 뒤에는 아무것도 없지만 모순적이게도 문 안에는 적당한 크기의 공간이 있다. 창문 같은 건 없기 때문에 약간 어두운 공간은 밖에선 전혀 알 수 없는 장소다.

"진짜로 집이 있는 건 아니군요. 말하자면… 인벤토리와 유사한 개별 공간에 가까워요."

"하지만 생명체, 즉 유저도 들어설 수 있다는 점에서 은행의 개인 창고와도 비슷하지. 다만 언제 어디서나 불러서 휴식을 취할 수 있다는 점이 메리트고, 게다가……."

엘렌은 하우징 안으로 들어가더니 문을 닫았다. 그리고 그와 동시에 문이 흐릿해지더니 사라진다.

'없어진 건가? 하지만 설명에는 분명 상급의 탐색 주문이 아닌 이상 찾을 수 없다고 했어. 찾을 수 없다는 건 있긴 하다는 말인데.'

"이렇게 눈에 안 보이게 되지. 물론 아예 없애 버리면 더 좋겠지만 안에 생명체가 들어 있으면 문을 없앨 수가 없어서 생긴 기능이야."

"안 보이는 문이라… 잠깐만요, 누나. 다시 좀 닫아보실래요?"

"응? 상관없지."

딸깍, 하고 닫힘과 동시에 스르륵 사라지는 문. 멀린은 문이 있던 자리에 손을 뻗었다.

'……만져진다. 역시 보이지 않을 뿐 있다는 거군.'

깨달음과 동시에 내력을 눈에 집중시킨다. 그것은 시력 강화.

'그리고 있다면……'

키잉!

꿰뚫어 본다. 그것은 거짓된 모습을 관통하는 눈. 그보다 경지가 떨어지는 은신과 투명화 능력은 그의 눈을 피할 수 없다.

'볼 수 있어.'

시력 강화 스킬이 1랭크로 상승하셨습니다!

멀리 보는 자 타이틀을 획득하셨습니다!

"잘 봤지? 이게 바로 하우징의… 응? 뭐야, 그 눈은? 색이 바뀌었는데?"

"별거 아니에요. 하지만 안 보인다고 해도 만져지는 이상 하우징도 결국 들키지 않나요?"

"그건 본인이 알아서 할 문제지."

"하긴."

만져지는 게 문제라면 안 만질 만한 위치에 놓으면 그만이다. 마침 납작한 문이니 벽에 붙여놓으면 눈치채기 어려우리라.

"하지만 종류가 꽤 되네."

하우징 카드는 D형부터 C형, B형, A형, 그리고 S형까지 다섯 종류가 존재했고 가격은 각각 20골드, 40골드, 80골드, 160골드, 320골드였다.

"아니, 잠깐. 320골드면 1,600만원 아니에요? 대체 S형이 뭐기에 이렇게 비싸요?"

"똑같이 하우징이야. 다른 게 있다면 그 안의 넓이와 강도 정도지."

"그런데 이 가격이라니……."

이 수준이면 이미 캐쉬 템(Cash Item의 준말. 게임 회사에서 현금을 내고 구입할 수 있는 아이템) 수준이 아니다. 물론 유저들끼리 아이템을 사고파는 경우에는 수천만 원이 넘는 경우도 허다하게 벌어지곤 했지만 게임 회사가 대놓고 이 정도 가격의 캐쉬 템을 판 전례는 듣도 보도 못한 그다. 물론 하우징 카드는 골드로도 살

수 있으니 캐쉬 템이라고까지 말하기는 어렵겠지만 바로 아래층에서 현금과 골드를 교환할 수 있으니 마찬가지 이야기리라.

'뭐, 내가 알 바는 아니지만.'

고개를 흔들어 쓸데없는 잡념을 떨쳐 낸 멀린은 결국 카드 중에서 한 장을 골라 들었다. 이러니저러니 해도 결과적으로 하우징 카드라는 건 꽤 좋은 물건이다. 공돈이 어마어마하게 생겼으니 사용하는 것도 나쁘지 않을 것 같다. 물론 보통이 집에서 살아온 서민(?)적인 사고방식을 가진 소년이라면 그 돈을 쓰는 게 아니라 당장 모조리 현금으로 바꿔서 계좌에 집어넣겠지만 안타깝게도 그는 집안도 잘 타고나서 돈 귀한 줄을 모른다.

"D형은 제일 싸구려라 좀 그러니 C형으로 살게요."

"저기요, 손님. 감정을 대충 하셨나 본데 하우징 C형은 40골드……"

"네, 네, 40골드."

전부 골드인만큼 현금 주머니가 아닌 인벤토리에서 금화를 꺼내 조안이라는 전문 NPC에게 넘기고 카드를 챙긴다.

'그런데 골드가 그렇게 귀한가? 왜 다들 황당하다는 반응이야? 물론 200만이나 작은 돈은 아니지만 이 지 중엔 부자도 많을 테니 그렇게 대단하기만 한 돈은 아니지 않나?

잘못된 생각이다. 물론 200만원이 어마어마한 거금—물론 그렇다고 적은 돈 역시 결코 아니지만—은 아니지만 40골드는 실로 엄청난 금액. 당연하다면 당연할 것이, 보통 게임에서의 화폐라는 건 현실에서보다 가치가 떨어지게 마련이기 때문이다. 만약 게임 속 화폐 가치가 현실보다 높다면 누가 돈 써서 게임을 하겠는가? 다 게임 해서 먹고 살지.

마찬가지로 디오에서 금화라는 건 어지간한 고 레벨이 아닌 이상 취급하지 않는 단위의 금액이다. 하물며 40골드라면 현금으로 쳐도 상당한 가치일 정도이니, 디오 속에서 더 큰 가치인 게 당연하지 않은가? 다시 말하는 거지만 디오의 유저들은 플레이 시간이 길지 않아서 전체적으로 가난하다!

물론 현실에서 너무 부자여서 얼마든지 현금 교환해도 아까울 게 없는 갑부 유저도 상당수 있지만 아직 디오는 베타 테스트 기간이다. 언제 백섭(게임 내의 시간이 뒤로 돌려져 서버가 예전 상태로 돌아가는 상황)할지 모르는데 현금을 마구 투자할 바보는 별로 없다. 오히려 골드를 벌면 현금으로 바로 바꾸는 유저가 더 많은 현실. 어쨌든 현금은 금화로 바꾸는 것도 자유로우니 사라질 리 없는 현금이 더 안전하다.

"이제 2층은 다 돌아본 것 같네. 3층으로 갈까?"

"3층은 뭔데요?"

"돈 대신 경험치를 소모하는 상점."

"상점인데 경험치를 소모해요?"

올라선 3층에는 사람이 버글버글하나. 1, 2층 다 합친 것보다 두 배는 많아 보이는 숫자다. 하지만 2층처럼 진열대에 물건이 올라와 있다거나 하지는 않다.

"아, 그런데 시간 다 돼간다."

"네?"

"음. 일단 알려줄게. 여기서 할 수 있는 건 인벤토리랑 하우징 관리, 특수 효과, 그리고 게이트 관리 등이야. 가서 말 걸면 자세히 설명해 주겠지."

마무리 짓는 말에 묻는다.

"누나는 그만 가시려고요?"

"그게 아니라 시간이 다 됐다고. 아, 끝이다. 혹시 더 물어볼 일 있으면 1층으로 와."

팟.

그리고 사라진다. 주위를 둘러보지만 기척도 느껴지지 않는다. 그제야 멀린은 자신을 따라온 그녀가 분신이었다는 사실을 상기했다.

"신기하네. 진짜 못 배우나, 저거?"

하지만 영명안을 사용해 바라봐도 그 원리를 파악할 수가 없다. 그러니까 말하자면 '그냥' 된다는 느낌이다.

"유저들이나 몬스터들의 능력은 철저히 룰에 의해 움직이지만 시스템적인 요소는 그렇지 않다는 뜻일까?"

중얼거리며 인벤토리와 하우징 담당이라고 했던 사내에게 다가간다.

"네, 컬린입니다. 처음이군요?"

"아, 네. 인벤토리의 하우징 같은 것들을 담당하신다고 하던데."

"잠깐만요."

그렇게 말하더니 엘렌이 그랬던 것처럼 분신을 만든다. 손님이 많았기 때문에 1:1로 붙어 설명하려면 분신은 필수적이다.

"처음이시라니 설명해 드려야겠군요. 어? 하우징도 가지고 계시네요."

"아, 네. 2층에서 샀어요."

"그러면 하우징 관련 설명은 필요없겠고……. 인벤토리나 하우징, 장비 지정 관련으로 할 수 있는 일들은 대체로 간단합니다. 그냥 넓이를 더 넓게 하고 견딜 수 있는 무게를 늘리죠. 더불어 강화를 하는 것도 가능하고 소환 거리도 늘릴 수 있고."

그렇게 말하며 오른손으로 허공에 선을 긋자 푸른색의 창이 떠오른다.

Inventory	현재	증가량	경험치 소모
부　피	3m³	1m³	500魂
소환거리	3m	1m	500魂
중　량	100kg	25kg	500魂
내　구	10 Tetra	2 Tetra	500魂

"아, 인벤토리 용량을 넓힐 수 있는 건가요?"

게다가 경험치가 들긴 하지만 꽤 저렴하다. 그의 현재 경험치가 3,640혼이나 되니 이 정도라면 상당히 넓힐 수 있다. 그나마 그는 몬스터 사냥을 그리 많이 하지 않아서 이 정도지, 고 레벨 유저늘이라면 어마어마하게 넓은 인벤토리를 가실 수 있을지도 모른다.

"싸 보입니까?"

"네. 잘됐네요. 일단 인벤토리 중량을 늘려야지."

그렇게 말하고 허공에 떠 있는 창을 눌러 중량을 늘린다.

인벤토리 한계 중량이 125킬로그램이 되었습니다!

"오케이! 이렇게 된 거, 200킬로그램까지… 응?"

하지만 그러다 멈칫한다. 500혼이던 필요 경험치가 1,000혼이 되어 있다. 부피라든지 소환 거리라든지는 아직 500혼인데 혼자 1,000혼으로 바뀐 것이다.

"안타깝게도 늘릴 때마다 가격은 두 배로 증가합니다."

"헐……"

그렇다면 전혀 저렴하지 않다. 쉽게 말해 뒤로 가면 갈수록 필요 경험치가 기하급수적으로 늘어난다는 말이 아닌가? 정말 무지막지한 경험치를 가졌다면 모를까 인벤토리에 덤프트럭을 넣는다거나 하는 건 불가능하리라.

"더 늘리시겠습니까?"

"아뇨. 나중에는 모르겠지만 지금 경험치를 깎으면서까지 더 늘릴 필요는 없겠네요."

"장비 지정은 어떻습니까? 슬롯을 늘릴 수는 없지만 무게를 조정할 수 있는데."

그의 말에 잠시 고민한다. 하지만 장비 지정의 슬롯이 견딜 수 있는 기본 하중은 100킬로그램. 아무리 생각해도 그의 장비 중 100킬로그램이 넘는 세트는 없다.

"장비 지정은 넘겨도 괜찮을 것 같네요."

"알겠습니다. 그리고 하우징도 가지고 계시니 이것도 보시죠."

그렇게 말하고 새로운 창을 연다.

Housing	현재(C형)	증가량	경험치 소모
부 피	12m×20m×5m	1㎥	500魂
소환거리	3m	1m	500魂
중 량	5t	100kg	500魂
내 구	500 Tetra	20 Tetra	500魂

"어? C형 넓구나."

아직 자기 하우징에 들어가 보지 못한 그였지만 설명만 봐도 대충 크기를 짐작할 수 있다. 가로 12미터, 세로 20미터, 높이 5미터라면 어지간한 교실보다도 훨씬 넓은 크기 아닌가? 거기에 한계 중량이 5톤이라면 자동차도 들어갈 수 있을 정도다.

"늘리시겠습니까?"

"아뇨. 경험치도 별로 없으니 참죠. 그리고 나머지는 뭐가 있죠?"

"특수한 효과들과 게이트 관리죠. 일단 특수 효과는 '예비 생명 생성'과 '로그아웃 시간 단축'입니다."

"예비 생명?"

쉽게 말해 혼자 살아날 수 있다는 말 아닌가? 멸린은 흥분해서 물었다.

"얼마죠?"

"500만 혼입니다. 세 개까지 사실 수 있어요."

"캑! 500만이요?"

그야말로 엄청난 경험치다. 대체 뭘 얼마나 잡아야 저런 경험치를 얻을 수 있는지 상상이 안 갈 정도였다.

"로그아웃의 경우는 그나마 저렴합니다. 뭐, 그것도 점점 비싸지기는 합니다만 시작은 100혼이죠."

"오, 그건 그나마 저렴하네요. 살게요."

싼 가격에 마음이 동해 구입한다.

로그아웃 시간이 己¬초로 단축되었습니다!

1초 줄어든다. 그리고 필요 경험치는 200이 되었다. 한 번 더 사자 [로그아웃 시간이 28초로 단축되었습니다!]라는 말과 함께 필요 경험치가 300이 되고 한 번 더 사자 [로그아웃 시간이 27초로 단축되었습니다!]와 함께 필요 경험치가 400이 된다.

"우와! 부담 점점 커진다."

결국 로그아웃 시간을 5초 줄여서 25초로 만들었다. 거기까지 소모된 경험치가 총 1,500혼이었다.

"남은 경험치는 1,640혼인가. 그냥 안전한 곳에서 로그아웃해야겠다."

벌써 반 이상 소모한 상태다. 더 이상 쓰면 위험할 것 같다.

"마지막으로 이벤트이 치고뷰, 게이트 관리가 있습니다."

"게이트 관리?"

"디오는 다중 차원으로 만들어진 세계입니다. 물론 다이내믹 아일랜드만으로도 엄청나게 넓긴 합니다만 퀘스트나 이벤트, 혹은 승급 시험의 일환으로 다른 세계로 가는 일들이 많죠. 아직은 업데이트가 잘 안 되어 있지만 본격적으로 오픈하면 더 많은 상황이 생길 겁니다."

'지금도 이미 많은걸.'

무려 무협 세계에 다녀온 그였기에 그가 무슨 말을 하는지 이해할 수 있었다. 쉽게 말해 다이내믹 아일랜드라는 본 서버가 있긴 하지만 다른 곳으로도 갈 수 있다는 말이 아닌가?

"게이트 관리는 그런 거죠. 시험이나 퀘스트에서 다른 세상으로 가게 되면 제한 시간이 존재해 오래 있을 수 없지만 제게 말씀하시면 아예 가서 여행을 하는 것도 가능하죠. 단, 다이내믹 아일랜드로 복귀하면 다시 가야 할 때 제게 말씀하셔야 합니다. 뭐, 설명만 들을 게 아니라 보시죠."

무슨 보험 설계사처럼 주저리주저리 늘어놓더니 새로운 창을 띄운다.

장소	설명	가격
수련의 방	누구에게도 방해받기 싫은 분은 여기로! 최소 24배(현실 시간 기준)에서 최고 100배까지 시간이 빠르게 흐릅니다. 다만 폐쇄된 공간이라 능력치도 천천히 오르기 때문에 절대적 영력을 가지고 귀환하는 것은 불가능! 오직 스킬 레벨만을 올릴 수 있습니다!	100魂 ~ 10만魂
파니티리스 〈불가〉	판타지세계! 용과 마법, 중세풍의 낭만을 느끼고 싶다면 여기로! 다만 평균적인 레벨이 낮아서 마법을 배우러 가기에는 적당치 않습니다.	10만魂
진	무림인들을 만나고 싶다면! 강호를 경험	

〈불가〉	하고 싶다면 여기로! 다만 여기도 평균적인 레벨이 떨어져서 무공을 배우러 가기에는 적당치 않습니다.	10만魂
마계 〈불가〉	위험천만! 언제 죽을지 도저히 알 수 없는 Dangerous! 마을도 NPC도 없습니다. 존재하는 건 그야말로 무한전투!	50만魂
노아 〈불가〉	노아는 미래세계. 외계 괴수와 치열하게 싸우는 인간들! 첨단 무기를 얻고 싶은 분들에게 추천!	100만魂

"불가는 또 뭐예요?"

"아직 열리지 않았다는 뜻입니다. 어쨌든 베타 기간이니까요. 나중에 가능하게 되도 조건이 걸릴 수 있죠."

"열려도 못 가겠네요. 너무 비싸요."

하지만 신선하다. 한정된 필드에서 계속 싸우기만 한다면 어느 순간 질릴 수 있을 텐데 이런 식으로 여기저기 갈 수 있다면 신선할 것 같았다.

"수련의 방은 조금 흥미있지만… 뭐, 능력치도 안 오른다는데 굳이 수련하러 들어가기도 좀 그렇다. 플레이하면서 겸사겸사 하면 되지."

별로 스킬 수련의 중요성을 느끼지 못하는 그였기에 하는 말. 하지만 3층에 사람이 많은 건 사실 수련의 방 때문이다.

"더 용무 있으십니까?"

"아뇨. 별로 제가 할 건 없네요. 가볼게요."

손을 흔들자 사라져 버리는 분신을 보고 몸을 돌린다. 계단을 통해 1층까지 내려오는 멀린. 그는 잠시 엘렌에게 말을 걸고 갈까 고민했지만 바빠 보였기에 그냥 환전소를 나섰다.

"무기나 구해야겠다."

승급 시험을 보느라 활이 부서졌기 때문에 원거리 공격이 불가능해진 상태다. 물론 [호위전투] 시험에서 획득한 석궁이 있었지만 양궁을 써오던 그에게는 그다지 취향이 아니다.

"…안 되는 겁니까?"

"그래요. 좀 사줘요. 우리 아크가 이렇게 슬퍼하는데."

"스, 슬퍼하는지 안 하는지 내가 어떻게 알아? 얼굴도 안 보이는데."

무기점에 들어가서 멀린이 처음 본 것은 무기점 주인과 실랑이를 벌이고 있는 한 유저의 모습이었다. 온몸을 검은색 가죽 갑옷으로 감싸 외모는커녕 눈동자조차 보이지 않는 스타일의 복장을 하고 있었다.

"하지만 왜 제값을 받을 수 없는지 모르겠군요. 이것들 전부 8급 무기입니다. 7급 무기도 꽤 되고요."

"하지만 100개나 사라는 건 좀 무리한 말이야. 나도 자선사업으로 무기를 사들이는 게 아니라고. 단창이 나쁜 무기인 건 아니지만 인기있는 것도 아니니까. 한두 개 정도라면 상관없지만 다 제값 주고 100개나 사봐야 결국 창고에 재고가 쌓일 뿐이잖아."

'그냥 게임 속 상점처럼 막 사주지는 않는구나.'

나중에 무기를 팔 때를 대비해 유의해 둬야겠다고 생각하며 무기 상인에게 다가간다. 무기점에는 약 열 명 정도의 무기 상인이 있었다.

"저기요, 아저씨. 활 종류를 좀 볼 수 있을까요?"

"봐."

"…어디서요?"

물론 진열대에 무기가 진열되어 있지만 별로 많지는 않은 양이었고, 그나마 대부분이 검이나 방패, 완드 종류다.

"…무기고."

그러나 접수대에 앉아 있던 사내가 무료하게 중얼거리자 허공에 강철 문이 소환된다. 그것은 개인 창고나 하우징과 비슷한 분위기였으나 그 기세가 매우 묵직하다. 입구의 크기도 탱크가 지나갈 수 있을 정도로 크다.

"아, 여기서 고르는 거군요."

"그래. 여기 스틸 하트(Steel Heart)의 규모가 마냥 큰 건 아니니까. 디오에 무기를 필요로 하는 유저가 몇인데 여기에 채워 넣겠냐. 만약 쫙 늘어놓고 전시하려면 어지간한 보급대대 정도의 규모는 필요하겠지."

"하지만 이 개별 공간, 진짜 유용하긴 하네요."

그렇게 중얼거리며 강철 문을 연다. 그러나 열리지 않는다.

"어? 무거워?"

"아, 잠깐 기다려라. 문은……."

"우오오오!!"

기합과 함께 그그긍 하고 문이 열린다. 하지만 문의 무게가 결코 가볍지 않아서 밀린은 식은땀을 흘려야 했다. 단순 근력으로 해결이 안 되어 내공을 끌어다 써야 했을 정도였는데, 문 뒤에 보이는 빗장이 그를 황당하게 만들었다.

'심지어 안 잠긴 상태라고? 이거 1~2톤 정도가 아니잖아?'

만약 여의수신 타이틀의 효과로 근력 +150의 보너스가 붙지 않았다면 전력을 다하든 내공을 쓰든 상관없이 열지 못했을 정도다.

"헐…… 너, 마법사 아니냐?"

"힘 좋은 마법사라서. 들어가도 되죠?"

"그, 그래라."

떨떠름한 목소리를 들으며 무기고 안으로 들어선다. 언뜻 생각하기로 문에 들어서자마자 무기가 잔뜩 있을 줄 알았는데 막상 들어가니 보이는 건 새로운 문이다.

"근거리 무기, 중거리 무기, 장거리 무기, 보조 무기, 방어구……."

문에는 각자의 창고에 들어 있는 물품의 종류가 쓰여 있다. 그리고 정체를 알 수 없는 또 하나의 문.

"미정(未定)?"

멀린은 호기심에 문의 손잡이를 잡고 당겼으나 꼼짝하지 않는다. 아무래도 베타 기간에는 열 수 없는 공간인 모양이다.

"뭐, 됐으니 활이나 보러 가자."

멀린은 [장거리 무기]라고 쓰인 문을 열고 안으로 들어섰다.

[장거리-7급 무기고]

어지간한 축구장보다도 두 배는 더 넓어 보이는 그곳에는 셀 수 없을 정도의 장거리 무기들이 빼곡히 늘어서 있다. 천장에는 팻말이 달려 있다. [소형], [중형], [대형], [초대형] 순이다. 심지어 초대형 쪽에는 멀린이 상상도 못한 물건까지 있다.

"투, 투석기? 거기에 발리스타?"

그것도 보통 잘 만들어진 물건들이 아니다. 딱히 관련 지식을 가지고 있지 않은 멀린이 보기에도 그것들은 단순 병기를 넘어 예술품에 가까운 외향을 하고 있었다.

"하지만 들고 다닐 수 있는 무기가 아니잖아."

황당해했지만 이내 활이 있는 쪽으로 관심을 돌린다. 투석기 같은 거 그의 관심사가 아니다

"아, 마력하고 내공 또 남았군."

멀린은 물건들을 살펴보다 말고 잠시 멈춰 영휘에게 내공을 주입시켰다. 안타깝게도 영휘에 내공을 주입할 때는 수성과 금성의 증폭을 사용할 수 없다. 당연한 일이다. 수성과 금성은 내공량 그 자체를 늘리는 게 아니라 내공(內功. 정제해 뭉친 기 그 자체)을 내력(內力. 내공으로 발휘한 힘)으로 변환하는 과정에서 증폭시키는 것이기 때문이다. 영휘에 힘을 담을 때는 파괴력을 발휘하는 것이 아니라 힘 자체를 넘기는 것이기 때문에 증폭시킬 수 없다.

웅.

이제는 내공량에 제법 여유가 생겨서 영휘가 흡수를 거부할 때까지 계속 주입시킨다. 영휘가 흡수한 내력은 대략 10년 정도. 영휘의 식사가 끝나자 이번에는 마력을 소모한다.

위잉.

마법사로서의 무기라고 할 수 있는 쿼터스태프에 마력이 깃든다. 벼락 맞은 대추나무[霹棗木]로 만들어진 쿼터스태프는 마력 저장률이 제법 좋아서 벌써 50포인트의 마력 부여를 성공시

킨 상태다. 주문 숫자로만 봐도 다섯 번의 인챈트를 축적했다.

"보통 화살보다는 이런 물건이 확실히 낫구나. 몇 번이고 재활용 할 수 있고."

하지만 슬슬 한계다. 멀린의 주문 설계는 톱니바퀴 하나까지 빈틈없이 들어맞는 정밀 기계처럼 완벽하게 짜여 있지만 여러 개의 주문을 반복해서 쌓아올리면 점점 반발이 강해질 수밖에 없다. 사실 하급 마법사라고 할 수 있는 멀린이 다섯 개나 되는 주문을 한 물품에 걸었다는 게 비상식적인 일이다.

"저기요, 멀린 씨. 석궁 좀 둘러봐야 하니 비켜주실래요?"

"아, 예."

"하하! 인챈트 하시는 것 같은데 방해해서 죄송하네요. 그럼… 어? 리피팅 보우건(Repeating Bowgun)?"

탄성을 내지르며 좀 복잡하게 생긴 석궁—멀린의 눈에는 그렇게밖에 안 보였다—을 살피는 사내의 머리 위에는 하얀색으로 '로빈' 이라는 글자가 쓰여 있다. 그가 유저라는 증거. 그제야 멀린은 주변에 자신 말고도 꽤 많은 수의 유저들이 있다는 것을 깨달았다. 어림잡아도 서른은 넘어 보이는 숫자다.

'그렇군. 여기는 다른 곳처럼 나만을 위한 개별 공간이 아니라 통합으로 운영되고 있는 건가.'

멀린은 인챈트가 끝난 쿼터스태프를 인벤토리에 집어넣고 활들을 살피기 시작했다. 그가 찾는 것은 장궁(長弓) 계열이다.

진열되어 있는 장비를 획득하셨습니다! 계산하지 않고 가져가실 시 소멸되며, 파손 시 변상하셔야 합니다.

"잠깐 만져 보는 건 상관없다는 뜻이군."

멀린은 검은 대나무로 만들어진 활을 꺼내 시위를 당겨보았다.

조금 가벼운 느낌이었지만 그건 멀린이 일반인의 열 배에 달하는 근력을 가졌기 때문에 그렇게 느끼는 것이지 사실 상당한 장력(Tension. 줄에 걸리는 힘의 크기)을 가진 물건, 게다가 표면을 흐르는 검은 윤기는 보통의 수준이 아니다

"우와. 엄청난 명품……."

신음한다. 그도 한때 궁도를 걷던 사람인지라 나름대로 많은 활을 보아왔지만 이런 물건은 난생처음이다. 이 정도 물건을 경매에 부친다면 몇 백, 아니, 어쩌면 몇 천만 원 정도는 가볍게 받을 수 있을 정도. 하지만 그 무기의 가격은,

"3, 3실버?"

기가 막힐 정도로 저렴한 가격이다. 물론 3실버라면 현금으로 쳐도 15,000원이니 게임 아이템치고 그리 싼 편이라고도 할 수 없지만, 그래도 예술품 수준의 명품이 고작 7급에 15,000원이라는 사실은 멀린을 경악하게 만들었다.

"우와! 마을 귀환 아이템도 3실버였는데, 아니, 그보다 하우징은 40골드였잖아?"

그제야 자신이 얼마나 큰돈을 쓴 건지 실감한다. 별 고생 없이 얻어서 그렇지 그건 엄청난 액수다. 물론 그 정도야 처음부터 알고 있었지만 이렇게 비교 대상이 생기니 색다른 느낌이다.

"이것 참."

어이없어하면서도 들고 있던 활을 다시 진열대에 내려놓는

다. 좋은 물건이지만 역시 너무 가볍다. 이왕 근력도 세니 조금 더 장력이 강한 물건을 써야 사거리도 길어질 것이다.

"저기요, 로빈?"

"아, 네, 멀린 씨."

"활을 좀 더 둘러보려고 하는데 장력이 강한 활이 어느 쪽에 있나요?"

멀린의 물음에 로빈은 잠시 의아한 표정을 지었지만 이내 뜻하는 바를 깨닫고 고개를 끄덕였다.

"아아, 사거리가 긴 활을 말하는 거죠? 여기 있는 물건 전부 왼쪽으로 가면 갈수록 싸지고 오른쪽으로 갈수록 비싸져요. 아마 비싼 물건이 사거리도 길지 않을까요?"

"아, 감사합니다."

"뭘요. 즐겜하세요."

사람 좋게 웃으며 손을 흔드는 로빈을 떠나 진열대를 따라 걷는다. 진열대에 있는 무기들은 하나같이 고급품. 하지만 그 등급이 전부 7급이라는 걸 알고 있는 멀린은 그저 기가 찰 뿐이다.

"6급, 5급, 아니, 막 1급 이런 활들은 대체 어떤 수준이라는 거지? 뭐 SS급은 전략 병기 급이라고 했지만 실감이 안 나니 원."

투덜거리며 맨 끝쪽에 있는 진열대를 바라본다. 거기에 있는 활들은 평균적으로 사이즈가 큰 편이었는데, 그중 멀린의 시선을 잡아끄는 물건이 있었다.

"이건……"

금속으로 만들어진 활이었다. 전체적으로 밝은 은빛으로 반짝이고 있는 활은 은은한 영기가 느껴진다. 길이는 약 1.6미터 정도. 멀린은 감정을 사용했다.

Item

[미스릴 롱 보우]   7급   Rare

통짜 미스릴로 만들어낸 최고급품. 대단한 강도와 내구를 지녔으며 상당
한 수준의 마력을 깃들일 수 있다. 강한 장력을 가졌기 때문에 150포인트 이
상의 근력을 가지지 않은 이상 다루기 어렵다.
남은 수량 15개
구입 30골드   판매 15골드

"우와, 비싸잖아? 아까 그 대나무 활도 7급이고 이것도 7급인
데 이 가격 차이는 뭐지?"

그것은 아이템 등급이 가격의 절대적인 기준이 되지는 않기
때문이다. 아이템 등급은 철저히 '성능'에 의해 결정되지 그 물
건의 가치에 의해 나뉘지 않는다. 요컨대 마법 주문이 걸려 있
는 목검과 잘 단련된 명검의 차이다.

이 경우 '성능' 면에서 오히려 목검 쪽이 더 강력하다. 강력
한 주문이 길러 있다면 그냥 목검이라고 해도 단지 휘둘러지는
것으로 바위를 부수고 쇠를 끊어낸다. 반면 명검 쪽은 잘 만들
어져 매우 예리하다 해도 단지 그것뿐으로 일반적이고 상식적
인 효과밖에 없다.

그 결과 목검의 아이템 등급은 5급, 명검의 등급은 7급이 된
다. 그것이 성능에 따라 아이템 등급이 나뉘는 디오의 시스템.

하지만 그렇다면 가격은 어떨까?

목검의 경우는 그리 가격이 높지 않다. 물론 걸려 있는 주문이 강력하다면 좀 더 올라갈 수도 있지만 한계가 있는 게 당연하다. 이미 마법이 걸려 있는 물건이라 추가적인 주문을 걸기 어렵고 내구도가 약해서 오래 사용할 수도 없다. 심지어 걸린 주문이 언제 풀릴지도 알 수 없다. 미래가 없는 물건이라는 말이다.

반면 일반 명검은 당장은 그냥 무기일 뿐이지만 추가적인 마법 부여가 가능하고 내구도가 높아 오래 사용할 수 있다. 이 경우 가격은 상당해지는 것이다.

"미스릴이라……."

그리고 가격에 영향을 끼치는 또 다른 요소가 있으니 바로 재료. 때문에 그가 지금 고른 활은 일반 유저들이 감히 꿈도 못 꿀 정도의 가격을 가지고 있다. 진정한 은[眞銀]이라 불리며, 강력한 마력 적성과 탄성, 강도를 가진 미스릴은 같은 무게의 황금보다도 몇 배 이상 비싼 일종의 귀금속이다.

멀린은 미스릴 활을 든 채 장거리 무기고를 나섰다. 그리고 [방어구]의 문을 열었다.

"갑옷도 구해야지."

방패는 필요없기 때문에 가볍게 지나쳐 갑옷을 찾는다. 어지간한 무게의 갑옷을 입어도 문제없기 때문에 중갑 쪽을 살핀다.

Item
[미스릴 풀 플레이트 메일]　　　　7급　　Rare

통짜 미스릴로 만들어낸 최고급품. 대단한 강도와 내구를 지녔으며 상당한 수준의 마력을 깃들일 수 있다. 매우 섬세하게 만들어져 있어 움직이는데 불편함이 없으며 갑주와 투구 건틀렛, 부츠가 합쳐져 전신 세트가 된다. 상당한 부피를 가진 중갑이기 때문에 움직이기 위해서는 50포인트 이상의 근력을 필요로 한다.

남은 수량 15개

구입 150골드   판매 50골드

"우와, 이건 또 더 비싸네."

하지만 그러면서도 계산한다. 물론 그의 재산도 무한한 게 아니어서 벌써 대부분이 소진된 상태다. 그의 원래 재산은 250골드나 되었지만 이런저런 물건들에, 결정적으로 미스릴 무구들을 사게 되면서 24골드까지 줄어들었다.

"아껴서 뭐 하나. 어차피 날로 번 돈 다 쓰고 새로 벌어야지."

부츠를 신고 갑옷을 입고 건틀렛도 착용한다. 원래 혼자서는 입을 수 없는 물건이지만 멀린은 제3의 손이자 공구 역할도 할 수 있는—어떤 모양이로든 변할 수 있기 때문에—영휘를 이용해 갑옷을 단단히 착용하는 데 성공할 수 있었다. 투구는 양쪽 측면부가 새의 날개처럼 뒤쪽을 향해 펼쳐져 있었고 눈 부분에는 13센티미터쯤 되는 수정이 一자로 설치되어 있어 밖을 볼 수 있도록 만들어져 있다.

멀린은 무기고 한쪽에 있는 거울로 자신의 모습을 살폈다. 밖에서는 전혀 그의 모습을 볼 수 없다는 점이 재미있다. 그야말로 드러난 피부가 전혀 없는 수준이라 무기고에 들어오기 전에 봤던 유저와 비슷한 복장이었다. 단지 차이가 있다면 가죽이냐

금속이냐 하는 정도다.

"이건 갑옷을 입은 사람보다는 로봇 같은 외형이잖아? 뭐, 편하고 멋있으니 상관은 없지만… 장비 지정."

현재 장비 1번에는 초보 마법사용 로브와 모자, 그리고 쿼터스태프가 저장되어 있었고, 장비 2번에는 수영을 위해 아무것도 안 걸친—정확하게 말하면 기본 속옷만 걸치고 있는—복장, 그리고 3, 4, 5번 슬롯은 현재 비어 있는 상태다.

"3번, 저장."

저장된다. 이로써 장비 3번에는 풀 플레이트 메일이 들어 있다. 멀린은 그 상태에서 미스릴 활을 들어 올린 뒤 다시 말했다.

"4번, 저장."

또 새로이 저장된다. 장비 3번과 다른 점은 미스릴 활의 유무뿐. 즉, 미스릴 갑주는 장비 3번과 4번 모두에 들어서게 된 것이다.

"그리고 5번에는… 딱히 지정할 게 없군. 장비 1번."

다시 초보 마법사 복장으로 돌아온다. 미스릴 중갑이 생각보다 가볍고 편했지만 아무리 그래도 로브보다 편할 수는 없다.

"쇼핑 끝~ 지름신이 심각하게 강림한 느낌이긴 하지만, 뭐."

나갈 때는 따로 고생할 필요없이 무기고 문이 열려 있다. 멀린 말고 다른 유저들이 오가면서 연 모양이다.

"다 산 건가?"

"예. 무기고, 상당히 좋네요. 전체적인 무기의 질도 좋고 종류도 많아서 선택의 폭도 넓어요."

"무기가 잘 갖춰져야 싸우기도 편한 법이니까. 분위기를 보아하니 활을 고른 모양이군."

그렇게 말하며 머리 위에 [무기 상인 퍼슨]이라고 쓰여 있는 사내는 화살이 가득 들어찬 활통을 꺼냈다. 정확히 100발이 들어 있는 활통이다.

"가격은 얼마죠?"

"5코퍼."

그 말에 두말없이 돈을 꺼내 넘겨준 후 다시 묻는다.

"아, 그런데 좀 더 단단한 화살은 없나요?"

"단단한 화살?"

"네. 철시(鐵矢)라던가……."

"아, 그거라면 있지. 이건 2실버."

태연히 넘겨주는 걸 보니 철시를 사용하는 사람도 제법 많은 모양. 멀린은 두 화살 통 모두를 인벤토리에 넣고 몸을 돌렸다.

"그럼 물건 많이 파세요~"

"잠깐."

"……?"

난데없는 부름에 몸을 돌리는 멀린에게 퍼슨은 1.3미터쯤 되는 활을 내밀었다.

"이 활, 시위를 당겨봐라."

"아니, 뭐, 어려울 건 없지만……."

> NPC '퍼슨'으로부터 아이템을 대여했습니다! 대여 기간은 지정되지 않아 기본 '1일'로 설정되었으며 본인의 요청이 있을 시 반납해야 합니다.

떠오르는 텍스트에 '철두철미하시구먼' 하고 웃으려 한 멀린이었지만 이내 표정이 굳는다. 퍼슨에게 받은 활의 시위가 당겨지지 않았기 때문이다.

"어?"

깜짝 놀라 마음을 가다듬고 다시 시위를 당겼지만 쉽지 않다. 시위를 절반도 채 당기지 않았는데 팔이 부들부들 떨리기 시작한 것이다.

힘이 모자라다. 추가적인 힘이 필요했다.

웅—!

그리고 뜻이 일자 내공이 움직인다. 정해진 혈도에 따라 움직인 내공이 몸 안에 녹아들어 육체에 상식적으로 불가능한 물리력을 부여하는 것이다.

> 근력이 5ㅁ포인트, 생명력이 ㄹ포인트 강화(유지 시간 ㄹㅁ초)되었습니다!!

> 신체 강화 스킬이 b랭크로 상승하셨습니다!

결론적으로 금단선공은 신체 강화에 그다지 좋은 심법이 아니다. 금단선공은 단기 결전의 심법. 내공의 최대치도 그리 높지 않고 회복 속도도 썩 높은 편은 아니다. 신체 강화는 한 번에 큰 힘을 내는 것이 아닌 지속 시간 동안 소규모의 힘을 사용하는 것이기 때문에 출력이 높은 심법보다는 내공의 최대치가 높고 회복 능력이 뛰어난 심법이 유리한 것이다. 게다가 신체 강화는 금단선공 특유의 증폭도 받지 못한다. 수성의 경우야 항시 사용 가능하니 상관없지만 금성의 경우 1.5초에서 2초 정도 증폭하면 0.5초 정도의 쿨타임을 가지기 때문에 지속적으로 내력을 돌려야 하는 육체 강화엔 도움이 안 되는 것이다.

끼이익.

"크으……!"

시위를 당기고 있는 손이 부들부들 거리고 이마에 핏줄이 서기 시작했지만 절반쯤 당겨진 시위는 더 이상 움직일 줄 모른다. 그리고 그 모습에 퍼슨이 묻는다.

"어떠냐?"

"무겁… 네요. 하지만……!"

끼이익!

> 근력이 1ㅁㅁ포인트, 생명력이 5ㅁ포인트 강화(유지 시간 2ㅁ초)되었습니다!

> 신체 강화 스킬이 5랭크로 상승하셨습니다!

> 강화 숙련자 타이틀을 획득하셨습니다!

> 특수 능력 '강화'를 획득하셨습니다!

쫘악!

시위를 완전히 당겼다가 놓자 채찍을 후려치는 것 같은 소리가 난다. 무지막지한 장력이었다.

"엄청난 힘이군."

"사실 순수 힘은 아니에요. 하지만 이 활, 엄청 빠세네요."

단지 시위를 한 번 당겼을 뿐인데 팔이 후들거리고 내공도 5년 가까이 소모되었다. 물론 내공이 막대하게 소모된 건 그 짧은 순간 '어떻게 해야 육체가 더 강한 힘을 쓸 수 있게 할 수 있을까?' 란 생각에 이런저런 시도를 하느라 그런 것이지만 최종적으로 찾아낸 강화법을 사용해도 활을 한 번 당기는 데 4년에 가까운 내력이 들어간다. 심지어 이 내력은 금성의 증폭을 받지 못하니 활 한 방 쏠 때마다 최소 2년의 내공을 사용해야 하는 것이다. 활에 내력을 실은 것도 아니고 그냥 쏘는 데 이 지경이면 문제가 심각하다.

'하지만 수련용으로 좋겠는데?'

잠깐 사이에 근력이 상승했다는 걸 눈치챈 멀린은 그것으로 마음을 굳혔다.

"얼마죠?"

"비싸."

"그러니까 얼마?"

"…15골드."

"오케이! 여기요."

별 부담 없이 내밀어지는 열다섯 개의 금화에 당황하는 퍼슨을 내버려 두고 몸을 돌렸다.

"하하하! 정말 아낌없이 질렀군."

그 많던 돈이 어느새 바닥을 드러내고 있다. 되도록 현금 주머니가 아닌 인벤토리의 금화를 꺼내 썼기 때문에 오히려 돈은 현금 주머니에 많이 남아 있었는데, 그 돈이 겨우 9골드다. 물론 그것만 해도 적은 돈은 아니지만 처음 가지고 있던 돈을 생각하면 거지나 다름없는 상태인 것이다.

"이제 진짜 몇 개 안 남았습니다."

"아, 진짜 쫌! 안 산다고, 안 사! 너 자꾸 이러면 선행 포인트 깎는다!"

"어머! 우리 아크 선행 포인트는 또 왜 깎는다는 거야? 선량하게 거래하려는 것뿐인데 정말 너무하네."

펫으로 보이는 고양이의 말에 무기 상인은 발끈했다.

"하지만 강매를 하려고 하잖아, 강매를!"

"딱히 비싼 가격에 팔겠다는 것도 아니잖아? 원가의 반만 받겠다고, 반만. 앞의 무기는 원가에 사주고 왜 이래?"

일견 타당한 말이지만 무기 상인은 한숨 쉬었다.

"그건 앞의 창들이 6급 이상의 무기였기 때문이지. 7급짜리도 있지만 그건 언커먼이었으니 어쨌든 들여놓으면 팔리고. 하지만 그 단창 100개는 모조리 다 8급 무기잖아. 8급 무기는 초보자용으로 지급되는데다가 소모품도 아닌데 50개씩이나 사줄 수는 없어. 7급 커먼(Common)까지는 무기고에서 자동으로 생성되는 거 몰라? 우리가 문제없이 사주는 건 7급 언커먼(Uncommon) 이상이나 6급부터라고."

"아, 그게 또 기준이 있는 건가요?"

"응? 넌 또 뭐냐?"

난데없이 끼어드는 멀린의 모습에 '얜 또 뭘 팔려고…' 라는 시선으로 눈을 가늘게 뜨는 무기 상인이었지만 멀린은 신경 쓰지 않고 아크를 바라보았다. 아이디는 언제나 머리 위에 떠 있기 때문에 호칭 걱정은 필요없다.

"저기, 아크 씨."

"…아, 예. 무슨 일입니까?"

특이한 목소리다. 한 글자 한 글자 무거운 추가 달린 듯 가라앉아 있는 목소리. 멀린은 그가 일부러 목소리를 변조한 것인지 잠시 고민했지만 이내 그의 전신을 뒤덮고 있는 가죽 갑옷과 그 안에 들어차 있는 이종의 진기를 깨달았다. 아무래도 특이한 호신기공을 익힌 모양인데, 그 진기가 갑옷 안을 가득 채우고 있어 목소리가 변형되어 들리는 모양이다.

"그 단창, 반값에 처분하려고 하시는 거죠?"

"어머! 오빠, 몇 개 사려고?"

"흠. 말하는 고양이라……."

동물과의 대화라는 생소한 경험에 신기해하는 멀린이었지만 그의 말에 고양이는 눈을 가늘게 떴다.

"어머, 호칭이 말하는 고양이가 뭐니, 고양이가. 난 엘리야. 아크의 친구지."

"아, 그래, 빈가워. 멀린이라고 해."

내밀어지는 손—이라기보다는 앞발—을 잡고 흔든다. 역시나 생소한 경험이라 황당해하면서도 처음의 목적을 잊지 않고 다시 입을 연다.

"그래서 단창들 가격은 얼마지?"

"하나에 1실버."

"1실버라……."

반문하는 멀린의 물음에 엘리는 손님(?)을 놓칠까 싶은 걱정에 덧붙였다.

"저렴하지. 그것도 엄청! 8급이라고는 해도 아슬아슬하게 8급이지 거의 7급 물건이야. 튼튼해서 내구도 높고 게다가……."

"…골드네."

"에?"

"50개면 5골드 맞지?"

그러면서 금화를 꺼내는 멀린의 모습을 엘리는 황당하게 바라보았다. 아무리 그래도 금화인데 너무 쉽게 꺼낸다. 게다가 마법사로 보이는데 단창 50개를 무슨 용무로 산단 말인가?

"안 팔 거야?"

"아, 물론 팔아야지. 아크."

"……."

"아크! 장사 안 해?"

"…그래."

얼굴을 완전히 가리는 가죽 투구 때문에 표정이 전혀 보이지 않는 아크였지만 그가 지금 당황하고 있다는 걸 엘리는 물론 멀린까지 알 수 있었다. 멀린이야 '5골드에 이렇게 당황하다니 가난한 녀석이구나'라고 생각할 뿐이지만 언제나 차분한 아크의 성격을 알고 있는 엘리는 상황을 이해하지 못한다.

'이 녀석, 왜 이러지?'

하지만 이내 평정을 되찾은 아크는 오른손을 좌로 그었다.

"거래. 멀린."

그 말과 함께 널찍한 사각형 테이블 하나가 모습을 드러낸다. 테이블 위에 수북이 쌓여 있는 것은 50개의 단창. 멀린은 유저와의 거래가 처음이었지만 눈치껏 아크의 동작을 따라 했다.

"거래. 아크."

마찬가지로 테이블이 떠오르고 거기에 금화 다섯 개가 올려 있다. 그리 어렵지는 않았다. 평소 인벤토리에서 물건을 꺼낼 때처럼 그 물건을 이미지하는 것만으로 해결된다.

"승인."

아크의 말을 멀린도 따라 한다.

"승인."

그것으로 사라지는 테이블. 멀린은 자신의 인벤토리에 50여 개의 단창이 들어왔다는 것을 알았다.

"수고."

"에?"

거래가 끝나자 아크는 바로 멀린을 지나쳐 무기점을 나가 버린다.

"뭐야? 갑자기 어디 가?"

"용무 끝났다."

"아크?"

순식간에 사라지는 아크와 그 뒤를 따르는 엘리. 멀린은 고개를 갸웃거렸다.

"이상한 녀석들이네."

그렇게 중얼거리며 그도 무기점을 나선다.

"아, 그전에 감정부터 해야지."

  "위칼레인의 반지에 이어 두 번째 유니크로군. 괜찮은데?"

  좋아하며 인벤토리에 넣는다. 처음에는 비어 있는 5번 슬롯에 각궁을 저장할까 생각한 멀린이었지만 새로이 세팅할 의상이 없어 일단 보관하는 것이다.

  "어쨌든 이걸로 무기는 갖춰졌다."

  몬스터 군단이 동문을 공격할 때까지 여섯 시간 정도 남은 상태란 걸 알고 있는 멀린은 남은 마력과 내공 상태를 확인하며 천천히 걸었다. 장비가 갖춰졌으니 저장을 선점하고 전투 준비를 할 차례나. 그렇기에 여섯 시간은 매우 촉박하다 할 수 있다.

  "에이미! 에이미! 우리 펫 사자, 펫."

  그렇게 고민하는 멀린의 등 뒤로 두 명의 소녀가 스쳐 간다.

  "펫? 됐어. 난 잡을 거야."

  "테이밍(Taming. 길들이기. 야생 몬스터나 동물을 아군으로 만드는 능력) 계열 스킬이라곤 쥐뿔도 없으면서 잡긴 뭘 잡아? 그러지 말고 한 마리 사두자, 응? 전투에도 도움이 된다던데."

'펫이라…….'

멀린은 무기점에서 보았던 엘리를 떠올리며 잠시 고민했다. 확실히 펫 한 마리 있어도 좋을 것 같았기 때문이다. 하지만 아무래도 시간이 부족해 이내 고개를 흔들고 걸음을 계속한다.

"나중에 사자, 나중에."

계속 걷자 다른 상점들도 보인다. 약왕관, 마법 상점, 도서관 등 그 종류도 다양하다. 무엇보다 눈에 띄는 건 상점 쇼윈도 밖에 있는 광고 문구들이다. [초고급 아이템 대환단 추가! 단 두 개 한정 판매!]라던가, [버서크 포션! 불타는 전투력을 그대에게!]라던가, [블루 크리스탈 투입! 돈 많으면 당신도 고수!]라던가.

"나중에. 나중에. 나중에."

엄청난 유혹이 있었지만 돈이 얼마 남지 않았다는 사실을 떠올린 멀린은 서둘러 마을을 빠져나갔다.

"일단 가자."

지금은 전투를 준비할 시간이다.

*　　　*　　　*

휘오오오…….

백색의 오오라가 거세게 타오르고 있다. 이루어지고 있는 것은 무서울 정도의 의식 집중.

"대단해. 아니, 이 정도면 좀 무서운데?"

가부좌를 취한 채 명상에 빠져 있는 소녀의 모습을 보며 7대 성지의 마스터 중 하나인 천화의 영지를 다스리는 백선신룡(白仙神龍) 천향은 휘파람을 불었다. 물론 그녀 앞에 있는 소녀, 크루제의 전투력은 그렇게 대단하지 않다. 물론 그 정도만 해도 이미 초인의 경지지만 천년이라는 시간 동안 선도(仙道)를 수행해 백룡(白龍)이 된 그녀의 눈에는 그저 그런 수준의 능력자인 것이다.

"완료[Complete]… 재확인[Reconfirmation]."

그러나 그녀는 불과 9일 전만 해도 어떤 이능도 접한 적 없는 일반인이었다. 디오 속의 시간이 현실과 다르다 해도 그녀가 경험한 시간은 고작 한 달에 불과하다.

우웅.

약간의 공명음, 그리고 그와 함께 불타오르듯 주변 공간을 짓누르던 오오라가 수그러든다.

"완성했군요."

"응. 프로그래밍(Programming) 성공이야. 하지만 계산해 보니 이게 메모리(Memory)를 거의 1기가(Gigabyte) 가깝게 먹어서 데이터를 정리하든지 아니면 최대 오오라를 늘려서 오오라를 확장하지 않으면 못 쓰겠다."

"프로그래밍? 메모리? 데이터?"

"아, 이건 내가 맘대로 정형(定形)시킨 방식이라서 향이는 들어도 모르겠지? 어쨌든 바로 쓰기는 어려울 거야. 인스톨하려면 메모리에 여유가 있어야 하니까."

영문 모를 소리였지만 그 말에 천향은 크루제가 완전하게 새로운, 자신만의 방식으로 계통을 개발했다는 것을 알 수 있었다. 그건 문자 그대로 무시무시한 일이다. 새로운 체계의 계통을 개발하는 건 능력을 수련한 지 채 한 달도 되지 않는 초보자가 벌일 만한 일이 아니니까. 그건 마치 어떤 무공을 새로이 창시하는 것과 같다. 무공을 새로 만드는 건 수없이 많은 무공을 두루 섭렵한 대종사(大宗師) 급의 고수가 할 일이지 생전 처음 무공을 익히기 시작한 초보자가, 그것도 수련하기 쉬운 쪽으로 만들자는 안이한 생각으로 벌일 수 있는 일이 아니다.

마법사들이 마법을 사용할 땐 대부분 언어를 새로이 배워야—대표적인 예로는 룬어가 있다—하는 것도 이미 체계화되어 있는 마법의 언어를 변경했다가 변화되는 마법 체계를 감당할 수 없기 때문이 아닌가? 수백, 수천 년간 이어져 내려온 체계를 재정립한다는 건 결코 쉬운 일이 아니다.

"저기 크루제, 지금 구현할 수 있는 물품이 몇 개나 되죠?"

"카테고리(Category) 말이지? 잠깐. 하나, 둘, 셋……. 아, 요번에 새로 프로그래밍한 것까지 치면 여섯 개네."

보통은 한 개다. 난다 긴다 하는 천재들도 두 개에서 세 개에 불과하다. 하지만 그녀는 그렇게밖에 할 수 없는 기존 체계의 한계를 발견해 마음먹은 대로 구현 물품의 숫자를 늘릴 수 있는 능력 체계로 발전시켰다.

"대단해."

"훗. 난 천재니까. 너 같은 범재는 알 수 없지."

"어머나. 맘대로 지껄이는 건 요기 요 입인가요?"

"아앗! 아, 아파! 아, 아! 햐, 향아! 노, 농담! 아앗!"

천향이 입술을 잡고 당기자 깜짝 놀라 오오라를 일으키는 크루제였지만 천향의 몸에서 일어난 압도적인 오오라가 그녀의 오오라를 흔적도 없이 흩어버린다. 아무리 유저 중에서 최상위 클래스의 전투력을 가진 크루제라고 해도 스스로 수련해 초월지경에 들어선 용종(龍種)의 힘에 비할 바는 아니다. 천향이라고 하면 레벨로 쳐도 25레벨이다. 수치상으로만 보면 크루제의 두 배를 조금 넘길 뿐이지만 그 전투력 격차는 상상을 초월할 정도다.

"으으, 굴욕이야. 그래도 유저 중에서 마스터가 딱 둘이고 그 중 하나가 나데 이게 무슨 꼴이지."

"아직 서비스를 오픈한 지 얼마 안 되었으니 두 명이지 아마 계속 서비스하면 꽤 늘걸요?"

"하긴."

이해한다는 듯 고개를 끄덕이는 크루제였지만 사실 꼭 그렇지도 않다. 물론 틀림없이 꽤 늘어나긴 할 테지만 디오의 레벨 업 시스템은 단순히 몬스터를 많이 잡는다고 해결되는 것이 아니기 때문이다.

디오의 레벨 업 기준은 시험.

그것도 철저한 능력제 시험이다. 평생을 플레이해도 5레벨조차 넘어서지 못하는 이들이 상당수 존재하리라. 물론 크루제 같은 천재는 그런 사실을 잘 이해하지 못하겠지만 말이다.

"뭐, 어쨌든 합격."

"응? 뭐가?"

"전직."

"에에? 하지만 난 시작도 안 했는데? 물론 그걸 부술 위력을 가진 무기를 프로그래밍하긴 했지만 인스톨도 아직 안 했다고."

황당하다는 반응이지만 천향은 심드렁하게 답한다.

"굳이 시험 안 해봐도 알아요. 합격하겠죠."

"그, 그렇다고 시험 자체를 안 봐?"

"합격할 게 뻔히 보이는데 시간 낭비할 필요없잖아요? 보나마나 불합격할 것 같아도 시험 안 봐주지만 합격할 인원도 시험을 볼 필요가 없어요."

단정적인 말에 크루제가 어안이 벙벙한 표정을 짓는다.

"아니, 그러니까 그걸 어떻게 아냐고."

"전 당신이랑 다르게 고수니까요. 명상하는 모습만 봐도 알수 있어요."

천향이 크루제에게 내린 과제는 공격해 자신의 몸을 감싸고있는 방벽을 부수라는 것이다.

물론 천향과 크루제는 능력과 깨달음의 격이 다르니만큼 천향이 아무 저항 없이 공격을 맞아준다 해도 쓰러뜨리는 것은 불가능. 그러니까 정확한 과제는 천향의 몸을 보호하는 '방벽'을 부수는 것이다. 천향은 평소 오오라를 굳혀 만들어낸 사계(四季)의 방벽(防壁)이라는 걸 몸에 두르고 다녔는데, 그중 '탄생의봄'을 크루제에게 부숴보라고 한 깃이다. 제한 시간은 30분으로 이미 크루제는 실패한 전적이 있었다. 그런데 지금 천향이그걸 다시 할 필요도 없이 합격을 인정한 것이다.

전직 퀘스트를 성공하셨습니다!

'평민'에서 '웨폰 메이커'로 전직합니다!

마스터 스킬(Master Skill). '반복되는 허상'을 획득할 수 있는 도전권을 획득하셨습니다!

마스터 웨폰(Master Weapon). '프리즘 링(Prism Ring)'을 획득할 수 있는 도전권을 획득하셨습니다!

크루제는 전신을 충만히 차오르는 느낌에 놀랐다. 심상치 않은 강화다. 게다가 오오라의 양이 상당히 늘어서 굳이 메모리를 정리하지 않아도 새로 프로그래밍한 '그것'을 인스톨하는 게 가능할 정도였다.

"뭐, 뭐야? 오오라가 왜 이렇게 늘었지?"

깜짝 놀라 상태창을 바라본다. 거기에는 항상 '평민'이었던 직업이 웨폰 메이커로 바뀌어 있었는데, 마치 타이틀처럼 직업을 열 수 있었다.

Title

[웨폰 메이커(Weapon Maker)]

마력 50 영력 100 정신력 50포인트 상승
유저 크루제가 처음으로 만들어낸 새로운 방식의 오오라 구현법. 말하자면 크루제류(流)의 방식으로 경지에 이른 자에게 주어지는 타이틀. 마스터 스킬 '반복되는 허상'을 획득할 수 있다.

"어때요?"

"…우와! 장난 아니다. 이 상태라면 11레벨 시험도 도전해 볼 만하겠는데? 게다가 마스터 스킬에 마스터 웨폰이라니……."

만족스러운 미소를 지으며 오오라를 끌어올린다. 오오라의 총량은 어마어마하게 늘었다. 고작 100포인트 올랐을 뿐이라고 생각할 수도 있겠지만 그게 타이틀 효과처럼 절대치로 올랐다는 걸 감안하면 늘어난 오오라는 그야말로 어마어마하다.

능력치 표시는 350포인트에서 450포인트로 바뀌었을 뿐이지만 가용(可用) 오오라만 해도 단숨에 열 배 가까이 늘었으니 그 늘어난 오오라로 뭘 할 수 있을지 상상도 잘 가지 않는다.

"아! 지금 몇 시지?"

"오전 열 시요."

"악! 세 시간밖에 안 남았잖아?"

경악성을 내지르며 다시 가부좌를 취한다. 공성전이 시작되기 전까지 얼마 남지 않았으니 그전까지 늘어난 오오라 중 일부를 메모리로 전환시킬 필요가 있다. 더불어 새로이 프로그래밍한 병기를 인스톨할 시간도 필요하다.

"시간 되면 깨워 드려요?"

"아냐. 가서 일봐. 고마워."

그렇게 말하며 오오라를 엮어내기 시작한다. 양이 확 늘어서 그런지 느껴지는 힘은 더없이 거대하다.

"이번 공성전, 재미있을 것 같은데?"

그녀의 이름은 리아 슈미트(Lea Schmidt), 아이디는 크루제. 현재 디오에서 가장 높은 경지를 이룬 이 중 하나였다.

Chapter 13

결전

먼저 마력을 소모한다. 물론 잔여 마력이 1테트라도 없게 만드는 건 무리지만 가능한 한 모든 마력을 긁어모아 활용하는 것이다. 그리고 명상.

"두 개."

다시 차오른 마력을 소모한다. 그리고 또 명상.

"다섯 개."

마력을 소모한다. 그리고 명상에 빠진다. 하지만 슬슬 명상으로 마력이 회복되는 속도가 느려지기 시작한다. 그건 너무나 당연한 일. 계속 사용하면 피로가 누적되는 건 근육이든 단전이든 마법 회로든 다 마찬가지다.

"아홉 개."

또다시 소모한다. 그리고 다시 명상에 빠진다. 이제 마력의 회복 속도는 상당히 떨어져서 처음의 절반에도 미치지 못한다.

"열네 개."

하지만 계속 소모한다. 정신적인 피로도 있지만 그는 즐거움을 느끼고 있다. 마치 마약이라도 하는 것처럼 중독적인 즐거움이다. 부여 주문을 계속 사용하면서 마력 설계가 점점 더 촘촘해지고 있다. 22테트라의 마력으로 부여할 수 있는 주문은 끽해야 두 개에 불과했었는데, 점점 더 익숙해지고 새로운 방식을 깨닫게 되면서 같은 마력으로 세 개, 네 개, 다섯 개의 주문을 부여하는 게 가능해진다.

"스무 개."

그리고 거기서 일단 멈춘다. 이제는 명상에 들어가도 10분 동안 1테트라의 마력도 회복되지 않는다는 것을 깨달았기 때문이다. 거기까지 정확히 다섯 시간이 걸렸다.

인챈트 스킬이 1랭크로 상승하셨습니다!

부여술사 타이틀을 획득하셨습니다!

특수 능력 '영창 가속'을 획득하셨습니다!

"아, 오르는 건 좋은데 이거 자꾸 떠서 귀찮아 죽겠네."

떠오르는 메시지들을 무시하며 마력 상태를 체크한다. 남은 마력은 3테트라. 그러다 그는 깨닫는다. 남은 마력은 3테트라뿐이지만 최대 마력이 47테트라까지 늘어났다는 것을 말이다.

"최대 마력이 늘었어?"

물론 당장 쓸 수 있는 것은 아니다. 반복된 마력 소모와 회복으로 이제는 자연 회복이 아니라 명상으로도 마력이 거의 회복되지 않는다. 아마 짧으면 하루, 길면 2~3일 정도는 마력로(魔力爐)를 쉬게 해야 하리라.

"다섯 시간 동안 아무것도 안 하고 인챈트만 했는데도 겨우 20개인가……."

멀린은 앞에 늘어놓은 20개의 단창을 바라보았다. 그것은 무기점에서 만났던 아크에게 산 물건들. 애초에 산 단창은 50개지만 마력이 그리 많지 않아 20개밖에 인챈트할 수 없었다.

"사거리 확인도 끝났고, 화살도 준비됐고, 필살기용 단창도 만들었어. 이제 녀석들만 나타나면 되나?"

현재 멀린이 있는 곳은 이름 모를 저수지 중앙에 있는 기둥 위. 그 높이는 무려 50미터나 되지만 그는 별로 두려움을 느끼지 않았다. 수영 A랭크인 그에게 기둥 아래의 물은 쿠션과도 같고, 사실 아래가 물이 아닌 맨땅이라고 해도 경공을 사용하는 멀린은 쉽게 내려설 수 있다. 심지어 무방비로 떨어져도 생명력이 높은 그는 죽지 않으리라.

"흠. 하지만 더 준비할 게 없으니 애매하네. 예고 시간까지는 아직도 한 시간 가까이 남았… 응?"

그 순간 그의 눈에 몬스터 군단이 들어온다. 소형, 중형, 대형을 가리지 않고 잔뜩 들어서 있는 몬스터 군단. 멀린은 깨닫는다.

"아, 그렇군. 공지사항에 쓰여 있는 시간은 공성전이 시작되는 시간이야. 저 녀석들은 지금 스타팅에 가는 중이고."

5킬로미터에 가까운 거리지만 시력을 강화할 수 있는 뛰어난 수준의 원격안을 사용하는 멀린은 진군하고 있는 몬스터들의 모습을 면밀히 관찰했다.

　서두르지 않고 질서있게 진군하고 있는 것은 셀 수 없을 정도로 많은 수의 몬스터들. 그리고 멀린은 그중에서 눈에 익은 몬스터 하나를 찾아낼 수 있었다.

　"오크 영웅……."

　그는 190센티미터라는 상당히 훤칠한 키에 갈색의 가죽옷을 걸치고 있다. 몸길이가 거의 100미터는 됨직한 거대한 뱀의 머리 위에 서 있는 그는 허리에 매화 문양이 새겨진 검을 차고 정면을 바라보고 있다. 곧 벌어질 전투에 대한 두려움 따위는 없는 듯 태연한 모습. 그리고 그는 이내 고개를 돌려…….

　"윽?"

　경악해 몸을 숙인다. 왜냐하면 뱀의 머리 위에 서 있던 성묵과 눈이 마주쳤기 때문이다.

　"봐, 봤어? 이 거리에서?"

　그들 사이의 간격은 5킬로미터에 가깝다. 굳이 어떤 장애물이니 안개 같은 게 없이도 육안으로 서로를 식별하기는 불가능한 거리. 하지만 적어도 멀린은 성묵을 봤다. 그렇다면 성묵 역시 얼마든지 멀린을 볼 수 있다는 뜻이다.

　"들켰어. 저 자식에게 기습을 먹이긴 어렵겠군."

　물론 애초부터 저격이 먹힐 만한 대상이 아니지만 아무리 그래도 이렇게 쉽게 들키다니 허망한 일이다.

　"어떻게 할까……."

근접전에서는 상대조차 안 된다. 그 사실은 이미 경험으로 뼈저리게 실감한 상태. 하지만 그렇다고 원거리 공격이 통하냐 하면 그것도 아니다. 날아드는 화살은 멀린도 피한다. 물론 멀린이 쏘아내는 화살은 놀 궁수들이나 블러디 피스트 길드원들이 쏘아내는 화살에 비할 바가 아니겠지만 오크 영웅 성묵의 반응 속도 역시 멀린과 격이 다른 수준을 자랑하리라.

쿠구구구……

잠시 고민하는 사이 몬스터 군단이 더 다가온다. 그래도 아직 거리는 2킬로미터에 가까워서 보통의 인간이라면 제대로 인지하는 것조차 불가능한 수준.

물론 주위는 언덕 하나 없이 지평선이 보일 정도로 탁 트인 평원이지만 인간의 시야라는 건 그렇게까지 뛰어나지 않다. 2킬로미터의 거리라는 건 전투는커녕 서로를 식별하기조차 쉽지 않은 것이다. 그러나,

"장비 5번."

복장은 변하지 않은 채 데케이안의 각궁, 그리고 100발의 철시가 담긴 화살 통만이 모습을 드러낸다. 멀린은 그대로 철시를 꺼내 시위에 걸었다. 그리고 침착한 표정으로 몬스터들을 바라보며 주위의 바람을 느낀다. 약간의 서풍이 불고 있다.

끼이익!

거센 소리와 함께 시위가 당겨진다. 물론 데케이안의 각궁을 다루기 위해 필요한 근력이 300포인트인만큼 멀린 본신의 힘으로 시위를 당기기는 불가능. 때문에 그는 육체에 강화를 걸었다. 하지만 예전과 다르게 사용되는 내공은 반년 정도. 멀린이 데케

이안의 각궁에 맞는 강화법을 만들어냈기 때문에 가능한 일이다.

쒜엑!

무지막지한 바람 소리와 함께 철시가 하늘로 날아오른다. 멀린에게 가해지는 하중도 상당하다. 화살을 위로 45도 정도 기울여 발사했기에 망정이지 정면으로 쐈으면 뒤로 5미터는 밀려났을 정도의 반동.

"후우우우……."

호흡을 가다듬으며 날아가는 화살의 궤적을 쫓는다. 아직 화살은 허공을 날아가고 있다.

"5초, 6초, 7초… 명중."

소리는 들리지 않았다. 그는 원격시를 사용할 줄은 알지만 천리지청술(千里地聽術) 같은 무공까지 익히지는 않았기 때문이다. 하지만 그 위력만은 확실하다는 것을 알 수 있었다. 화살에 얻어맞은 자이언트 멘티스(거대한 사마귀 형태의 몬스터)의 머리통이 통째로 날아갔기 때문이다.

"비행 시간은 10.5초. 명중률은 나쁘지 않군."

다음 화살을 시위에 건다. 그리고 육체를 강화한다.

> 근력이 13ㅁ포인트, 생명력이 5ㅁㅁ포인트 강화(유지 시간 1초)되었습니다!

근력이 200포인트나 되는 그도 근력을 300까지 끌어올리는 건 쉽지 않은 일이다. 능력치라는 건 100포인트마다 곱절의 효과 상승이 있기 때문에 200포인트는 100포인트의 두 배가 아닌 세 배이고—101포인트부터는 1포인트 당 2포인트의 효과를 가지기 때문에—300포인트는 200포인트의 1.5배가 아닌 두 배가 넘는 힘을 뜻한다.

하지만 기본적으로 근력이 약한 것도 아닌데 거기서 다시 두 배의 강화를 건다는 건 정말 쉬운 일이 아니다. 그리고 혹 그게 가능하다 해도 상당한 내공을 소모해야 한다.

쒜엑!

그러나 멀린은 화살을 쏘기 위해 다량의 내공을 사용하지 않았다. 대신 강화하는 범위를 '상체'로 '한정' 했다. 무술이나 공격을 할 때에는 하반신도 그만큼의 강화가 필요하겠지만 활을 쏘는 거라면 등세모근과 대원근, 그리고 광배근만 강화하면 된다. 쉽게 말해 등 쪽 근육만 강화하면 된다는 뜻. 하반신은 활의 반동에 흔들리지 않을 정도의 힘만 있어도 활을 쏘는데 큰 지장이 생기지 않는다.

끼이익!

반년의 내공이 수성에서 증폭돼 1년의 내력이 되고 1년의 내력이 금성에서 증폭되어 2년이 내공이 되어 육체를 강화한다. 본디 금단선공의 2계, 금성은 1.5초 정도의 사용 시간이 지나면 0.5초의 쿨타임이 있어 지속적인 내공 유동이 필요한 육체 강화에는 맞지 않지만 멀린은 육체 강화를 단 1초로 한정하는 것으로 해결책을 찾았다.

쒜엑!

화살을 날리고 있는 적을 찾아 주위를 두리번거리던 리자드맨 전사의 머리통이 그대로 땅에 처박힌다. 철시에 따로 내공이 담긴 건 아니지만 거기에 실려 있는 물리력은 상상을 초월한다. 철시의 무게는 450그램으로 보통 화살보다 6~7배는 무겁고 속도는 초속 200미터로, 보통 화살의 네 배에 가깝다. 음속이 초속 340미터라는 걸 생각하면 이건 상식 밖의 위력을 발휘하는 것이다.

끼이익!

시위가 당겨진다.

쒜엑!

화살이 발사된다.

쩍!

적이 쓰러진다.

"좋아, 중급 몬스터 중 막을 수 있는 녀석은 없군."

하나같이 멀린보다 고 레벨의 몬스터들이지만 2킬로미터 밖에서 날아드는 화살에는 속수무책이다. 심지어 화살이 날아오는 방향을 눈치챈 몬스터들도 그들과 멀린의 사이에 존재하는 막대한 거리 때문에 멀린의 모습을 발견하지 못한다. 하긴 거대한 기둥 위에 서 있으니 기둥의 일부분으로 보이리라.

"어디 어느 선까지 못 피하는지 볼까!"

쒜엑!

새로운 화살이 발사된다. 비행 시간은 무려 10초로 상당히 길기 때문에 아무리 정확히 화살을 날린다 해도 목표물이 움직이고 있다면 명중시키는 것은 불가능하다. 그러나,

"오케이. 이것으로 다섯 마리."

적은 무려 1만이나 된다. 대충 근처에 떨어뜨리면 누군가 맞게 되어 있다.

쒜엑!

그리고 그대로 여섯 대째 화살. 멀린은 머릿속으로 화살의 궤적을 그리면서 내공 상태를 확인했다. 어느새 그의 내공은 상당히 늘어나 60포인트, 즉 반 갑자에 도달해 있다. 화살을 한 발 쏠 때마다 반년의 내공을 소모해 3년의 내공을 사용했으니 남은 내공은 27년. 아직 여유있는 상황으로 이대로라면 40마리 이상의 몬스터를 잡을 수 있을 것 같았지만 몬스터들이라고 그리 호락호락한 존재가 아니었다.

"…음."

일곱 대째 화살이 거대한 나무 괴물의 팔에 막히는 것을 보고 신음한다. 몬스터들은 여전히 멀린의 모습을 발견하지 못했지만 화살이 날아오는 방향과 타이밍은 대충 눈치챘다. 그렇다면 단지 화살이 날아올 방향으로 팔이나 방패 등을 들어 방어 자세를 취하며 걸으면 될 일이다. 멀린의 화살은 강력하지만 몬스터들의 생명력과 방어 능력 역시 만만치 않은 수준이기 때문에 중형 이상의 몬스터는 머리나 심장 등의 급소에 명중시키지 않으면 잘 죽지 않는다. 물론 중 하급 몬스터들은 신체 부위 중 어디를 맞아도 지명타를 입겠지만 이미 그들은 거대 몬스터나 고 레벨 몬스터의 뒤로 몸을 숨긴 상태다.

"이런."

더 이상 노릴 표적이 없다는 사실에 혀를 차면서도 인벤토리를 열어 인챈트를 걸어놓았던 단창들을 꺼낸다. 어차피 같은 방식의 저격이 계속 통하지 않을 것이라는 것쯤은 이미 예상하고 있던 바. 그렇다면 다른 방식으로 혼란을 준 뒤 다시 공격을 가하면 된다.

거기에 표적과의 거리가 더 가까워지면 몬스터들이 모습을 발견할 위험이 커지는 대신 그 역시 정밀 사격을 가할 수 있으니 아무런 문제도 없다.

"…어?"

그러나 그 생각은 몬스터들의 저력과 힘을 대단히 무시한 판단이었다.

쾅!

거대한 뱀의 머리 위에 있던 성묵의 몸이 화살처럼 날아오고 있다. 그래, 날아온다. 그걸 '달린다'고 표현할 수는 없으리라. 세상 그 어떤 생명체도 달린다는 행위로 2킬로미터의 거리를 20초 만에 주파할 수는 없다.

쐐엑!

시위를 놓자 바람 소리와 함께 시위에 걸려 있던 단창이 성묵의 가슴을 노리고 날아든다. 그러나 성묵은 검을 휘둘러 너무나 가볍게 단창을 쳐내 버렸다. 그 동작이 얼마나 매끄러운지 타격을 받기는커녕 날아드는 속도조차 줄지 않을 정도였다.

쾅!

달려오던 속도 그대로 땅을 박차 날아오른다. 땅과 저수지 중앙에 있는 기둥까지의 거리는 무려 150미터에 달하고 높이 역시 50미터나 되지만 지금의 성묵은 등평도수의 신법조차 필요 없이 일직선으로 날아온다!

쿠아!

그런 성묵의 앞으로 다음 단창이 쏘아진다. 허공에 떠 있는 성묵으로서는 회피가 불가능한 공격!

'이 녀석……'

성묵의 눈이 차분히 가라앉는다. 물론 멀린의 대처가 엄청나게 빠르거나 대단한 건 아니지만 그는 멀린이 한 달 전만 해도 어떤 종류의 사투도 없는 평화로운 세계에서 살다 왔다는 것을 알고 있었다. 그런데 그런 녀석이 번개처럼 달려드는 적의 모습에 당황하는 대신 다음 화살을 날리다니. 이건 마치 평생을 전쟁터에서 살아온 용병처럼 노련한 대처가 아닌가?

그건 그로서도 정말 혀를 내두를 수밖에 없을 정도로 뛰어난 배틀 센스(Battle Sense). 그리고 센스라는 것은 노력이나 수련에 의해 단련되는 것이 아니다.

그것은 타고나는 것이다.

"그러나 모자라다."

나직하게 선고하며 그의 애검인 청강검을 휘두른다. 설사 수백 발의 총알이 그의 전신을 노리고 날아들더라도 몸에 닿을 일은 결단코 없다. 제법 대단한 속도와 위력을 가진 화살이지만 절정고수의 방어를 뚫을 정도까지는 아니다.

"아니, 충분해."

"뭐?"

그 순간 화살의 모습이 사라진다.

[찰나의 깜빡임.]

그것은 멀린이 새로이 짜낸 마법 체계. 즈믄누리(천 개의 세상)의 이성(二星) 주문이다. 주문의 기본 베이스는 단거리 공간 이동 주문인 블링크(Blink)로, 그 효과를 화살에 부여하여 적의 방어를 무력화시키는 것이다. 한순간 50㎝ 정도의 공간을 뛰어넘어 성묵의 가슴 앞에 나타나는 화살. 이번에야말로 피할 수 없다!

"…대단하군."

순간 들려오는 목소리에 서늘한 기운을 느끼는 멀린. 그리고 그대로 성묵의 가슴에 화살이 명중한다.

쩡!

무지막지한 소리와 함께 단창이 우그러진다. 분명 그의 공격은 명중했지만 단창에 담긴 힘으로는 성묵의 가슴을 관통할 수 없었던 것이다. 성묵의 혈도를 따라 도도하게 흐르는 막대한 양의 진기는 그의 몸에 상상을 초월하는 강도와 반탄력을 선사했다. 아직은 경지가 조금 모자라지만 조금 더 나아가 호신강기를 완성하게 되면 코앞으로 미사일이 날아들어도 능히 견딜 수 있게 되리라.

차르릉.

그리고 검이 휘둘러짐과 동시에 다섯 개의 매화가 화려하게 피어오른다. 마치 진짜 매화처럼 그윽한 향기와 자태를 뿜어내는 검기의 모습은 장엄하기까지 하다. 그러나 흩날리는 꽃잎은 하나하나가 치명적인 살수(殺手). 그리고 그 모든 살수가 멀린의 전신을 노리고 날아드는 순간,

차롱.

한 송이 매화가 피어오른다.

"…뭐?"

한 송이 매화에서 전해지는 매화 향에 성묵의 표정이 무서울 정도로 굳는다. 게다가 매화를 피워 올리는 멀린의 손이 맨손이라는 것은 문자 그대로 스스로의 눈을 의심하게 만들기 충분했다.

키기긱!

멀린의 손에서 피어오른 매화의 기세는 분명 모자랐다. 사방을 뒤덮는 다섯 개의 매화 속에서 그의 매화는 제 형태조차 유지할 수 없을 듯 보인다. 그러나 한순간이다. 멀린에게 필요한 건 그 한순간뿐이었다.

"장비 3번!"

목소리와 함께 그의 몸을 은색의 갑주가 감싼다.

따다당!

굵직한 공격은 피하고 자잘한 공격은 그냥 받아내며 망설임 없이 기둥 아래로 몸을 날린다.

"어딜!"

당연히 성묵은 그런 그를 향해 새로운 검격을 날리려 했지만,

"장비 4번!"

핑!

멀린은 거짓말처럼 나타나 손에 잡히는 미스릴 활로 단창을 쏘아낸다. 데케이안의 각궁만 한 위력은 아니었지만 검식을 방해하기엔 충분했다. 왜냐하면 멀린이 쏘아낸 단창에는 주문이 걸려 있었기 때문이다.

파직!

검이 단창을 후려치는 순간 강력한 전류가 검을 타고 성묵에게 뻗어나간다. 물론 막대한 내공을 지녀 자체적으로 강력한 항마력을 갖추고 있는 성묵은 거기에 별다른 타격을 받지 않았지만 한순간 검격이 멎는 것만은 어쩔 수가 없었다.

풍덩!

전신 갑주를 입은 은빛 기사가 물속으로 빠져든다. 그리고 물

속에서 다시 한 개의 단창이 성묵을 노리고 솟구쳐 올라왔다.

차르룽.

검끝에서 피어오른 한 송이의 매화가 단창을 요격한다. 단창
에 담긴 주문을 경계한 행위였지만 이번에는 아무 주문도 걸려
있지 않은 그냥 단창이다.

'대체……'

저수지 안에서 튀어나온 화살의 위력이 강맹하다는 사실에
성묵의 눈에 의문이 떠오른다. 활이라는 건 시위가 원래의 자리
로 돌아가는 장력을 이용해 화살을 쏘아내는 무기다. 그런데 물
속에서 화살을 쏴도 속도가 줄지 않다니 이 무슨 일이란 말인
가? 물론 그건 멀린이 물친화 능력을 활용했기 때문에 가능한
일이었지만 성묵으로서는 알 수 없었다.

펑!

물줄기와 함께 멀린의 몸이 수면 위로 솟구친다. 어느새 미스
릴 중갑은 사라진 수영 복장이다.

쐐엑!

단창이 날아든다. 물론 자하신공(紫霞神功)의 대성(10성)을 목
전에 둔 성묵으로시는 맞아도 건딜 수 있는 공격이지만 그렇다
고 타격이 전혀 쌓이지 않는 것은 아니다.

단창의 무게가 1킬로그램이 넘는데다 앞서 쏘아낸 철시만큼
빠르진 않아도 결코 무시할 수 없는 속도로 날아들고 있다. 성
묵이 뛰어난 무인이기 때문에 괜찮은 거지, 보통 몬스터라면 견
디기 힘들 정도로 위력적인 공격인 것이다. 심지어 화살을 쏘아
낸 멀린조차 그 반동 때문에 몇 미터나 밀려날 정도니 더 말할

필요도 없으리라.

쩡!

날아드는 화살을 쳐내고 수면 위에 선다. 마치 단단한 땅이라
도 디딘 것처럼 흔들림없는 자세다.

'하지만 그렇다고 해도 녀석이 딛고 있는 것은 땅이 아닌 수
면이야. 정말로 아무렇지 않을 리 없어.'

하지만 상황은 멀린 역시 별로 좋지 않다. 잠깐의 접전일 뿐
인데도 상당한 내공을 소모했다. 다행히 부스터는 체력을 소모
해서라도 발동 가능했지만 활을 쏘아내는 데만 해도 반년의 내
공이 소모된다. 거기에 내공을 더 담으면 그 소모율이 말도 못
할 정도다. 내공이 어찌나 많은지 영명안을 사용해 보면 무슨
용광로처럼 보이는 성묵을 상대로 장기전은 불가능하리라.

쩌엉!

"흠."

새로이 피어오르는 매화가 애꿎은 기둥만 후려치자 성묵의
얼굴이 진지해졌다. 상식적으로 도저히 피할 수 없는 각도의 공
격이었는데 멀린의 몸이 마치 보이지 않는 거대한 거인이 잡아
옮기는 것처럼, 물리학적으로 도저히 있을 수 없는 움직임으로
공격을 피해낸 것이다.

'정령술, 물의 차크라, 물친화 능력, 노 액션으로 행해지는 속
성 주문, 수(水) 계통 오오라… 중 하나인가.'

어쨌든 중요한 건 물속에서 멀린이 자유자재로 움직일 수 있
다는 점. 직각으로 몸을 틀거나 정지 상태에서 가속하는 데에도
별다른 텀이 없고 심지어 몸에 가해지는 충격을 어느 정도 주변

물에 흘려보내기까지 한다. 한마디로 물속에 있는 멀린은 미꾸라지 이상으로 잡기 힘든 존재라는 말이다.

'제길. 이대로는 소모전이야. 승산이 없어.'

하지만 멀린이라고 마냥 상황이 좋은 것은 아니어서 고민에 빠져 있다. 일단 물속에 몸을 담그고 있는 만큼 성묵의 공격들은 어떻게든 피할 수 있지만 사실상 그의 공격 수단 중 성묵에게 통하는 종류는 아무것도 없다. 다 막고 피해 버리는데다가 심지어 정확하게 명중한 단창조차 아무런 타격을 주지 못했으니 그가 할 수 있는 것이라곤 열심히 도망 다니는 것뿐. 다행히 저수지의 한가운데에는 비파괴 설정의 석재 기둥이 서 있어서 멀린은 그 기둥을 방패 삼아 성묵과 빙글빙글 돌고 있는 상태다.

'…응?'

그러다 문득 깨닫는다.

'가라앉고 있어?'

석재 기둥은 이미 5미터 이상 잠겨 있는 상태다. 기둥이 수면 위에 떠 있었다는 걸 기억하는 멀린으로서는 명백한 이상 상태. 하지만 그로서는 더 이상 생각을 이어나갈 여유가 없었다. 더 이상의 추격을 포기한 듯 멈춰 선 성묵에게서 무시무시한 살기가 뿜어져 나오기 시작한 것이다.

"너무… 시간을 끌었군."

"자, 장비 3번."

한 발짝만 움직여도 목이 떨어져 내릴 것 같은 위기감에 멀린은 물에 잠겨 들어가지도 못하고 방어 자세를 취했다.

촤르륵.

멀린의 몸을 중심으로 반경 2미터 안에 있는 물이 마치 꿀이나 진흙처럼 점성을 높인다.

메시지가 떠올랐지만 신경도 쓰지 않는다. 중단으로 들려진 검은 그에게 어떤 잡념을 가질 틈도 주지 않았다.

"하나 묻고 싶은 게 있군."

"뭘 말이지?"

조금 전이라면 말하는 틈을 타 물속으로 들어가 버렸겠지만 지금은 주변을 자욱하게 짓누르는 압력에 섣불리 움직이지도 못한다.

"너의 그 수공… 어디서 배운 거지? 그건 틀림없이 화산의 것이다. 하지만 화산에는 그런 무공이 없어. 물론 여기에는 본산에도 없는 무공까지 존재한다고 알고 있지만 매화검법과 같은 투로를 가진 수공이라는 건 들어본 적도 없어. 그건……."

"봤어."

"…뭘 봤다는 거지?"

"네가 사용했던 검법."

"……."

성묵의 검끝이 흔들린다. 그건 그의 평정심이 일순간 흔들렸다는 말과도 같았지만 멀린은 순간 공격이 들어오는 줄 알고 긴장해야 했다.

"보고 따라 했다는 건가."

"특허라도 냈어?"

그의 말에 성묵은 잠시 침묵을 지켰다. 하지만 잠시 후,

"…지금 공격하겠다."

중단으로 들고 있던 검을 상단으로 들어 올린다.

"헤에. 매너있는데? 경고까지 해주고."

"그러나 너를 노리지는 않겠다."

"……?"

이해할 수 없는 말에 의아한 표정을 짓는 멀린. 그러나 성묵은 상관없다는 듯 검을 들어 올린다.

"나는 단지 '펼쳐' 내겠다. 살고 죽는 건 네 녀석의 문제지."

그렇게 그의 검이 내리그어지는 순간 사방이 매화 그림자로 뒤덮인다.

매영만천(梅影滿天).

셀 수 없이 많은 매화가 피어나 세상을 뒤덮는다. 피할 수 없다. 막을 수 없다. 매화의 그림자는 그야말로 전 방위를 모조리 점하고 있기 때문이다.

쩌저정!

매화는 화사하고 아름답지만 때리는 건기는 묵직하기 짝이 없다. 예리하고 날카로우면서도 하나하나가 결코 흘려 넘길 수 없는 공격력이다.

웅—

검기 다발에 정면으로 얻어맞은 기둥이 빠르게 가라앉는다. 그것이 석재 기둥에 담겨 있던 '조건' 으로 정확한 내용은 [타격을 받은 만큼 가라앉는다]이다. 단, 약한 타격은 아무리 맞아봐야 소

용없고 수준 이상의 공격을 맞아야만 가라앉는 것. 물론 받아야 할 타격량이란 결코 가볍지 않아 멀린이 전 내공으로 대력금강수를 날려도 채 10미터도 가라앉지 않을 정도였지만 지금 성묵의 공격에 45미터를 단숨에 가라앉아 저수지 바닥에 도착한 것이다.

"……."

이제는 기둥도 멀린도 없는 저수지 위에서 성묵은 아무 말 없이 서 있다. 주변을 자욱하게 감싸던 매화향은 어느새 사라지고 없었다.

"…훗. 무슨 생각을 한 건지."

찰박, 찰박 하는 소리와 함께 너무나 태연히 물 위를 걸어 저수지에서 빠져나온다. 어느새 저수지 앞에는 1만―물론 멀린의 화살에 의해 약간의 희생자가 있었으니 엄밀히 말해 1만은 아니지만―의 몬스터 군단이 도착한 상태다.

"화려하게 벌이셨군요."

"오랜만에 흥이 나서 말이지. 스타팅까지는 얼마나 걸리지?"

"지금 페이스라면 15분에서 20분 정도입니다."

"좋아, 가지."

그렇게 말하고 자신의 앞에 머리를 수그리는 뱀의 머리 위로 올라서는 성묵. 그리고 그대로 절망의 숲 1만 군세는 이동을 시작한다.

*　　　*　　　*

딸깍.

문을 열고 나온 이는 20대 초반의 청년이다. 전체적으로 깔끔한 인상의 그는 몸에 딱 달라붙는 경갑주를 걸치고 있었다. 평소 단련을 하는 듯 탄탄한 몸에 선량해 보이는 인상. 그는 잠시 멍한 표정으로 주변을 둘러보았다.

　　"와, 정말 오랜만이군. 정말 여기에선 6일밖에 안 지난 건가? 현실에서는 겨우 하루 지났고?"

　　문 안으로 들어선 후 흐른 시간은 단 하루에 불과했지만 그가 경험한 체감 시간은 무려 100일에 달한다.

　　"시간을 다 채우고 나왔군. 보통 중간에 포기하고 나오던데."

　　"하하, 그러기엔 낸 돈이 아까워서. 하지만 진짜 신기하긴 하네요. 정말 여긴 6일밖에 안 지났나요?"

　　"그렇지."

　　수련의 방에서 머무는 시간에는 제한이 없지만 디오 자체에 시간제한이 있다. 그것이 바로 '현실 1일 이상 플레이 불가'로 현실 시간으로 24시간 이상 플레이하면 강제로 로그아웃되기 때문이다.

　　놀랍게도 디오에 접속하는 동안 육체는 휴식을 취한다. 즉, 수면 효과가 난다는 것이다. 물론 과학자들은 여기에서 많은 의문을 던졌다. 그래, 몸이야 쉴 수 있을지도 모른다. 하지만 뇌는 틀림없이 활동하고 있을 터인데 어떻게 수면의 효과가 날 수 있단 말인가?

　　하지만 언제나 이론보다 증거. 실제로 유저들은 따로 수면을 취하지 않아도 아무런 피로도 느끼지 못했다. 당장 멀린만 해도 근 9일간 따로 잔 시간은 전혀 없다. 잘 수가 없는 게, 로그아웃

하면 잠을 푹 자고 난 것처럼 몸이 개운했기 때문이다.

물론 효율은 떨어진다. 즉 이상적인 수면 시간이 여덟 시간이라고 치면 디오에 접속해 수면의 효과를 내기 위해선 열두 시간 이상의 플레이 타임을 요구한다. 하지만 그것만 해도 충분히 엄청나다. 게다가 디오 속 시간은 현실보다 여섯 배나 빠르지 않은가?

"아, 식사 문제만 해결되면 될 텐데."

강제 로그아웃이 존재하는 이유가 바로 그거다. 하지만 어쩔 수 없다. 아무리 마술 같은 효능을 가진 디오라고 해도 밥을 대신 먹여줄 수는 없을 테니까. 게다가 대체 무슨 수를 쓰는지는 모르지만 육체가 허기가 지면 접속을 차단하기까지 한다. 게임 하다 아사하는 인간이 나오지 않게 신경 쓴 모양이었다.

"정말 이 게임, 정체가 뭐지."

아더는 언젠가 만났던 은발의 사내를 떠올렸다. 확실히, 분명하게 정상이 아니었다. 돈을 주고 게임을 하라고 하는 것부터 모친의 병을 완치시켜 주겠다고 한 것까지. 심지어 그가 집에 들어갔을 땐 이미 PC가 설치되어 있는 상태였고, 당일로 그의 모친은 제대로 된 병원에 입원할 수 있었다. 하루하루 피 말리던 병원비에서도 완전히 해방되었다.

처음엔 사기를 치기 위한 포석이라고 생각했지만, 정말 이 정도까지 해주면 그런 생각도 안 든다. 그는 모친의 병을 치료해 주는 사람이라면 자신의 영혼이라도 팔 수 있었다. 그런데 그걸 해결해 주고 사기를 친다면? 이건 이미 사기가 아니다. 뭘 뺏어도 그건 '정당한 대가'인 것이다.

"어머니, 상당한 수준까지 호전되었지."

마스터가 된 직후 걱정했던 것이 '10레벨이 되었다고 누구에게 말해야 하는가?' 라는 것이었다. 애초에 그는 그 은발의 사내가 누군지도 모른다. 연락할 수단 따위 역시 없었다. 하지만 그가 게임을 나와서 어머니를 면회 갔을 때, 이미 모든 준비가 갖춰 있었다. 그의 동의만 있으면 되었고, 수술은 성공이었다.

"선의는 아니야. 분명 꿍꿍이가 있어서 도와주는 느낌이었어. 하지만… 이렇게까지 해줘 버리면 꿍꿍이가 뭐든 간에 은혜를 갚을 수밖에 없군."

물론 도리에 어긋나는 일을 할 생각은 없지만 이대로 정말 모친의 병을 완치시켜 준다면 목숨을 내놓으라고 해도 기쁘게 바칠 수 있을 정도. 그리고 지금 당장 그가 해야 할 일은 일단 20레벨, 즉 그랜드 마스터(Grand Master)가 되는 것뿐이다.

"아, 그러고 보니 너 요번 공성전에 참가 못했겠군?"

"공성전이요?"

의아해하는 아더를 향해 컬린은 설명했다. 물론 그 설명이라는 게 유저라면 누구나 다 아는 사실이지만 수련의 방 안에서 긴 시간을 보냈다면 혹시 또 모를 일이라고 생각했기 때문이다.

"그래. 클로즈 베타가 끝나면서 마지막으로 하는 이벤트지. 사방에서 몰려왔는데 마스터 급 유저가 나온 북문을 제외하고는 죄다 쓸렸다는군."

"흠. 잠깐만요."

그의 말에 아더는 공지사항을 열어 내용을 읽었다. 대충 읽으니 상황이 머리에 들어온다. 1차적인 공격은 유저 쪽의 패배로 끝났고, 이제 제대로 2차 공격이 시작된다는 말이다.

"뭐, 이제 본격적으로 하려는 모양인데, 참가할 거냐?"

"아무래도 해야겠지만, 흠, 그 많은 유저들이 쏠려 나갔을 정도라니 좀 불안하네요. 요번에 작은 깨달음을 얻어서 실험해 보고 싶기도 한데 마땅한 상대도 없고. 저기, 컬린 형. 요번에 모습을 드러낸 마스터가 한 명밖에 없나요?"

"하, 한 명 '밖에' 라고?"

사실 한 명이라도 마스터가 있다는 자체가 비정상이라는 걸 알고 있는 컬린은 기가 막힌다는 표정을 지었지만 그러거나 말거나 아더는 한숨 쉬었다.

"아아! 하긴 뭐, 겨우 9일째긴 하지만… 후. 다들 게임이라고 놀기만 하지 수련을 안 하니."

다른 유저들이 들으면 분노해 이성을 잃을 만한 소리다. 누군 마스터되기 싫어서 안 되는가, 할 수가 없어서 못하는 거지. 하지만 그럼에도 아더는 사람들이 게임이라는 생각에 대충 하고 있을 뿐이며, 자신이 수련한 두 개의 검법이 10성에 도달할 수 있었던 건 그저 남들보다 조금 더 노력했기 때문이라 믿었다.

"아니, 나처럼 드러내지 않은 걸 수도 있겠군. 오히려 그쪽이 더 가능성이 높은가."

아니다. 마스터는 둘뿐이다. 게시판을 사용하면 현재 레벨 별 유저의 숫자를 언제든지 확인할 수 있다. 물론 그 레벨의 유저가 누구인지까지는 공개되지 않지만 틀림없이 현재 마스터 유저는 둘뿐이다. 그러나 태어나서 온라인 게임이라는 것 자체를 처음 해본 아더는 홈페이지가 있는지도 몰랐다.

"어쨌든 가볼게요."

"…그래. 방어 안 뚫리게 신경 좀 써주고."

컬린의 인사를 들으며 건물을 나선다. 공성전이 예정되어 있기 때문인지 도시 전체가 상당히 활기차 보인다.

"좋아, 일단 밥이나 먹고 와서 준비해야겠군. 경험치도 좀 모아놓아야 할 것 같고……. 더스틴."

[오냐, 주인.]

공간이 열리고 거대한 검이 모습을 드러낸다. 그것은 검 형태의 소환수로 아더가 다루는 여덟 마리의 소환 수 중 하나. 아더는 망설임없이 그 위로 올라타며 말했다.

"천무성으로 가자."

[뭐? 멀어!]

"미안. 나중에 좋은 검 먹여줄게. 나 식사 때문에 강제 로그아웃 당할 수 있으니까 서둘러 주라."

[으으… 제길. 날 들고 휘두르는 것보다 타고 다니길 즐기는 주인이라니.]

투덜거리며 날아오르는 더스틴의 모습에 여기저기에서 탄성이 흘러나온다. '상급 환수다!', '벌써 저런 거랑 계약한 놈이 있어?', '뭔 괴수가 이리 많아!!' 등의 목소리가 들리지만 아더는 속 편히 생각할 뿐이다.

"후후. 역시 비행형 환수라서 그런지 호평이라니까. 너랑 계약하다니 난 정말 운이 좋아."

[어… 그러냐? 그래, 그렇게 생각하면 됐다.]

이젠 익숙해진 듯 별 반문도 하지 않은 채 검 형태의 환수는 아더를 태우고 하늘을 가로지른다.

*   *   *

눈을 떴을 땐 물속이었다. 물속에서 정신을 잃었으니 원래대로라면 익사해야 하지만 그는 특수 능력 잠수로 인해 중단전의 진기로 호흡을 하는 게 가능했다.

'웃기는 게임이야. 플레이어가 정신을 잃어도 강제 로그아웃이 되지 않다니.'

그뿐이 아니다. 게임 속에서 무려 수면을 취할 수도 있다. 물론 그런 일은 디오 속 시간으로 며칠 이상—현실 시간으론 12시간 이상—로그아웃을 하지 않고 버티는 경우에만 일어나지만 강제적으로 로그아웃되는 경우는 없다고 봐도 된다. 로그아웃은 유저 스스로 게임을 나갈 때, 혹은 현실에서 24시간이 지났을 때만 이루어진다.

'그나저나 여기는 어디야?'

멀린은 주위를 둘러보았다. 단 한 점의 빛도 없는, 그야말로 깜깜한 어둠이었기에 야명안을 발동하다 그가 있는 곳은 석재로 만들어진 건축물 안쪽이다.

'그러고 보면……'

멀린은 성묵의 공격에 당해 가라앉을 때 물속에 잠겨들었던 석재 기둥이 반 바퀴 돌아가고, 지하가 열리던 모습을 떠올렸다. 짐작이 틀리지 않다면 아마 그가 있는 곳은 저수지 아래쪽의 지하일 것이다.

'일종의 비밀 던전인가?'

의아해하며 주위를 돌아다닌다. 주변은 석재로 만든 일종의 복도. 별다른 함정도 없고, 그냥 일직선이라서 헤맬 필요도 없다. 굳이 문제가 있다면 숨을 쉴 수 있는 장소가 한 군데도 없기 때문에 물속에서 호흡을 할 수 없는 이라면 시간제한이 생기게 될 것 같았다.

촤아아…….

물속에서 그는 UFO와 같은 존재다. 그건 잠수함과는 또 다른 문제다. 그는 물을 차거나 팔을 저을 필요도 없이 마치 눈에 보이지 않는 거대한 손이 몸을 붙잡아 움직이는 것처럼 관성을 무시한 움직임이 가능한 것이다.

그것이 가능한 건 그가 반경 2미터 안에 있는 물을 자신의 몸 다루듯 제어할 수 있기 때문. 그는 원하기만 한다면 주변 물을 한순간에 얼음으로 바꿀 수도, 수증기로 만들 수도 있다. 때문에 물을 움직여 자신의 몸을 붙잡음으로써 물속에서 엄청난 움직임을 보일 수 있는 것이다. 그건 마치 고위 염동력을 가진 초능력자가 능력을 발전시키면 염동력으로 자신의 몸을 붙잡아 비행을 할 수 있는 것과 마찬가지 현상이다.

퐁.

수면 위로 멀린의 몸이 튕겨 올라간다. 물론 거세게 튄 건 아니고 1미터 정도로 바닥에 가볍게 내려선다.

"헤에. 신기하네. 뭐야, 여기?"

주위에는 별다른 장식도 없다. 다만 한 개의 상자가 놓여 있을 뿐. 그리고 벽에는 음각으로 글씨가 새겨 있다.

한번 죽어 다시 태어나리라.

"뭐야?"

의아해하면서도 혹시 모른다는 생각에 투시안을 사용해 물리적인 함정, 영명안을 사용해 영적인 함정의 유무를 확인한다. 다행히 아무것도 없다.

"흠. 들어오는 자체가 시험이었나 보네."

중얼거리며 상자를 연다. 상자 안에는 열 개의 금화와 반지가 들어있다. 왠지 익숙한 디자인이다.

"어라? 이거 설마……?"

놀라서 감정을 사용한다.

Item

[위칼레인의 반지]   9급   Unique

미스릴로 제작된 반지. 영혼이 물질화를 꿈꾸던 대마법사 위칼레인의 작품. 감이기 정도의 기능을 가진 염체(念體)가 깃들어 있다. 염체는 물리력을 행사할 수 있고 긴 시간은 아니지만 물질로 변할 수도 있으며 반지에서 멀어질수록 약해진다.
사용자의 힘을 흡수하며 성장한다.

역시 맞다. 그건 그가 지금 왼손 중지에 끼고 있는 위칼레인의 반지. 재질과 외양, 그리고 느껴지는 기운까지 똑같다.

"하지만 유니크라면 하나밖에 없는 아이템 아냐?"

물론 맞는 말이지만 반드시 그런 건 아니다. 기본적으로 유니크 아이템은 다이내믹 아일랜드에는 단 하나밖에 존재하지 않겠지만 멀린의 경우처럼 다른 공간, 즉 시험장이나 다른 세계로 여행을 떠나 취득하는 경우도 있기 때문에 여러 개를 얻는 경우도 생긴다.

"뭐, 나야 고맙지."

위칼레인의 반지를 오른팔 중지에 끼자마자 일단 내공을 주입시켜 준다. 키우기 편해지려면 두 염체를 비슷한 수준으로 키워야 할 것 같았기 때문이다.

"너는… 그래, 샤이닝(Shining)이라고 부르지."

영휘와 샤이닝에서 고민하다 영휘로 했었는데, 이렇게 하나 더 나와준다면 고민할 것도 없다.

"그리고 더 들어 있는 게… 에계, 10골드?"

'에계'라고 말할 금액이 아니지만 이미 금전 감각을 상실한 멀린은 툴툴거린다. 하지만 상자를 닫자 미처 더 툴툴댈 틈도 없이 그의 앞으로 불꽃이 타오른다.

"뭐, 뭐야?"

그 난데없는 사태에 내공을 전신에 두르며 긴장하는 멀린. 하지만 불꽃은 이내 꺼졌다. 그리고 그 안에 있는 것은,

"알?"

그렇다. 알이었다. 대충 주먹만 한 크기의 알. 멀린은 멍하니 손을 내밀어 그 알을 잡았다. 그리고 감정했다.

"어? 이거 설마 그건가? 펫?"

펫이라면 아크의 고양이를 보고, 여기저기서 유저들이 데리고 다니는 온갖 동물들을 보고 가지기 원했던 것이기 때문에 이렇게 그냥 생긴다면 정말 고마운 일이다.

"좋아, 그럼 일단 내공을 좀 넣어주고……."

하지만 내공을 주입하려는 순간 튕겨 나간다. 그리고 그제야 멀린은 알이 받아들이는 게 내공이 아닌 마력이라는 것을 깨달았다. 생각해 보면 설명에도 쓰여 있다.

"마력도 선택해서 다행이군."

그는 오른손 위에 있는 마법진에서 10테트라의 마력을 뽑아내 알에 주입시켰다. 알은 마력을 받아들이고 잠시 부르르 떨었지만 그 이상의 반응은 없다.

"좀 오래 먹어야 하는 모양이네. 생명체니까 인벤토리에 넣을 수는 없고, 샤이닝한테 들고 있으라고 해야겠군."

의문의 알이 멀린의 어깨로 날아올라 멈춰 선다. 어차피 염체는 아직 전력으로 쓰기에 너무 약하니 알이나 들고 다니게 해도 괜찮을 것 같다.

콰아아아—!!

그리고 그때 묵직한 폭음과 함께 땅이 울린다. 그 느낌은 마치 부친의 취임식 날 들었던 축포[Salute of Guns]와도 비슷하다. 진원지는 아주 먼 곳인 것 같지만, 그럼에도 선명하게 전해지는 충격.

"뭐, 뭐야? 여기에 대포가 있을 리 없을 텐데?"

깜짝 놀라 주변 기색을 살피지만 아무래도 지하에 있는 던전이기에 한계가 있다. 게다가 벽도 무슨 재질인지 투시안이 잘 통하지 않아서 투시 가능 거리는 3미터 정도에 불과하다. 밖을 보기는 힘든 것이다.

"어차피 별다른 게 더 있을 것 같지는 않으니⋯⋯. 던전 탈출!"

소리 내어 말함과 동시에 그의 몸이 물속에 잠긴다. 장소는 그가 맨 처음 정신을 잃었던 저수지 안. 그는 기둥이 다시 물 위로 올라갔다는 걸 확인하고 수면으로 이동했다.

펑!

마치 발사되듯 물 위로 뿜어진다. 그리고 허공에서 장비 변경. 다시 로브로 갈아입은 후 땅에 내려선다.

쾅 !!

그리고 다시 들리는 폭음에 멀린의 눈이 가늘어진다.

"벌써 싸움이 상당히 진행된 건가. 내가 얼마나 기절하고 있던 거지?"

시계를 불러 시간을 확인한다. 거의 한 시간 가깝게 지나 있었다.

"서둘러야겠군."

멀린은 데케이안의 각궁을 꺼내 들며 전장을 향해 발걸음을 옮긴다.

*　　　*　　　*

"우와, 진짜냐······."

"헐. 이게 무슨 해일······,"

절망의 숲 1만 군세가 모습을 드러내자 성벽 빼곡히 자리하고 있던 유저들은 신음을 내뱉었다. 정말이지 무지막지한 숫자다. 그야말로 평원을 가득 메운다고 해도 좋을 정도였다. 1만 군세라는 말에 막연하게 '적지는 않겠지' 라고만 생각했던 유저들이 할 말을 잃을 정도로 그야말로 압도적인 숫자.

오늘 스타팅에는 그야말로 모든 유저가 집결해 있는 상태다. 물론 유저들은 지극히 개인주의자들. 다른 유저들이 죽든 말든, 공성전을 하든 말든 그냥 어디에 박혀서 놀고 있을 성향의 인간이 한둘이 아니었지만 지금 동문에는 그야말로 전력에 가까운 유저들이 다 모여 있다. 그 이유는 공지사항, 그중에서도······.

추신3. 방어에 실패해 스타팅 가운데에 있는 '수호의 탑' 을 공격당했을 시 날짜에 상관없이 서비스가 종료됩니다.

이 조항 때문. 멀린은 별생각없이 넘겼지만 이 조건을 본 유저들의 반응은 격렬했다.

"아니, 이게 무슨 소리야! 서비스 종료라니! 서비스 종료라니?!"

이미 유저들 사이에서는 '인간은 담배를 끊을 수 있다. 마약도 끊을 수 있다. 그러나 디오질은 끊지 못할 것이다'라는 말이 널리 퍼져 있었다. 잠깐 했는데도 그 중독성이란 상상을 초월할 정도. 게다가 디오 속의 시간은 현실의 시간보다 천천히 흘러 시간을 벌 수 있는데다가 게임 속 능력들이라는 게 모조리 실질적인 지식과 능력에 기반을 두기 때문에 향상심도 충족된다. 즉, 하면 할수록 더 나은 인간이 되는 것이다! 무려 게임 주제에!

그런데 공성전을 실패하면 바로 서비스 종료라고? 그렇다면 절대 뚫릴 수 없다.

"그렇다곤 해도 이 숫자 정말 장난 아닌데?"

5차까지 클로즈 베타 테스터를 받아들이면서 유저들의 전체 숫자는 이미 2,500명에 달한다. 개인 사정상 접속하지 못한 이들이 있는 듯 지금 성벽에 있는 유저는 무려 2,000명이 넘는 수준. 테스터 전체 숫자가 2,500인데 2,000명이 참가—심지어 접속률은 95%에 가까웠다. 거의 모든 유저가 만사를 때려치우고 플레이하고 있다는 소리다—하고 있다는 건 디오의 접속률이 얼마나 좋은지 말해주는 단적인 증거라 하겠다.

쿠구구구…….

절망의 숲 1만 군세는 성벽을 200미터쯤 앞에 두고 멈췄다. 물론 유저 중에서도, 몬스터 중에서도 원거리 전문인 이들은 충분히 공격이 가능한 거리였지만 서로 견제하고 있기 때문인지 주변은 조용하다.

저벅저벅.

그리고 그 앞으로 몸에 착 달라붙는 철제 갑주를 입고 코까지

가려지는 투구를 쓴 사내가 나선다. 아니, 정확히 말하면 사내라는 표현은 조금 이상하다. 그는 인간이 아니었으니까.

"…오크? 왜 오크가 나서?"

"소문 못 들었냐? 저 녀석, 영웅 클래스[Hero Class]야. 겁나게 세다더라고."

"아무리 그래도 오크인데?"

사실 레벨이 5를 넘어서면 오크라는 몬스터는 별로 눈에 들어오지 않는 게 사실이다. 오크의 종족 레벨은 3, 높아봐야 4~5 정도라서 그 이상의 레벨이면 쉽게 상대할 수 있기 때문. 6레벨만 되어도 히트&어웨이 전법으로 어지간한 오크 부락은 혼자서 몰살시킬 수 있는 것이 유저라는 존재들이거늘 오크 한 마리가 최고렙 몬스터라고 나오다니?

물론 몬스터 등급에 따라 같은 몬스터라고 해도 전투력은 천차만별. 다 같은 유저라고 해도 1레벨과 10레벨의 전투력은 전혀 다른 것처럼 몬스터도 같은 몬스터라고 절대 동급이 아니다. 그러나 그건 어디까지나 지식으로 알고 있는 것이지, 기본적인 인식은 좀 상황이 다르다. 게다가 전사 클래스 정도는 종종 보이는 게 사실이지만 투사 클래스라던가 기사 클래스라는 건 쉽게 볼 수 있을 정도로 흔한 존재가 아니며 영웅 클래스는 유저들에게 모습을 드러낸 적이 거의 없는 것이다.

집채만 한 덩치의 공룡족, 강철도 부서뜨리는 악력의 오우거, 사지를 절단해도 얼마 안 있어 다시 일어나는 트롤, 각종 도술을 다루는 도깨비 족과 막대한 주술력을 자랑하는 육미호(六尾狐).

그런 강력한 몬스터들이 다 뒤에 얌전히 기립해 있다니.

"많이들 모였군."

그렇게 말하고 검을 뽑아 든다. 그와 함께 하나둘 전투태세를 취한다. 그리고,

"쳐라!!"

전쟁이 시작된다.

쾅!!

무지막지한 폭음과 함께 거대한 불덩이가 폭발하고 하늘에서 벼락이 떨어진다. 수백 발의 화살이 허공을 가르고 물질계에 모습을 드러낸 정령들이 불과 얼음을 토해내기 시작한다.

"이 자식들!"

마치 야구선수처럼 와인드업 후 던지듯 주먹을 휘두르자 망치로 철판을 후려치는 소리와 함께 성벽을 뛰어올라 왔던 리자드 투사의 몸이 튕겨 나가 다른 몬스터들 위로 떨어진다.

"우와! 이 자식들, 성벽을 한 번에 뛰어올라 오다니! 이래서야 성벽에 의미가 없잖아?"

"그래도 아무나 뛰어올라 오는 건 아냐. 방금 전 그놈만 해도 투사 클래스에 8레벨이라고. 기습에 당하긴 했지만 너랑 동급이란 말이지."

그렇게 말하며 성벽 위로 날아들던 거대한 불덩이를 방패로 쳐낸다. 그의 뒤에는 중얼중얼 주문을 외우고 있는 제로스가 있다. 몬스터들이 모습을 드러낸 순간부터 자신을 보호해 달라고 부탁하고 영창에 들어간 상태다.

"아니, 이 녀석, 주문을 왜 이렇게 오래 외우는 거야? 게다가

완전 무방비라니."

"그러니까 우리가 필요한 거지. 공격에 모든 걸 건 특화 마법 사라잖아."

이미 그의 경지는 4클래스에 들어섰다. 물론 4클래스라는 게 그렇게까지 대단한 경지는 아니지만 그는 [완전]에 가까운 마법 체계를 수련하였으며 현실에 있을 때부터 천재였다. 그가 소속된 멘사(Mensa. 높은 지능을 가진 사람들의 모임. 현재 100여 개국 10만여 명의 회원을 보유하고 있다)에서 발표한 공식 세계 최고의 I.Q가 228이니, 200의 그는 분명 천재에 들어가는 인종이리라. 또한 그가 익힌 마법 체계는 원래부터 배우고 익히고 있던 지식과 매우 잘 맞아들어 가 그에게 강대한 마법력을 허락했다.

그의 특기는 존재하지 않는 허수좌표(虛數座標)를 이해, 활용함으로써 마력을 중첩, 그 효과를 극대로 끌어올리는 것이었다. 그것은 속도가 될 수도, 위력이 될 수도 있다. 물론 그만큼의 시간을 필요로 하고 정신력을 요구했지만.

"파이어 볼(Fire Ball)."

그 효과만큼은 틀림없었다.

툿.

사람 머리통만 한 불덩이가 버글거리는 몬스터 위로 날아든다. 그리 빠른 속도는 아니다. 굳이 몬스터가 아니라 일반인이라고 해도 피해낼 수 있을 정도. 하지만 불덩이가 땅에 닿기도 전에 제로스의 손에서 두 번째 불덩이가 발사되어 앞서 나갔던 불덩이와 충돌했다.

"플러스 원(Plus One)."

파직 하는 스파크와 함께 두 개의 불덩이가 극렬하게 반발한다. 그리고 그에 이어지는 폭발!

콰아아아—!!

"우왁?!"

"꺄악?!"

마치 미사일을 맞기라도 한 것처럼 반경 50미터에 가까운 거대한 크레이터가 만들어지고, 무지막지한 폭염과 충격파가 사방으로 퍼져 나간다. 거기에 휩쓸린 대상은 감히 숫자를 가늠할 수 없을 정도다.

"우, 우와! 뭐야, 이거?!"

"맙소사!"

한마와 아돌은 놀랍다는 눈으로 숨을 몰아쉬고 있는 제로스를 바라보았다. 다른 유저들처럼 혼자서 싸울 수 있는 방식이 아닌 오직 마법 하나에 모든 것을 건 공격 마법사. 그건 그야말로 주포(主砲)나 다름없는 존재다. 아군에겐 더없이 든든하며 적에게는 위협적인 존재.

"아차, 큰일이다."

"어? 왜?"

"주변을 경계해! 공격이 올 거야!"

그의 말대로 공격력에 위협을 느낀 몬스터들이 제로스를 노리고 날아든다. 게다가 하필 그 대상은 몬스터군 최강이라고 할 수 있는 존재, 성묵이었다.

팡!

10미터에 가까운 성벽이지만 절정의 경공을 지닌 성묵에게 그 높이란 보통 사람이 느끼는 계단 두 개 정도에 지나지 않는 수준. 성묵은 그야말로 화살처럼 제로스를 노리고 날아들었다.

"다시 떨어져라!"

아돌은 방패에 내공을 주입하며 실드 차징을 날렸다. 단단하게 땅을 디디고 있는 두 다리와 낮은 자세, 그리고 몸 안에서 뿜어지는 단련된 내공은 실로 대단한 것이었지만 성묵은 허공에서 몸을 구부렸다 빠르게 폄으로써 방향을 틀었다. 절정의 경공 금리도천파(金鯉倒千波)였다.

"어딜!"

한마가 주문 사용으로 탈력해 움직이지 못하는 제로스와 성묵의 사이로 끼어든다. 그의 몸은 이미 묵 빛으로 변한 상태다.

쩌저정!!

매화 향과 함께 한 송이 매화가 피어올라 한마의 몸을 피투성이로 만든다. 하지만 성묵의 목표는 한마가 아니었다. 그는 단지 방해물일 뿐이고, 뒤의 제로스를 처치할 생각이었던 것이다. 하지만 내공을 쓴 것도 아닌데 맨몸으로 검기를 받아내다니!

"그렇군. 생체력 사용자인가?"

화악—!

대답 따위는 기다리지도 않는다는 듯 뒤로 당겨진 검에서 자욱한 매화 향이 퍼져 나간다. 그 모습에 일순간 한마는 삼도천이 보이는 것만 같은 기분을 느꼈다. 그의 육체가 얼마나 단단하든 상관없이 이번 공격에는 갈가리 찢겨 나갈 것이라는 걸 본능적으로 깨달은 것이다. 그러나,

쩌정!

성묵은 내려치려던 검을 빛살처럼 휘둘러 자신을 향해 날아 드는 두 개의 탄환을 튕겨냈다. 하지만 거기에 실린 무게가 워낙 묵직했기 때문에 2미터 정도 밀려나는 것만은 어쩔 수가 없다.

"쳇! 기습인데 역시 막는 건가?"

그리고 그들의 앞으로 한 소녀가 모습을 드러낸다. 제법 풍성한 적발에 금속으로 만들어진 경갑을 걸친 귀여운 인상의 백인 미소녀. 160센티미터 정도 되는 키를 가진 그녀는 자신을 노려보는 성묵의 살기에도 전혀 주눅 들지 않고 서 있었다. 그리고 놀랍게도 그녀의 손에 들려 있는 것은,

"데저트 이글(Desert Eagle). Mark XIX."

비합리적인 총이다. 제작 자체가 권총의 목적에서 많이 벗어난 물건. 다른 권총에 비해 잘 맞지도 않고, 총알도 얼마 들어가지 않으며 생산 단가까지 비싼데다가 반동도 심하다. 정말 단점만 드글드글한 총.

그럼에도 데저트 이글은 엄청나게 유명한 총에 속했다. 그 이유는 딱 하나의 장점 때문이다.

파괴력(破壞力).

즉, 단지 강하다는 이유 하나만으로 유명한 권총이라 하겠다.

쾅! 쾅! 쾅! 쾅! 쾅!

양손에 들린 데저트 이글이 연신 굉음을 토하자 성묵의 검이 어지러이 움직여 모조리 튕겨낸다. 만약 보통 총이었다면 그냥 몸으로 받아내고 돌진했겠지만 그건 총이 아니고 쏘아내는 것 역시 총알이 아니다. 금속이 아닌 오오라의 집합체. 맞는다고 큰 부상을 입지는 않겠지만 결코 좋은 꼴은 보지 못하리라.

"초, 총?! 어디서 총 같은 게 나온 거야?!"

"바보야, 잘 봐. 생체력 능력자라고 해도 영력을 못 느끼는 건 아니잖아."

"그게 무… 어? 영력 덩어리?"

적발의 소녀 크루제의 쌍권총에서 희미한 영력이 피어오르고 있다는 걸 깨달은 한마는 그제야 그 소녀가 소문의 오오라 능력자라는 걸 알았다. 하지만 구현계 능력자가 총을 구현하는 게 가능하단 말인가? 물론 존재하지 않는 물건을 구현하는 게 구현계 능력자지만 구현이라는 건 그 사물의 형태와 특성 등의 모든 정보를 상시 [그려]내는 게 가능해야 하기 때문에 보통 검이나 도, 아무리 복잡해 봐야 활 정도가 한계다. 아직 갑옷을 구현하는 능력자도 본 적이 없는데 거의 수준을 네다섯 배는 뛰어넘는 총이 튀어나오다니?

하지만 그는 고개를 흔들어 잡념을 떨쳐 냈다. 알 게 뭔가, 벌써 마스터를 찍을 정도면 뭔가 수가 있겠지! 게다가 지금은 잡념을 품을 만한 상황이 아니다.

쾅! 쾅! 쾅! 쾅!

총구가 연신 불을 뿜을 때마다 검을 움직여 튕겨내며 전진하다 무시무시한 반응 속도와 검기(劍技)다. 데저트 이글에 손대포라는 명칭이 괜히 붙은 게 아닐진대 연신 쏘아지는 탄환을 모조리 자르거나 빗겨내 자신의 몸에 하나도 닿지 않게 만들고 있었다.

피핑!

그리고 크루제가 재차 총격을 가하기 전에 한 발짝 내디디며 매화를 피워 올린다. 크루제와 성묵과의 거리는 20미터에 가까웠지만 충분한 거리였다.

쩡!

"음?"

하지만 막 매화 그림자를 만들어가던 검은 자신의 관자놀이를 노리고 날아든 공격을 쳐내느라 움직임을 멈췄고, 만들어지던 매화는 허무하게 지고 말았다.

"…저격?"

"흥. 다른 곳에 신경 쓸 틈이 있을까?"

쾅! 쾅! 쾅!

세 발의 탄환을 발사하고 들고 있던 데저트 이글을 뒤로 던져버린다. 데저트 이글의 장탄 수는 일곱 발. 두 정을 들어 열네 발을 다 쏴버린 것이다. 허공에 던진 두 정의 권총은 빛으로 변해 사라졌다.

"인스톨 컴플리트(Install Complete)! 로딩(Loading)……!"

중얼거림과 동시에 그녀의 품으로 빛의 입자가 모여들고 새로운 총기가 모습을 드러낸다. 두터운, 약간은 특이한 외형의 기관단총, FN P90이었다.

드르르르르륵!!

데저트 이글보다 한 방의 위력은 떨어지지만 FN P90의 장탄 수는 무려 50발이나 된다. 게다가 이 신세대―물론 그래도 만들어진 지 꽤 되었지만―기관단총은 반동이 적어 크루제는 망설임 없이 탄환을 쏟아부으며 뒤로 물러섰다.

"우와! 피구 공! 나 저거 알아! FPS(First―Person Shooter의 준말. 주로 다양한 무기와 제한된 탄약을 가지고 조준, 발사 조작을 하는 게임)게임 할 때 꽤 써봤는데!"

"알았으니까 제로스 업고 빠져!"

"오케이."

한마는 잽싸게 제로스를 들었다. 업을 수도 있지만 그랬다가 등으로 공격이라도 가해지면 생명력이 떨어지는 제로스는 한 방에 죽을 수도 있기에 몸을 웅크리게 한 다음 품에 안고 이동했다. 둘 다 성인 남성이라는 걸 생각할 때 보통 할 수 없는 짓이지만 제로스의 체형이 비교적 왜소한 편이고, 반면 한마는 2미터에 가까운 덩치에 어깨가 떡 벌어진 거한이었기에 가능했다.

"어디 도망을······."

"나한테 집중하시지!!"

드르르르르륵!!

쉴 새 없이 연사되는 탄환이 단 한 발의 오발 없이 성묵의 전신으로 쏟아진다. 성묵은 빠르게 움직였지만 그럼에도 탄환은 정지된 표적을 노리듯 정확하게 목표물에 명중한다. 크루제 역시 단순 구현 능력만 뛰어난 게 아닌 빼어난 사격 실력의 소유자였던 것이다.

"귀찮게 하는군."

성묵의 눈이 가늘어짐과 동시에 몸이 흐릿해진다. 크루제는 깜짝 놀라 정신을 집중했지만 그 순간 성묵은 이미 그녀의 지척까지 접근한 상태다. 그것이야말로 화산파의 절세 보법인 구궁보(九宮步)다.

"치잇······!!"

드르르르르륵!!

재빠르게 총구를 돌린 크루제가 근접한 성묵에게 탄환을 난사했지만 성묵은 호신강기를 일으켜 탄환 전부를 몸으로 받아내며 검을 휘둘렀다. 탄환에 담긴 오오라가 충격을 주는 건 분명했지만 못 버틸 정도는 아니다. 이대로 그녀의 목을 끊어버리면 그의 승리! 그러나,

쩡!

"흠?"

크루제의 몸에서 백색 오오라가 뿜어져 나오더니 그대로 그녀의 전신을 둘러 방어, 성묵의 검을 튕겨냈다. 물론 완전히 방어하지 못해 목 근처의 피부가 갈라졌지만 잘리는 것보다야 훨씬 나은 상황이리라.

"제법이군."

"숙녀에게 상처 입히다니 매너가 꽝인걸!"

드르르르륵!!

그야말로 탄창이 비어버릴 때까지 쏟아부은 보람이 있는 건지 저지력에 의해 성묵의 몸이 3미터 이상 밀려났지만 그는 아랑곳하지 않고 모조리 호신강기로 받아내며 검을 휘둘렀다. 그리고 피어오르는 세 송이의 매화. 크루제는 목 뒤로 식은땀이 흐르는 걸 느꼈다. 단순히 몸에 오오라를 두르는 걸로는 막지 못할 공격이다.

쩌저정!

그러나 그 순간 커다란 타워 실드를 들고 있는 사내, 아돌이 끼어들어 세 송이의 매화를 막아낸다. 매화 잎에서 뿜어지는 검기는 장갑차의 복합장갑이라도 단번에 잘려 나갈 정도였지만

아돌은 낮은 자세에서 뿜어지는 실드 차징으로 오히려 매화를 흩어버렸다. 그리고 이어지는 공격!

"썬더(Thunder)."

한마의 품에 안겨 있던 제로스의 손이 성묵을 가리킨다. 제 몸조차 가눌 수 없는 상태에서 캐스팅을 완료한 것이다.

"인피니티(Infinity)."

파직!

한줄기 뇌전이 일어나 성묵의 몸에 명중한다. 피할 수 있을 리 없었다. 아무리 강력하고 빠르다 해도 어찌 번개를 피할 것인가? 하지만 성묵은 몸을 바짝 굳혔다가 아무런 타격이 없다는 것에 의문을 표하며 자신의 가슴을 바라보았다. 거기에는 번개 모양의 문양이 새겨져 있었다.

"…설마……!"

경악해 고개를 들어 하늘을 보자 어느새 모여 있는 검은색 먹구름이 보인다.

쾅! 쾅! 쾅!

먹구름에서 쏟아지는 벼락은 그야말로 무시무시한 기세였으나, 세 번째 벼락이 떨어졌을 때 성묵은 이미 어기충수의 묘로 30미터 이상 뛰어올라 먹구름을 베어내고 있었다.

"…맙소사!"

너무나 간단히 주문을 캔슬시키는 성묵의 모습에 제로스는 이를 악물었다. 15방은 떨어져야 하는데 그냥 뛰어올라 마력의 집합체라 할 수 있는 라이트닝 메이커(Lightning Maker)를 베어 버리다니? 내공을 끌어올려 견디는 것도, 근처의 다른 물체로 번개를 전도시키는 것도 아닌 그냥 뛰어올라 구름을 베어내는 게 가능할 거라고는 상상도 하지 못했다.

드르르르륵!

하늘에서 표표히 떨어지는 성묵의 몸에 탄환들이 쏟아졌지만 그는 디딜 땅이 없는 허공에서도 손에 든 검을 움직여 탄환 전부를 쳐냈다. 그야말로 할 말을 잃게 만드는 검기(劍技)였다.

"우와! 우와! 뭐 저런 게 다 있냐!"

마치 무게가 없기라도 한 것처럼 망루 위에 가볍게 내려서는 모습에 유저들은 경악성을 내질렀지만 성묵 역시 유저들을 새로운 눈으로 바라보고 있었다. 이건 정말 상상 이상이다. 하나하나는 그보다 약했지만 각각 자신의 특기를 극대화시킴으로써 결코 무시할 수 없는 전투력을 발휘하고 있지 않은가? 게다가 가장 큰 문제는 그들 중에서도 가장 약해 보이는 외양의 소녀다.

철컥.

크루제는 커다란 저격 총을 들어 성묵을 겨눴다. 그 길이가 무려 1448밀리미터나 되는데다 무게만 해도 12.9킬로그램이나 되어 소녀가 들기엔 지나치게 크고 무겁다. 게다가 그 반동도 강력하기 때문에 삼가대를 놓고 누워 쏴야 하는 총인데 그녀는 태연히 스코프로 십자선에 적을 집어넣고,

"바렛 M82?!"

한마가 놀라거나 말거나 방아쇠를 당긴다.

쩡!

"흠……!"

탄환을 튕겨냈음에도 팔이 찌르르 울리는 감각에 성묵의 눈

이 가늘어진다. 엄청난 위력이다. 12.7 99밀리미터 NATO, 50구경에서 발사되는 탄환은 그냥 쏘아져도 위협적이지만 거기에 오오라가 담기면 실로 살인적인 공격 능력을 가지기에 성묵으로서도 부담이 안 될 수가 없는 정도니까. 마치 그녀의 공격 중간 중간 어디선가 날아드는 저격처럼 그의 호신강기를 뚫을 정도의 위력을 가지고 있는 것이다.

"저런 걸 불러낼 수 있는 녀석이 또 있단… 아니, 저 녀석이 만들어서 다른 녀석에게 넘겼다는 쪽이 설득력있겠군."

성묵은 슬쩍 시선을 돌렸다. 저격자의 위치는 대충 파악이 가능했다. 그러나 그 거리는 1킬로미터에 가깝고, 근처에 유저가 너무 많았다. 아무리 그라도 그만한 수의 유저들 속에 들어가는 건 부담되는 일이다.

"저 녀석부터 처리해야겠군."

하지만 이미 주변 유저가 한데 뭉쳐 방어를 단단히 굳히고 있었다. 게다가 크루제도 결코 약한 능력자가 아니어서 오오라의 방어를 뚫고 공격을 날리기 쉽지 않다.

"그렇다면!"

쾅!

다시 바렛의 탄환이 발사되었지만 이번엔 몸을 움직여 피해낸다. 그리고 순식간에 땅에 내려서 무시무시한 속도로 유저들에게 접근했다.

"하압!!"

아돌의 실드 차징이 정면으로 성묵의 몸을 덮쳤지만 성묵은 마치 빙판 위를 달리는 것처럼 미끄러지며 아돌과 자신을 향해 쏘아지는 바렛의 탄환을 피했다. 그야말로 한순간에 코앞까지 접근하는 성묵의 모습에 다시금 오오라를 끌어올려 전신에 오오라의 방벽을 두르는 크루제. 하지만 성묵은 검을 휘둘러 검기를 뽑아내는 대신 크루제의 손목을 잡았다.

"에?"

그리고 집어던졌다.

쒜엑!

무시무시한 바람 소리와 함께 크루제의 몸이 수천이 넘는 몬스터 부대 속으로 잠겨든다. 유저들과의 전투로 숫자가 꽤 줄어 있었지만 아직도 몬스터 군단의 숫자는 7천 마리가 넘는다. 거기에 유저 한 명이 빠져들어 버리면 강하고 약하고를 떠나서 살아남을 수 없으리라.

"아앗! 이 자식, 치사하게!!"

"그야말로 의미없는 소리로군."

최대의 방해꾼이 사라지자마자 성묵의 검에서 망설임없는 살검이 뿜어지기 시작한다.

쩌저정!

"그윽!"

"컥!"

수십의 매화가 피어오르고 피투성이의 한마와 아돌의 몸이 쓰러진다. 물론 그들 역시 필사적으로 방어했기 때문에 사망하거나 하지는 않았다. 쓰러지는 와중에도 방어를 굳힐 수 있는 것은 그들이 가지고 있는 고통 제어 시스템 때문. 고통을 느끼지 않는 그들은 어떤 상황에서도 공포나 패닉에 빠지지 않고 합리적인 사고를 할 수 있다. 만약 그들을 제압하려면 일격에 죽여야지 부상으로는 큰 타격을 줄 수 없다는 것. 하지만 아쉽게도 성묵의 목표는 그들이 아니었다.

푸욱.

"제로스!"

성묵의 검이 제로스의 심장을 파고든다. 다른 이능을 무시하고 오직 공격 마법을 위해 마법 회로를 특화시킨 그가 성묵의 검에 반응한다는 건 애초에 무리한 일이었다.

"아, 제길! 마력 깎이는데……."

투덜거리는 제로스의 몸이 빛의 입자로 사라진다.

"썩을. 가뜩이나 강한 놈이 치사하기까지 하다니."

"합리적이라 해줬으면 좋겠군."

그렇게 말하며 한마와 아돌에게 검을 겨눈다. 그들은 고개를 움직여 자신을 도울 유저를 찾았지만 몬스터는 성묵 혼자가 아니다. 아직도 7천 마리나 남은 몬스터들 때문에 다른 유저들도 정신을 못 차리고 있는 것이다.

쩡!

거의 순간이동에 가까운 속도로 아돌의 등 뒤로 돌아서 검을 내리찍는 성묵. 아돌은 예상했다는 듯 왼발을 축으로 반 바퀴 돌아 검을 막아냈지만 무지막지한 충격과 함께 10여 미터 가깝게 밀렸다. 덤프트럭에 충돌당한 것 같다.

"쿨럭."

피를 토한다. 물론 피는 붉은색 액체가 아닌 금색의 기체로 허공에 흩어졌지만 상황은 심각해서 상태창은 치명상을 가리키

고 있다. 고통 제어 덕택에 아프진 않았지만 칼같이 예민하게
서 있는 감각으로 내장이 완전히 상했다는 걸 알 수 있었다.

"하아!!"

"너도 곧 처리해 줄 테니 기다려."

쩡!

성묵을 향해 무시무시한 기세로 덤벼들었던 한마는 단 일 검
에 마치 망치에 얻어맞은 못처럼 타일을 부수며 땅에 박혔다.
그 직후 아돌을 향해 매화가 피어오른다.

차라랑!

검향(劍香)이다. 검에서 은은한 매화 향이 뿜어져 천지를 진
동하고 있다. 그것이야말로 모든 화산파 검수들이 꿈꾼다는 절
대의 경지 검향지경(劍香之勁). 매화검법이 초절정에 도달하지
않으면 흉내조차 낼 수 없다는 경지였지만 그렇게 펼쳐지는 검
식 앞에서 아돌이 한 생각은 별거 없었다.

'괜찮은데. 향수로 팔면 인기 좀 있을 것 같아.'

그리고 화사하게 빛나는 매화가 그의 전신으로 떨어졌다.

웅!

"웃?"

"어?"

하지만 그 순간 신비로운 은빛이 일어나 아돌의 몸을 감싼다.
그것은 너무나도 성스럽고 온화한 기운. 아돌은 자신의 목에 걸
려 있던 펜던트가 눈앞으로 떠오르는 모습을 멍한 표정으로 바
라보았다.

"신성력?"

성묵의 눈이 가늘어진다. 그런 낌새를 느끼지 못했는데 프리스트로서의 능력도 가지고 있었단 말인가? 하지만 의외성이 좀 있었던 것뿐이지 그 힘 자체는 별로 크지 않다. 다시 한 번 검격을 날린다면 가볍게 적의 목을 잘라낼 수 있을 정도. 하지만 그 순간 뒤쪽에서 무시무시한 공격이 날아들었다.

쩌어엉!!

거의 기습이라고 봐도 좋을 정도의 공격임에도 번개처럼 검을 휘둘러 공격을 쳐낸 성묵. 하지만 그럼에도 무지막지한 힘에 오른팔이 부러진다. 엄청난 충격이었다.

'이건……?'

성묵의 힘과 정면으로 충돌해 납작하게 찌그러졌던 포탄. 그러니까 철갑탄의 개량형 APFSDS탄이 허공으로 떠올랐다가 빛의 입자로 흩어진다. 그 공격이 날아온 쪽은 성 밖 몬스터 군단 속. 공격을 날린 건 당연히 몬스터들이 아니었다.

드드드드득!!

"어? 어? 어어?"

"탱크?! 탱크를 구현시켰다고?!"

"전차라니! 맙소사 전차라니!!"

드르르르륵!!

주변 몬스터를 짓밟으며 거대한 전차가 질주한다. 부무장으로 장착되어 있는 MG3 7.62밀리미터 기관총 두 정이 쉴 새 없이 불을 뿜는다.

"훗! 이런 잡것들 사이에 던져 넣는 걸로 처리했다고 생각하다니 날 너무 무시하는걸~!"

움직이는 건 세계 최강 전차 중 하나라고 평가받는 레오파드 2A6. 전체적으로 육중한 외향을 가진 이 전차는 앞을 가로막는 적을 모조리 짓밟으며 전진하고 있다. 포신에서는 쉴 새 없이 포격이 뿜어진다.

"맙소사! 레오파드2A6!!"

"오오, 레오신! 오오……!!"

"최강 전차!"

전차를 알아본 유저 중 몇 명이 반색한다. 그러나 그중 몇 명은 분노를 표출했다.

"닥쳐! 최강의 전차는 흑표다! xk-2 만세!!"

"시대적으로 봐도 흑표가 최신이고 성능도 좋잖아! 날개 안 정철갑탄을 사용하는데다 헬기도 잡는 전차인데 왜 레오파드를 구현한 거지? 차라리 T-95면 이해를 하겠는데 레오파드?!"

분노를 표하는 유저의 목소리를 어떻게 들은 건지 크루제가 대답한다.

"그야 난 독일인이니까!"

"악! 그런 문제가! 제길! 우리나라에는 저런 거 구현할 녀석이 없는 건가!! 구현계 이 무능한 놈들!!"

"뭐? 네놈이 한번 구현해 봐!! 캐터필러 조각 하나라도 구현 이 되는지!!"

사람들이 떠들거나 말거나 크루제는 전차를 몰아 작은 몬스터는 통째로 밟아버리고, 큰 몬스터에게는 포격을 가해 길을 뚫으면서 접근했다. 그리고 성벽에 도착하는 순간 구현을 풀고 성벽을 타고 오르는 몬스터들의 머리를 차례로 밟으며 유저들 속으로 돌아왔다.

"우와! 장난 아니다! 마스터, 뭐 이렇게 세냐!"

"전차를 구현하다니!'

게다가 기습적으로 날린 포격은 성묵에게 엄청난 타격이다. 아무리 그라고 해도 날아드는 포탄을 정면으로 쳐내고 멀쩡할 수는 없어서 오른팔이 부러져 버린 것이다. 물론 그는 자신의 육체를 완벽하게 제어할 수 있기 때문에 뼈가 부러져도 얼마든지 검을 휘두를 수 있었지만 그 속도는 확연하게 떨어져 있었다.

"파이어 인 더 홀(Fire in the hole)~!"

소리치며 뭔가를 집어 던진다. 당연하지만 그 말만 들어도 그녀가 던진 게 뭔지 알 수 있었던 유저들은 모두들 자리를 피하거나 방어 자세를 취했지만 아무래도 현대 병기에 대해 아는 게 없는 성묵은 반응이 느릴 수밖에 없었다.

쾅!

수류탄이 폭발하며 파편이 무시무시한 기세로 주변을 휩쓴다. 그건 보통 수류탄이 감히 상상도 할 수 없는 위력을 담고 있다. 탄환에 오오라가 실려 있어 위력을 높이는 것처럼 그녀의 구현 능력으로 구현된 병기들은 하나같이 엄청난 힘을 가지고 있다.

쩌저정!

그러나 검막을 펼쳐 모든 파편을 막아낸다. 기습을 당해 타격을 입긴 했지만 성묵은 기본적으로 크루제보다 레벨이 높은 초절정의 검수. 현대 병기에 대해 아는 게 없다고 해도 그게 공격이라는 것을 아는 이상 얼마든지 막아낼 수 있다.

"정말… 대단하군. 이게 정말 능력을 배운 지 두 달밖에 안 된 녀석들이란 말인가."

성묵은 목구멍까지 올라왔던 핏물을 삼키며 주변을 살폈다. 전투는 치열하다. 1만의 몬스터 군단은 벌써 반으로 줄어 5천밖에 남지 않았고 유저들의 숫자도 상당히 줄어 있다. 그러나 이번에는 유저들 역시 방비를 단단히 하고 있었기에 전투는 패색이 짙다.

"흠."

그는 자신의 몸을 살폈다. 팔은 부러졌고 내상도 상당하다. 물론 싸우자고 하면 싸울 수 있지만 지금 이 순간 그가 사용할 수 있는 최고의 방법은 성벽 아래로 달아나 몬스터들 사이에서 회복을 취한 다음 다시 공격을 가하는 것. 어쨌든 1:1로 그를 상대할 수 있는 유저란 존재하지 않았으니 적극적으로 유저들을 학살하고 다닌다면, 유저들로서는 큰 타격을 받을 수밖에 없을 것이다. 그러나,

"후퇴라니……."

피식 웃으며 검을 중단에서 상단으로 올린다. 그리고 무지막지한 살기가 주변을 뒤덮기 시작한다.

차르르릉ㅡ

향기가 주변을 감싼다. 그것은 정신이 몽롱할 정도로 짙은 매화 향. 성묵의 검에서 실같이 가는 검기가 하나둘 흘러나와 얽혀 화사한 매화로 변한다. 그것은 매화검법 중에서도 극의(極意)에 도달하지 못하면 흉내조차 내지 못한다는 절정의 검식 매화만리향(梅花萬里香)이었다.

따다다당!!

아돌은 방패를 들어 올려 쏟아져 내리는 매화 잎을 막아냈지만 무지막지한 검기가 쏟아지는 소나기처럼 방패를 때린다. 방패가 누더기가 되는 데에는 채 1초도 걸리지 않았다.

"큭……!"

아돌은 방패를 때리는 검기의 반동으로 튕겨나 뒤로 빠지려고 했지만 마음과 달리 오히려 앞으로 끌려들어 가는 것을 느꼈다. 아름답게 피어오른 매화 잎들이 주변 적을 끌어당기고 있는 것이다.

드르르르륵!!

크루제는 반사적으로 FN P90을 구현해 난사했지만 화사하게 피어오른 매화를 잠시 주춤하게 만드는 게 한계였다. 크루제는 비명을 질렀다.

"사방 100미터를 한꺼번에 점하는 검기라고?!"

앞도, 뒤도, 좌도, 우도 화사하게 피어오른 매화가 점하고 있다. 언뜻 보기엔 황홀할 정도로 아름다운 광경이지만 거기에 스치기라도 하면 강철이라도 두부처럼 잘려 나간다. 그야말로 참살공간이라는 말이 아깝지 않을 정도였다.

"크악!"

"컥?"

범위 안에 있던 유저들이 그야말로 순식간에 살해당해 로그아웃 당한다. 그나마 버티고 있는 건 너덜너덜한 방패를 든 채 전력으로 물러서고 있는 아돌과 몸을 둥글게 말아 바닥에 엎드려 있는 한마, 그리고 FN P90을 난사해 검기를 저지하고 있는 크루제뿐. 하지만 그것도 잠시이지 전원 몰살이 거의 확실시된 상황이다. 그들이 견딜 수 있는 시간은 겨우 수 초일 뿐이지만 내공의 고갈을 각오한 성묵은 매화만리향을 1분 가까이 펼쳐 낼 수 있었으니까.

하지만 그 순간 하늘에서 검이 떨어졌다.

카가가각!

검광이 번쩍인다. 검광의 주인은 거대한 검을 타고 흐드러지게 핀 매화의 한가운데로 내려선 20대 초반의 청년. 당연히 매화를 이루고 있는 검기들은 청년의 전신을 감싸고 들어왔지만 그는 왼손에 들린 검으로 모든 검기를 쳐냈다.

"분광검법(分光劍法)? 한 손으로?"

수십 개의 빛줄기가 마치 그물처럼 청년의 전신을 감싸고 있다. 검식을 펼쳐 내는 것은 청년의 왼손이었는데, 검식이 어찌나 빠른지 왼쪽 어깨부터 검끝까지는 그 모습이 보이지도 않는다. 언뜻 보면 꼭 외팔이처럼 보일 정도였다.

"크기 조절해 줘, 더스틴."

[알았다.]

청년이 양반다리로 앉을 수 있었을 정도로 널찍했던 검신이 작아지더니 용익 비늘을 이어 만든 것 같은 형태이 건으로 변한다. 길이는 1.3미터 정도. 약간은 짧은 느낌도 있었지만 그게 그가 평소 사용하는 크기였다.

카각! 카가가각!!

빛을 나눈다는[分光] 이름답게 그의 검세는 그야말로 빛살 같은 속도로 자신에게 다가오는 모든 공격을 쳐냈다. 그것만 해도 믿을 수 없을 정도의 광경인데 오른손으로 검 형태의 소환수를 늘어뜨리듯 잡고 천천히 앞으로 걸어 들어온다.

성묵은 그 모습에 위기감을 느끼고 검식을 흡(吸)자결에서 발(發)자결로 변경하며 사방으로 분산되던 검식을 청년에게 집중했다.

"검은 하나, 마음도 하나. 그러나 하나는 백이 되며 만검(萬劍) 또한 일검(一劍)이 되나니⋯⋯."

오류손이 들리고 늘어져 있던 검 형태의 수환수, 더스틴 역시 들린다. 거기에는 태산과 같은 거력도, 강대한 검기도 없었지만 그 깊이를 알 수 없는 허허로움은 성묵에게 위협으로 다가왔다.

"매류통천(梅流通天)."

사방으로 흩어졌던 매화가 모여들고 그와 함께 흐릿하던 매화가 뚜렷하게 변한다. 사방 100미터에 흩어져 있던 모든 검기를 촘촘히 집중시켜 거대한 검기의 다발을 만든 것이다.

차라라랑!

모여든 검기가 짙은 매화 향과 함께 화려한 꽃봉오리를 펼친다. 그 수는 겨우 세 송이에 불과했지만 지금까지의 어떤 매화보다 뚜렷하고 선명했으며 그 하나하나가 상상을 초월하는 힘을 담고 있다. 거기에 가로막히면 미사일이라도 비어기지 못하고, 명중당하면 전차의 복합장갑이라도 단숨에 관통당할 정도로 집중된 내공의 정화. 그러나 청년은 두려움없이 늘어뜨려 있던 검을 들었다.

"무거움 속에 빠름을 담고 빠름 속에 느림을 담아라. 극과 극이 하나가 되어야 비로소 귀일(歸一)이라 할 수 있다."

차분한 목소리와 함께 검이 뻗어진다.

텅!

그렇게 첫 번째 매화가 지고,

텅!

두 번째 매화가 지고,

텅!

세 번째 매화까지 힘을 잃은 직후—

푹.

느릿하게 내뻗어진 검이 너무나도 쉽게 성묵의 가슴을 관통한
다. 화려하게 피어올랐던 매화들의 모습은 이미 흔적조차 없다.

"무… 슨……. 태극혜검(太極慧劍)……?"

"알아보는 걸 보니 제대로 됐나 보네. 부담은 없지, 더스틴?"

[날 너무 무시하는군. 멀쩡하다.]

더스틴의 대답을 들으며 청년 아더는 성묵의 가슴에 박혀 있
는 더스틴을 뽑았다. 사람들은 그 모습에 성묵이 다시 공격을
가할까 봐 움찔하고 놀랐지만 이미 검공(劍功)에 당해 정(精)과
기(氣)의 균형이 무너진 성묵은 공격을 가할 힘이 없다.

털썩.

다리에 힘이 들어가지 않는 듯 성묵의 몸이 허물어진다. 그럼
에도 그 눈동자는 생생하다. 심장이 관통당한 생명체의 눈이라
고 믿을 수 없을 정도. 그런 눈으로 성묵은 아더의 모습을 쏘아
보며 말했다.

"너희들에게… 이 세상은 놀이터라고 들었다."

"흠. NPC들이 그런 것도 알아?"

"글쎄… 나 같은 녀석이 많지는 않겠지만… 그렇군. 놀이터

인가."

확.

순간 거세게 몸을 일으키는 성묵의 모습에 주변에 있던 모든 유저가 깜짝 놀라 전투태세를 취했다. 하지만 단지 일어난 것 뿐, 성묵은 그 어떤 전투도 행할 수 없는 상태다. 사실 이미 파괴된 육체를 단지 심력만으로 일으켜 세운 것만 해도 무지막지하게 강력한 정신력이 아니면 불가능했을 일. 그리고 그는 그렇게 몸을 일으켜,

"재미있군. 네놈, 무학을 익힌 게 처음이 아니지?"

"바로 눈치채다니. 사실은 수련의 방에서 100일이나 수련했지."

"100일? 후후후, 100일이라……. 100일 수련하고 나왔으니 처음이 아니라고?"

아니다. 그게 아니다. 그는 아더가 태어날 때부터 검을 쥐었다고 말했어도 드높은 경지에 너무 빨리 도달했다 여겼을 것이다. 그런데 100일이라니?

"재미있군, 정말 재미있어. 한 번 본 매화검을 수법으로 펼쳐내는 녀석이 있길 않나, 100일 만에 대극메검을 완성하는 놈이 있질 않나."

허탈한 웃음이었지만 거기에 살의나 분노는 담겨 있지 않다. 있는 것은 단지 즐거움. 그는 웃었다.

"오늘은 이쯤 하지. 그러나 오늘이 나의 끝은 아니다. 그러니……."

씩 웃으며 성묵은 유저들을 향해 말했다.

"기다려라."

펑!

그 말과 함께 성묵의 몸이 검은 연기로 폭발해 완전히 사라진
다.

"…흠. 몬스터라는 건 다 소리나 질러대는 줄 알았는데 꽤 멋
있는 녀석들도 있구나."

그 넘치던 투기에 잠시나마 눌리고 말았던 아더는 놀랍다는
표정을 짓고 있다가 성묵이 사라진 자리에 다가갔다. 거기에는
지름 50센티미터 정도의 보호막이 주먹 반만 한 크기의 단환을
감싸고 있었다.

"어디 보자, 태을신단(太乙神丹)?"

별생각없이 감정해 그 내용을 읽던 아더는 깜짝 놀랐다.

"유니크(Unique)급 단환이라고?"

판매하기만 할 뿐 아직 그 누구도 사용한 적이 없는 대환단조
차 단지 레어 등급이라는 걸 알고 있는 아더는 깜짝 놀라 손을
내밀었지만 안타깝게도 태을신단을 감싸고 있는 보호막은 그의
손을 튕겨냈다.

"…어?"

그리고 아더의 시점에서 봤을 때 약간 아래쪽에서부터 희고
가는 손이 올라와 태을신단을 잡았다.

"내 거지롱~"

베에, 하고 혀를 내민다. 아더는 그 모습이 너무 귀여워 순간
할 말을 잃어버렸지만 타고난 근성, 그야말로 근성 중의 근성이
라 불리는 거지근성(?)으로 그 유혹을 이겨내고 인상을 찡그릴

수 있었다.

"…왜?"

"경험치와 드랍 아이템은 먼저 중상을 입힌 유저가 차지하는 거 잊었어? 그리고 그 오크 녀석은 내 포격에 팔이 부러졌었지."

'훗', 하고 쿨하게 웃어주는 그녀였지만 주변 반응은 그리 친절하지 못하다.

"우와, 날로 먹어. 이건 뭐 거의 스틸 수준인데?"

"죽는 걸 살려놨더니 경험치랑 아이템을 챙겨가네."

"시, 시끄러워!! 게임 시스템이 원래 이런 거잖아!"

그리 뻔뻔하지는 못한 듯 새빨간 얼굴로 소리치면서도 태을신단을 가슴에 꼭 안고 주변을 경계한다. 인간적으로 도저히 뺏을 수가 없는 모습에 아더는 어깨를 으쓱였다.

"뭐, 상관없겠지."

"…정말?"

아더가 순순히 물러서자 눈을 동그랗게 뜨고 바라보는 크루제. 그 모습에 아더는 웃었다.

"아직 세 마리나 남았지. 그거 다 내 건데, 뭐."

"……."

그 강력한 보스 몬스터들을 마치 맡겨놓은 물건 취급하는 아더의 모습에 다들 할 말을 잃었지만 부정하지는 못한다. 농담이 아니라 그가 보여준 강함이 정도 이상이었기 때문이다.

아더는 눈을 들어 치열한 전투가 벌어지고 있는 주변을 둘러보았다. 유저들과 몬스터들이 가진 힘과 전투 능력. 그 [강함]이 손에 잡힐 듯 선명하게 인지된다. 그것은 그의 경지가 전장에 있는 어떤 누구보다 높았기에 가능한 일이다. 조금 어려워 보이는 건 태을신단을 품에 안고 있는 크루제뿐 누구도 그의 경지에 도달하지 못했다.

"역시 사람들이 노력을 안 해."

[아직도 그 소리냐?]

어이없어하는 더스틴의 말을 들으며 성벽 위에 서는 아더. 그리고 그때 그를 노리고 수십 발의 화살이 날아들었지만.

피피핑!

검격은 빛살과 같다. 그것은 검술이라기보다 차라리 빛으로 이루어진 결계가 전신을 감싸는 것처럼 느껴진다. 그의 검은 성묵이 쏟아내던 검기를 모조리 쳐냈을 정도이니 사실상 빠르기로 그의 방어를 뚫는다는 건 불가능에 가까운 일로, 그의 방어는 완벽에 가까워서 머리 위에 양동이로 물을 쏟아부어도 몸에 물 한 방울 묻지 않을 정도였다.

탓!

아더의 몸이 일말의 망설임없이 성벽 아래로 떨어진다. 당연히 그런 그를 향해 몬스터들이 몰려들었지만, 아더는 마치 양떼 사이로 뛰어든 이리처럼 몬스터 군단을 휩쓸었다.

"뭐, 뭐 저런 게 다 있어?"

"나도 분광검법 쓰는데 뭐 이런!! 아무리 경지의 문제라지만 같은 인간인데 어떻게 이렇게까지 차이가 날 수 있지?!"

터무니없는 광경에 경악하는 유저들. 그런 모습에 발끈한 것일까? 크루제 역시 성벽을 박차고 몬스터들 한가운데로 몸을 날렸다.

"캬아!!"

거대한 덩치의 몬스터 하나가 자신을 향해 날아드는 소녀를 향해 웬 떡이냐는 표정으로 입을 벌렸지만 그 순간 크루제의 입에서 낭랑한 목소리가 울려 퍼진다.

"인스톨 컴플리트(Install Complite)! 로딩(Loading)!"

말이 끝남과 동시에 크루제의 몸에서 뿜어져 나온 오오라가 컴퓨터 그래픽처럼 수많은 점과 선, 면으로 이어지더니 이내 묵직한 디자인의 전차로 변했다.

쾅!

입을 벌리던 몬스터를 그대로 뭉개 버리며 착지한 레오파드 2A6이 정면에 포격을 가한다. 원래 중전차인 레오파드가 10여 미터에 가까운 높이에서 떨어진다면 적지 않은 타격을 받겠지만 오오라로 구현된 크루제의 레오파드는 어지간한 번지점프대에서 떨어져 땅에 충돌해도 견딜 만한 내구성을 가지고 있었다.

"와… 저 괴물들은 대체 뭐냐?"

성묵의 공격에 치명상을 입어 성벽 한구석에 주저앉아 있던 아돌은 그 광경에 그저 헛웃음을 흘릴 뿐이다. 그 역시 상위 1%의 고 레벨 유저이자 강력한 전투 능력을 가진 이였지만 아더와 크루제가 벌이는 전투는 명백히 규격 외의 것이었다. 문자 그대로 할 말이 없다. 몇 배 더 강하다거나 하는 문제를 떠나서 그들이 사용하는 기술들의 이치(理致)는 보통 사람들이 상상하기 힘든 수준이었기 때문이다.

"앗! 환자 발견!"

그가 그렇게 황당해하고 있을 때 새하얀 법의를 입고 있는

20대 후반의 청년이 달려온다. 법의라고는 하지만 전체적으로 간편하게 만들어져 움직임에 방해되지 않는 복장을 하고 있는 사내는 날렵한 움직임으로 아돌의 앞으로 뛰어오며 소리쳤다.

"다리안! 저 녀석 너무 아파 보이니 도움 좀!"

신이 노해서 천벌이라도 내리지 않을까 싶을 정도로 성의없는 기도였지만 틀림없이 그의 손에 깃드는 것은 성스러운 신의 힘, 신성력이다.

웅.

치유된다. 엄청난 속도다. 치명상을 입고 손가락 하나 움직일 수 없던 아돌은 멀쩡히 일어나 자신의 몸 상태를 살필 수 있었다. 내공 소모가 조금 큰 걸 빼곤 만전에 가까운 상태. 그리고 한마는,

"오오오!! 완전 회복……!!"

멀쩡히 일어나 무시무시한 기세로 소리친다.

"우와! 생체력 사용자하고 신성력 사용자 조합은 최강이라더니 이런 이유인가?"

내공 사용자인 아돌은 신관의 치료를 받아도 완전히 회복되지 않는다. 당연하다. 육체가 회복되어도 소모된 내공은 돌아오지 않으니까. 하지만 생체력 유저의 경우에는 상황이 좀 달라서 정말 거의 완벽에 가까울 정도로 상태가 호전되어 버리는 것이 아닌가? 사냥할 때 무투가는 신관을, 신관은 무투가를 괜히 찾아다니는 게 아닌 것이다.

쾅!

다시 뿜어져 나가 수십의 몬스터를 쓰러뜨리는 포격을 보며

아돌은 몸을 일으켰다. 전세는 유저들에게 유리했다. 일단 기본
적으로 유저들이 강했으며 성벽의 메리트 역시 분명히 있었고,
무엇보다 몬스터들은 지휘관이라고 할 수 있는 성묵을 잃은 상
태였던 것이다.

"참전하자."

"좋아!"

기세 좋게 움직여 성벽을 오르는 몬스터들을 후려치는 아돌
과 한마. 그렇게 치열한 전투가 이어진다.

                    *   *   *

　멀린이 공성전의 현장에 도착한 것은 성묵이 한참 유저들을
밀어붙이고 있을 때였다. 당연히 멀린은 저격으로 성묵을 노리
려고 했지만 그때 모습을 드러낸 탱크는 그의 행동을 막았다.

"엑! 현대 병기? 저런 게 어떻… 응?"

하지만 그도 영력을 읽는 데 뛰어난 재능을 가지고 있던 터라
곧 그것이 강철이 아닌 영력의 집합체라는 것을 눈치챌 수 있었
다. 그가 사용하는 내공이나 마력과는 조금 다른 종류의 힘. 그
는 입을 다물 수 없었다. 저런 게 가능할 거라고는 생각도 한 적
없었기 때문이다.

때문에 그는 숨어서 전장을 지켜보았다.

물론 그와 성벽 사이에는 상당한 거리가 존재했지만 시력 강
화에 익숙한 멀린에게 그 정도 간격은 책이라도 읽을 수 있는
수준에 불과.

그리고 그 상태에서 모두 보았다. 궁지에 몰린 성묵이 펼쳐낸 매화만리향의 모습. 절정의 검기에 휩쓸려 위기에 처하는 유저들의 모습. 그리고—

"어?"

수많은 매화의 한가운데로 뛰어든 청년. 그리고 그의 손에 펼쳐져 성묵의 심장을 꿰뚫는 이상(理想)의 검공(劍工).

"어어?"

그것은 완성되어 있었다. 그야말로 완전무결(完全無缺)의 검이다. 그조차도 한 번에 그 이치를 깨달을 수가 없다.

"유저… 라고? 저 녀석이? 나처럼 현실을 살아가던 인간이란 말이야?"

사실은 은연중에 생각하고 있었다. 스스로를 속이고 있었을 뿐 아주 어릴 적부터 알고 있었다.

나는 이상하다.

모를 수가 없었다. 그는 인간이라기보다 괴물에 가까운 존재였다. 진심을 드러내면 모두가 그를 두려워했다. 다른 아이들이 날아가는 비행기를 보면 단지 볼 뿐이지만 그는 비행기의 날개를 보고 양력의 발생 원리, 즉 비행이 가능한 이유를 알았고, 비보이들의 춤을 보면 그 모든 동작과 근육, 뼈의 움직임과 행동원리를 파악하여 완벽하게 따라 하는 게 가능했다.

눈에 들어오는 세상은 전부 이해 가능한 것들뿐이다.

하지만 세상은 그런 그를 이해하지 못했다. 모름지기 사람은 자신이 모르는 것을 두려워하는 존재. 그는 두려움을 받았고, 불과 열 살이 조금 넘는 나이에 자신이 이상함을 깨달을 수 있었다.

그래서 도망쳤다.

그 후로 그는 평범한 아이가 되었다. 아니, 오히려 조금 뒤떨어지는 아이가 되었다. 하지만 세상에 조금 뒤떨어지는 아이는 얼마든지 있었기에 그는 비로소 세상에 녹아들 수 있었다. 물론 단편적으로 드러나는 그의 재능을 알아보는 사람들이 몇 있었지만 그는 다시 도망가고 또 도망가며 살아왔다.

하지만 지금,

저기에 그와 '같은' 인간이 둘이나 있다.

두근.

가슴속에서 무언가가 치밀어 오른다.

"아……!"

그 정체는 희열이다. 그는 지금까지 단 한 번도 자신과 같은 인간을 본 적이 없었기 때문이다.

그래서 재미있다.

재미있다.

재미있어 미칠 것 같았다.

"아아……!"

금단선공의 내공이 끓어오른다. 그리고 그것 때문에 기척이 새어나가 버렸고, 주위에 있던 몬스터 중 하나가 그의 위치를 발견하고 달려온다. 기척을 흘렸다고는 해도 상당한 거리인데 순식간에 다가오는 것을 보면 꽤나 높은 수준의 경지를 가지고 있는 모양이다.

"네놈! 숨어서 뭘 노리는 거냐!"

그건 거대한 벌이었다. 몸통만 해도 1.5미터에 가까운 크기인데다 여섯 개의 다리에는 작달막한 나무로 만들어진 완드를 각각 한 자루씩 들고 있다. 마법사인 모양이다.

"…흠. 그래, 네가 좋겠다. 지금 공격할 테니까 막아."

"무슨 소……."

훙.

순간 질풍처럼 멀린의 몸이 뻗어나간다. 그야말로 느닷없는 공세였지만 거대한 벌은 호탕하게 소리치며 여섯 개의 완드를 움직였다.

"가당찮은 녀석!"

윙!

여섯 개의 실드가 만들어진다. 놀랍게도 거대한 벌은 미리 준비해 두었던 주문을 동시에 발현한 것! 그러나 멀린은 놀라지 않고 등 뒤로 끌어당겼던 오른손을 앞으로 내뻗었다.

"느림과 빠름을 하나로, 극과 극을 연결시켜야 해. 그것이 태극(太極)이겠지."

진각을 밟음과 동시에 깨끗하게 그의 손이 내질러진다. 물론 그 앞을 여섯 개의 실드가 막아섰지만 실드는 그의 손길을 잠시도 버티지 못한다. 아니, 버티지 못한 정도가 아니다. 오히려 실드의 힘은 멀린의 수공에 더해지며 그 위력을 강화했다.

"뭐, 뭐라고?"

그 기가 막힌 광경에 거대한 벌은 일순간 아무런 대응도 취하지 못했다. 실드라는 건 방어 기술로 상대의 공격을 막거나 혹 막지 못하더라도 그 힘을 경감시킨다. 그런데 그런 실드를 통과할 때마다 위력이 더해진다니?

첫 번째, 두 번째, 세 번째, 네 번째 실드가 녹아들어 멀린의 수공에 더해진다. 물론 흡수는 거기까지가 한계였지만 그것만으로 충분했다. 멀린은 더해진 힘으로 나머지 두 장의 실드를 부숴 버리고 거대한 벌을 후려쳤다.

펑!

거대한 벌의 몸이 터져 나가며 검은색 연기로 흩어진다. 실로 무시무시한 위력이었지만 멀린의 표정은 굳어 있다. 아더의 기술을 완벽하게 재현해 내지 못했기 때문이다.

"3성… 아니, 4성 정도인가?"

한순간의 깨달음이 왔는데도 이 정도이니 그 이상의 경지에 도달하자면 더 많은 시간이 걸리리라. 하지만 그것만으로도 엄청난 위력인 것만은 틀림없다.

그것은 말하자면 공격형(攻擊形) 카운터(Counter)다.

태극혜검의 궁극적인 묘리는 태극의 힘으로 천지에 존재하는 모든 힘을 조화시킴으로써 자신의 힘에 더하는 것이다. 즉, 3의 힘으로 공격해 2의 방어에 막혀 1이 되는 것이 아닌, 오히려 2의 방어를 자신의 힘에 더해 5의 위력이 되는 것. 때문에 태극혜검은 방어가 불가능한 기술이다. 방어에 힘을 쓰면 오히려 그 힘이 공세에 더해지기 때문이다. 태극혜검에 방어하는 방법은 오직 피하거나 맞고 견디는 것뿐이다. 그야말로 사기적이다고밖에 말할 수 없는 기술.

물론 태극혜검에도 한계가 있는데, 방어에 사용되는 힘이 태극혜검의 경지보다 더 위의 것이라면 조화시키는 것이 불가능하다. 하지만 적어도 멀린이 보기에 아더의 태극혜검은 완전.

어떤 방어도 그 공격엔 뚫릴 수밖에 없으리라.

검법으로 막는 것도 마찬가지다. 순수하게 검을 들어 막는 것이라면 모르지만 결국 무공에서 검법의 방어라는 것도 검에 기운을 씌워서 막는 것이니 검에 실린 힘은 태극의 묘리에 의해 조화, 오히려 주인을 쓰러뜨리리라.

"하, 하하! 나, 별거 아니구나."

멀린은 바닥에 떨어진 완드를 챙겨―완드를 여섯 개나 들고 있던 몬스터였지만 드랍된 건 그것 하나뿐이었다―다시 주변에 몸을 숨겼다. 머릿속은 복잡하다. 금단선공의 기운이 끓어올랐지만 그는 그 기운을 억눌렀다.

"무공은 이제 됐어."

물론 그는 자신의 재능이 아더에 비해 떨어진다고 생각하지 않았다. 하지만 크게 나을 것도 없다. 시간을 두고 더욱더 수련해야 간신히 동급이 되리라.

그런 건 재미없다.

쩌적.

그의 오른 손등에 새겨진 마법진에 마력이 몰려들기 시작하면서 서서히 형태를 이룬다. 처음에는 단순한 시멘트나 석고저럼 보였지만 시간이 지날수록 점점 옥색을 띠기 시작한다.

키이잉―!

지금 이 순간 24시간 내내 운용하고 있던 금단선공의 운기조차 멈춘 채 몰입한다. 그의 머릿속에서는 거대한 설계도가 그려지고 있다. 그것은 마력으로 이루어진 거대한 탑.

물론 미친 짓이다. 마치 2~300층짜리 고층 빌딩을 설계도조차 없이 만드는 것과 같은 일.

결국 마력 설계라는 것도 막대한 시간과 노력, 그리고 고뇌와 사색이 필요한 작업이다. 마력이 내공처럼 세계의 힘을 정제해 자신의 몸에 쌓는 방식이 아닌 주변의 마력을 바로 사역해 사용하는 방식임에도 불구하고 그 사용 마력이 마구 늘어나지 않는 것 역시 그런 이유 때문이니까.

태어날 때부터 다뤄온 몸뚱이와는 다르게 전혀 이질적인 힘인 마력은 그 양이 많아지면 많아질수록 제어하에 두기 어려워진다. 때문에 마력은 재능이 없어도 시간이 지날수록 어느 정도 양이 늘어나는 내공과 다르게 자신이 사역할 수 있는 한계 이상으로는 절대 성장하지 않는다. 때문에 마법사들은 수많은 시간을 들여 마력을 설계하고 여러 가지 방법을 사용해 그 형태를 이미지화한다. 그 모든 과정을 한 번에, 그것도 머릿속에서 완성하는 건 인간으로서 불가능한 일이라 생각한다.

―하지만 세상엔 그게 가능한 인간도 있다.

윤.

완연한 옥색으로 변했던 마법진이 이내 보라색의 보석으로 변했다. 하지만 그것도 잠시, 보라색의 보석은 다시 녹색으로 변했다. 에메랄드(Emerald)다.

> 마정석. 옥(Jade)이 생성됩니다!

옥(Jade)이 자수정(Amethyst)으로 진화하셨습니다!

자수정(Amethyst)이 에메랄드(Emerald)로 진화하셨습니다!

영력(Type 마력)이 1마3포인트 증가하셨습니다!

마력은 150포인트, 즉 200테트라에 도달했다. 1~100포인트까지는 1포인트 당 반년, 100~200포인트까지는 1포인트 당 1년, 200~300포인트까지는 1포인트 당 2년… 이라는 식으로 초반을 제외하고는 1포인트 당 늘어나는 취급 영력 양이 자연수로 늘어나는 내공과 다르게, 마력은 그 양이 제곱으로 불어나 100~200포인트 구간은 2테트라의 마력을 1포인트로 취급하기 때문이다. 사실 더 늘어나야 하는데 또 레벨 제한에 막혔다.

"…짜증나서 안 되겠다. 5레벨까지는 올려봐야지."

사실 그는 레벨 업의 필요성을 느끼지 못했다. 보너스 포인트의 존재도, 전직의 필요성도 모르는 그에게 레벨이란 단지 능력치 제한과 아이템 사용 제한 이상의 의미를 가지지 못했기 때문이다. 하지만 그 능력치 제한이 이렇게 매번 방해를 하니 어느 정도 필요성을 느낄 수밖에 없게 되었다.

"시험의 방."

웅.

중얼거리며 손을 가로로 내젓자 허공에 틈이 열린다.

"진입."

그리고 손을 세로로 내젓자 허공에 떠 있던 틈이 십자가로 열리며 메시지가 떠오른다.

뒤에서는 한창 전투가 벌어지고 있지만 전혀 관심없다는 태도다. 만약 거기서 다른 몬스터가 그를 인식했다면 문제가 되겠지만 전투가 한창인 몬스터들은 보지 못했고,

슥.

그의 모습은 공간의 틈으로 사라졌다.

*　　　*　　　*

"셋 다 대단하네요. 과연 백경이라는 건가요?"

"그렇지. 겨우 70억 중 백경이 셋이나 태어나는 기적이 일어날 줄은 몰랐지만 어쨌든 다행이군."

"왜요?"

"만약 백경이 단 한 명이었다면 녀석은 매너리즘에 빠져 버렸을 거야. 어느 순간 성장의 필요성을 잃어버렸겠지. 하지만 이렇게 되면… 상황이 좀 재미있어지겠군."

그들은 달 위에 앉아 있었다. 그래, 달이다. 일본어로 つき라고 쓰고, 영어로는 Moon이라고 쓰는 바로 그 달. 물론 지구의 존재들이 흔히 보는, 반지름이 1,700킬로미터에 달해 지구

의 4분의 1이나 되는 그 달은 아니다. 다이내믹 아일랜드는 지구처럼 행성이 아닌 일종의 거대한 격리 차원이었기에 우주까지 구현되어 있지 않은 것이다. 딱히 유저들을 우주여행 시킬 이유가 없으니 거기까지 구현하는 건 에너지 낭비. 때문에 그들은 하늘에 반지름 1킬로미터의 태양과 그 절반 크기의 달을 만들어 천체를 구성했다. 물론 이것들은 땅에서 정말 멀리 떨어져 있기 때문에 유저들이 알기는 어려우리라.

"하지만 이상해요. 저 정도 재능을 가지고 있는 녀석들이 어떻게 현실에서 평범하게 살 수 있는 거죠? 이건 낭중지추 수준이 아니잖아요? 뱀 사이에 용이 껴 있는데 단지 비슷하게 생겼다고 못 알아보는 거랑 뭐가 달라요?"

황당해하는 소년의 물음에 중절모를 쓰고 있는 은발의 사내가 말했다.

"말하자면 의태(擬態)다. 자기 보호지."

"자기 보호라고요? 평범하게 사는 게?"

"애초에 인간은 자신들이 이해할 수 있는 규격 외의 존재를 인정하지 않는 존재야. 백경이라는 건 물론 뛰어난 재능을 가지고 있는 존재들이지만 무슨 힘을 가진 건 아니니까. 힘을 가지지 못한 다름은 배척당할 뿐이지."

"그럼 저 녀석들이 일부러 재능을 숨기고 있다는 건가요?"

소년의 말에 중년 사내는 고개를 흔들었다.

"그건 아니야. 저 녀석들은, 역설적으로 너무나 뛰어나기 때문에 아주 어린 나이에, 그러니까 인격 형성이 제대로 되기 전부터 자신의 재능을 억눌렀지."

그는 그 세 백경을 모두 현실에서 만났다. 그들은 상상을 초월할 정도의 천재라고 할 수 있었지만, 그럼에도 모두 평범한 삶을 살아가고 있는 상태였다. 정말 가까운 이들을 제외한 그 누구도 그들의 특별함을 이해하지 못하고 있었다.

"인격 형성이 되기 전이라면… 저들이 무의식적으로 자신의 재능을 억누르고 있다고요?"

"그래, 멀리이라는 녀석의 경우에는 도망치는 것으로, 크루제라는 녀석은 마음의 문을 닫는 것으로, 그리고 아더 녀석의 경우에는 노력하는 것으로 자신의 재능을 억누르고 있지."

"…에? 앞의 두 개야 그렇다고 쳐도 노력하는 걸로도 재능을 숨길 수가 있어요? 오히려 너무 위험해지는 게 아니고?"

"생각해 봐라, 멜튼. 한 번 슥 봐도 알 수 있는 걸 백번 천번 보면 어떻게 되지?"

"에… 더 잘 아나요?"

고개를 갸웃거리는 그의 모습에 중년 사내는 고개를 흔들었다. 물론 그렇게 생각할 수 있지만 지나친 노력은 아무런 의미가 없다. 쉽게 말해 그 노력은 Apple이라고 할 수 있다.

어떤 학생이 [Apple=사과]라는 단어를 외웠다고 치자. 단어 하나 외우는 것 정도야 별로 어려운 일도 아니니 신경 써서 외운다면 스펠링 한 번 읽고 소리 내서 말하는 걸로 외울 수도 있다. 하지만 이러면 어떨까? Apple이라는 스펠링을 1,000번쯤 소리 내서 읽고 A4 100장에 빼곡히 쓰고, 다시 쓰며 읽는 것을 수백 번 더 반복한다면? 그럼 뭔가 더 나아질까?

물론 나아질 건 없다. Apple은 사과일 뿐.

"그냥 시간낭비지. 하지만 녀석은 했던 일을 하고 또 하면서 스스로에게 최면을 거는 거야. 내가 이걸 할 수 있는 건 이만큼 노력했기 때문이야. 이건 당연한 일이야."

그는 그들의 심리 상태를 완벽하게 파악하고 있었다. 그는 백경이 아니었지만 그래도 기나긴 시간을 살아오면서 비슷한 존재를 여럿 봐왔다.

사실을 말하자면 백경들이 그와 같은 경지에 도달하는 경우는 오히려 드물다. 왜냐하면 그들의 재능은 너무나 막대하기 때문에 오히려 독으로 작용하기 때문이다. 또한 그들은 그 강대한 재능으로 언제나 동족들에게 배척당하거나, 지금 저 셋처럼 본능적으로 자신의 재능에 두려움을 느끼고 죽을 때까지 봉인하며 살아간다.

"하지만 이 세계는 다르지. 기뻐해라, 꼬마들. 이곳이야말로 너희들의 재능을 120% 발휘할 수 있는 유일한 공간이니까."

그런 환경과 무려 셋이나 되는 백경. 이 우연과 기적의 연속으로 벌어지게 된 상황이 어떤 결과를 초래할지는 그조차도 잘 상상이 가지 않을 정도였다.

"오이~ 늘러 왔어~!"

그리고 그때 허공에 가느다란 틈이 생기더니 새로운 존재가 달 위에 모습을 드러낸다.

"어, 사장님 오셨… 악!"

"누나. 한 번 말했던 걸로 기억하는데."

머리에 난 혹을 부여잡고 괴로워하는 소년 멜튼을 보며 풍성한 혹발의 여인은 눈을 부라렸다. 170센티미터가 넘는 키에 하이

힐까지 신고 있어서 어지간한 남자보다도 훤칠해 보이는 신장에 자신감 넘치는 표정. 그녀는 어디에 서 있든 주변 모든 사람들의 눈길을 끌어당길 것 같은 미녀였지만 소년은 눈살을 찌푸렸다.

"헐, 누나라니? 저기, 죄송하지만 제가 나이 훨씬 더 많은 걸로 아는데요. 저 이렇게 생겨도 좀 살았거든요?"

타당한 불만이었지만 여인은 뭐 어쨌냐는 듯 어깨를 으쓱거렸다.

"나이 따윈 필요없어. 외모랑 전투력으로 가지."

"우와! 뭐 이런 폭거가……."

여인은 할 말을 잃은 듯 입만 뻥긋거리는 멜튼을 지나쳐 중년 사내 옆에 서 지상을 바라보았다. 달에서부터 지상까지의 거리는 상상을 초월할 정도여서 도저히 시야로 뭘 확인할 수 있는 수준이 아니지만 그녀는 당연하다는 듯 땅의 상황을 확인했다.

"어때, 순조로워?"

"그래. 예상치 못한 수확도 좀 있고."

"예상치 못한 수확이라면 역시 그 백경들인가?"

그렇게 말하며 아더와 크루제, 심지어 시험의 방에 들어간 멀린이 모습, 그리고 상태까지 단번에 파악한다. 누가 뭐라고 해도 그녀는 이 다이내믹 아일랜드의 개발자인 동시에 지배자. 일단 디오에 접속한 상태에서는 누구도 그녀의 눈을 피해갈 수 없다.

"와, 확실히 대단하네. 얼마 지나지도 않았는데 이 수준이라니. 한 녀석은 레벨을 안 올렸지만 능력만 된다면야 레벨 업은 금방이니까."

그렇게 중얼거리며 그녀는 유저들을 전체적으로 훑어보았다.

온갖 형태의 무장을 갖추고 몬스터들을 처리하고 있는 수많은 유저들. 그 모습에 그녀의 얼굴에 잔잔한 미소가 피어오른다.

"음~ 왠지 그리운걸."

"뭐가 말인가?"

"아니, 별로. 그나저나 저 백경들, 성장이 빠른 건 좋은데 곧 '벽'에 부딪치겠다."

그녀의 말에 중년 사내는 고개를 끄덕였다.

"당연하다. 괜히 초월자 중에 백경 출신이 없다시피 한 게 아닐 테니까."

막대한 재능은 오히려 독이 될 수도 있다. 아니, 독이 된다. 게다가 백경은 거의 100%의 확률로 정신적인 문제를 안고 있기 때문에 그것을 해결하지 않는 한 결코 깨달음을 얻을 수 없으리라.

"그래서 도와주려고?"

"웃기지도 않는 소리군. 깨달음이라는 건 도움으로 얻을 수 있는 게 아니다. 자신이 얻어야지."

"하긴, 도와줘서 초월자가 될 수 있다면 이런 시스템을 만들지도 않았겠지."

전 차원이 긴장 상태에 들어가기 있는 현 시점에서 초월자의 수는 그 집단의 전투력을 나타내는 척도나 다름없다. 먼저 경지에 도달한 초월자들의 도움으로 새로운 초월자를 만들어낼 수 있다면 스카우트터들이 전 우주를 누비는 일 따윈 벌어지지 않았으리라.

"하지만 백경이라……. 흥미로운걸. 내 지인 중에도 저 백경들하고 비슷한 녀석이 하나 있는데."

그 말에 중년 사내는 고개를 돌려 그녀를 바라보았다.

"초월자에 든 백경이 있는 건가?"

"아니. 녀석은 제대로 된 방식으로 정명한 업을 쌓아 재능을 획득한 녀석이었어. 돌연변이나 다름없다고 할 수 있는 백경에 비교하기는 좀 그렇지."

삐삐―!

"응?"

작은 기계음과 함께 그녀의 손가락에 걸린 반지에서 작은 빛이 반짝이더니 허공에 백의를 입은 한 청년이 모습을 드러낸다. 정확히 말하면 청년의 모습을 한 영상이 나타난 것이다.

"무슨 일이야?"

―아, 누님. 신계에서 긴급하게 뵙고 싶다는 요청이 왔어요.

"정말? 와! 너 있으니까 정말 편하다."

―하하…….

힘없이 웃는 그의 모습에 '저 녀석도 좋아서 도와주고 있지는 않은 모양이군' 하고 피식거리는 멜튼. 하지만 여인은 신경 쓰지 않고 고개를 끄덕였다.

"알았어. 금방 갈 테니까 준비 좀 해줘."

―네, 누님.

대답과 동시에 사라지는 영상. 그 모습에 중년 사내가 말했다.

"신계와도 연합할 생각인가?"

"내 입장 알잖아. 신계랑 적대할 수가 없는 거."

"하지만 연합[Union] 쪽에서 싫어할 텐데."

"별수없지."

이제 그만 갈 생각인지 몸을 돌리는 여인의 앞으로 차원의 문이 열린다. 그대로 걸어나가는 여인에게 문득 중년 사내가 말했다.

"그러고 보면 저 백경들, 너하고도 비슷하군. 아니, 어떻게 보면 거의 같다고 해도 좋을 정도라고 생각하지 않나?"

우뚝.

그 말에 여인의 발걸음이 멈춘다. 그리고 빙글 몸을 돌린다.

"아, 역시 그렇게 보이나?"

"비슷한 점이 많으니까."

대답하는 사내의 얼굴에는 별다른 감정이 없었지만 멜튼은 옆에서 조마조마한 표정으로 그 모습을 바라보았다. 왠지 모르게 분위기가 팽팽하다. 여인과 사내에 비해 상대적으로 그 '격'이 떨어지는 그는 아무래도 이런 위태위태한 분위기는 질색일 수밖에 없는 상황. 하지만 이내 여인은 분위기를 풀었다.

"뭐, 그렇게 볼 수도 있겠군. 하지만 아냐."

"아니라고?"

"그래. 난 백경 같은 게 아냐. 나는 말이야."

씩 웃으며 그녀는 말했다.

"우주 유일(唯一)."

장난스런 목소리와 함께 마술처럼 사라져 버린다.

『D.I.O』 3권에서 계속…

천마검섭전

임준후 新무협 판타지 소설

천마검섭전 [天魔劍葉傳]

철혈무정로 1부

인세에 지옥이 구천되고 마의 군주가 천신하면
그 누구도 그를 막지 못하리라!
이는 태초 이전에 맺어진 혼돈의 맹약, 육신에 머문 자나
육신을 벗은 자나 누구도 피할 수 없는 구속의 약속일지니……

주검과 피, 그리고 살기가 강물처럼 흐르는 전장에서
본인이 힘을 되찾게 되는 신마기!
신마기의 주인은 진정을 기릴 때마다 미기의 미성이 점점 더 강해져
종국에는 그 자체로 마(魔)가 된다……

제어되지 않는 신마기…
이는 곧 혼돈의 저주, 겁화의 재앙이다!

유행이 아닌 자유추구 -
WWW.chungeoram.com
Book Publishing CHUNGEORAM

일류 新무협 판타지 소설

천산마제

내일을 기약할 수 없는 땅, 천산.
소녀로부터 은자 한 닢의 빚을 진 소년 용악.
청년이 된 용악은 천산의 하늘이 된다.

하늘을 가르고 땅을 뒤엎는다!
한 호흡에 만 개의 벽(壁)!!
지금껏 내게 이빨을 드러낸 것들은 모두 죽었다.

은자 한 닢의 빚을 갚으며 시작된
십천좌들과의 승부.
오너라! 천산의 제왕, 천산마제가 여기 있다!

유행이 아닌 자유추구 -
WWW.chungeoram.com
Book Publishing CHUNGEORAM

長虹貫日

장홍관일

월인 新무협 판타지 소설

세상은 언제나 정의가 승리하고,
그래서 사필귀정(事必歸正)이라고?

개소리!

세상은 나쁜 놈들이 지배하지.
그러나 그놈들은 아주 교활해서 절대로 나쁜 놈처럼 안 보이지.
현재 무림을 지배하고 있는 백도의 어떤 인간들처럼……